1

La pasión de la reina era más grande que el cuadro

Margarita García Alonso

Para Laura

Aquí os dejo este libro, vosotros quienes alguna vez vivisteis
para que nunca más volváis.

Czeslaw Milosz

Para contar la historia del cuadro he tenido que engordar quince kilos. Atragantarme de platos insanos, despreciarme, envejecer y no retocarme las canas, en un esfuerzo sobrehumano por aportar a la caja torácica la dimensión necesaria para que mis brazos colgaran sobre el teclado y con la ayuda del mal tiempo me pusiera a teclear una letra tras otra, onza a onza. Si cada palabra no era oro, o grasa humana, no valía la pena detallar la obra y nadie entendería que la pasión que aunó cada elemento, cada partícula y pigmento fue realizada con el mismo esfuerzo del cargador de sacos del puerto o el campesino que se empeña en desbrozar las malas hierbas.

Tuve que coronarme reina de Groenlandia, estudiar costumbres, estaciones, pasar frío en las madrugadas, llorar lagos helados, flagelarme el ombligo y volver a nacer.

El resultado es un trazo litográfico. La historia de la mataperrada virtual que me costó la vida, bajo un desatinado juego de péndulos astrales que se entrechocaba, provocando un mal tras otro mal, un golpe tras otro golpe, la emanación tras la emanación, secándome.

Un ser desorientado deambula bajo la tormenta de nieve, no está seguro de a dónde arribará, pero el alba pespunta en el papel y nada le asusta.

Me proponía utilizar colores para deslumbrar la osamenta atrofiada de lectores apagados en discusiones de cuatro centavos y vete a tomar aire en las redes sociales, pero la negrura del carboncillo me ensuciaba los dedos, montaba al brazo, se hacía charco de petróleo en la panza, costra bajo los senos, para finalmente enredarse en las greñas que no había tenido el cuidado de desenredar durante semanas.

Despavorida repetía escenas de un gigantesco cuadro. Corría a asearme, me lavaba frases, párrafos, comillas, el cuerpo, los anhelos, los deseos. El absoluto silencio apretaba el centro del pecho, y cerraba las amígdalas; salivaba blanco, antes de golpearme las costillas para soltar gases que viajaban pateando el esternón, ahogándome como si estuviera llena de insultos, o de rabia.

Terminaba en una silla, frente a la pantalla del ordenador, imponiendo al respaldar el peso de una piedra del cielo, o el metal bruto esparcido en un desastre aéreo. A fuerza de posarme con toda la desgracia de la tierra, el respaldar se fracturó, alicaído y de medio lado se despachurraba a los costados.

Víctima del polvillo que flotaba entre la mesa de dibujo, la mesa de escritura, y la mesa de comer, dispuestas para perderme en los desplazamientos y dejar a un lado las ganas de trabajar, me confinaba en la única tabla que contuviera restos de comida, un cenicero y dos o tres botellas entamadas de agua con burbujas.

El polvillo persistía y no podía sacudirlo, era mancha de emociones, memoria de cuerpos, rencores, esperas, ilusiones saboteadas, náuseas, disgustos. Se aglutinaba frente a la ventana, formando canalizaciones de penumbra.

De hecho, las ventanas estaban en tal estado que apenas filtraban la luz; pronunciaban el efecto desastroso de tales tubos negros enrollándose, desenrollándose en cada recoveco habitable de la pieza.

"Monito, monito", gritaba con desespero, frase mágica que utilizaba para invocar a mi amigo secreto, mi confidente, quien no podía desdramatizar lo que había caído en el interior de mi cuerpo, no atinaba a hacerme reír, ni a que moviera un pie sin que cayera en vértigos, bajo un sopor estacionado en el terror a los gestos.

"Monito, monito", repetía sin que apareciera. Como su nombre indica, hablo de un macaco enano que tiene por costumbre defecar pequeñas cagarrutas en el piso, semejantes al tabaco negro, o a las virutas de los lápices gastados por el sacapuntas.

Antes, mucho antes, tuve como mejor amigo secreto a un príncipe ilustrado, una especie de biblioteca con patas. Pensaba en él y se aparecía al instante sin que tuviera que frotar una lámpara o llamarlo tres veces. Amanerado como si estuviera diseñado para la propaganda del jefe de los baños turcos gay de la capital, solucionaba cualquier conflicto largando una frase manida, aceptada por el uso popular, que me dejaba desconsolada como un sex-tory sin pilas. Lo largué apenas obtuve la mayoría de edad y fui aceptando imaginados amigos de paso. Como la época, les hacía contratos a tiempo determinado. Cumplían su función, no les agradecía y les despedía sin miramientos. Los olvidaba.

Monito es distinto a cualquier especie de acompañante subliminal sobre el planeta. Hablaba en sánscrito elemental, tirando a carretero recitaba la Divina comedia como si se tratara de una fatalidad intelectual; pronunciaba con acento ruso algunas palabras del argot eslavo y terminaba por guardar silencio.

Un silencio más liviano que el mío, que rebotaba en las paredes, crujía los papeles, o escapaba tras el rugido de los ómnibus a la zona industrial y aún, en el más absoluto silencio, se palpaba por el dolor que les he mencionado, en medio del pecho. Un brazo interior me sujetaba las cuerdas vocales, la mano de adentro, tiraba mi voz al tripero.

Esta aptitud de monito me cuadraba, simplemente me rascaba y así pasaban las horas.

Hubo años, dos o tres, he perdido la cuenta, que jugaba en Internet. Construí ciudades, pedía clavos, tuercas, energía, sembré jardines e hice casas de perros. Viajé con aventureros por la Amazonia dando latigazos a serpientes, aplastando arañas, y nada. El vacío me perseguía.

Abandonaba un juego por otro, dejaba sembrados, personajes hambrientos, supuestos amigos del otro lado de otra pantalla embarcados en la espera de cosillas para mantener la ciudad que ellos cuidaban.

Los juegos entraban en la rutina, en la mecánica para no concentrarme en ejercicios intelectuales que despreciaba desde que se hizo moda plantar pancartas de auto- elogios en el mundo virtual. Con tal de que el carboncillo no se derramara era capaz de tirar a globos, a burbujas de aire y obtener trofeos en competencias para nenes de entre dos y siete años.

Una victoria es una victoria, las mías merecían aprecio, me permitían esperar la bendita hora de caer en la cama, el cerebro como un pasto donde han desembarcado caballos y se ha agotado el agua y las yerbas.

Me convertía en salvaje. No me duchaba, no me lavaba los dientes y vomitaba detrás de cada buche de agua. Los franceses llaman a este estado "on touche le fond", los españoles traducen "tocando el fondo" pero la frase suena menos dramática que en la primera connotación donde pueden verse las escamas de la soledad instaladas en la boca de la persona. Yo había excavado ese fondo, abierto túneles, tallado galerías en forma de rompecabezas.

Delante del cuadro tropezaba constantemente con un pan viejo, una camisa manchada de óleo, un zapato con la suela rota, prendas que me servían de mojón orientador si alguien llamaba y decidía asomar la nariz. Mientras arañaba la tierra, chupaba la sangre de los dedos, me azulaba como un saco de papas podridas en el trastero de un mercadillo para pobres, y visionaba el fin.

Pero en este estado ocurrieron milagros, aparte de dos o tres minutos de sol en la ventana de los edificios de la acera del frente, Wiczy, el gato perdido en desconocidas circunstancias, regresó a casa tras cuatro años.

La segunda oportunidad divina me sorprendió, estaba ocupada, redactando la lista de mis hombres, con la certeza de que no deseaba conocer a nadie, cuando Él escribió en el mensajero instantáneo que se había casado y esperaba papeles como ciudadano español. En ese momento el círculo de gracia recomenzó.

La pestilencia de las manzanas podridas me recordaba a la cidra; los paquetes de basura a mi gato Wiczy, que según fuentes cercanas al edificio, maullaba en los bajos y debía nuevamente domesticar. Quisiera o no, un ser había desafiado el invierno para encontrarme. Quisiera o no, mi amor madrileño resucitaba con pareja y, al dirigirme la palabra, me humanizaba por encanto, me devolvía la circulación arterial, el apetito y me obligaba a mover el trasero y salir del cuarto.

Hablo del marco del cuadro. No he abordado la esencia, ni he explicado la técnica que aplico o los pinceles. Por el momento es boceto.

Todo comenzó cuando Andrei Senko escribió en el mensajero la palabra amor. Yo había abandonado, desde hacía mucho, el uso de la tipografía coloreada y los bicharracos de emociones, por lo que tuve un indescriptible momento de jocosidad.

Esperaba morir de aburrimiento, desgano e inseguridad, mientras el azul de las letricas bailoteaba descaradamente en la pantalla.

Veinte años en un pueblucho del norte de Francia, entre seres atormentados por los larguísimos inviernos y la falta de trabajo, habían doblegado mi voluntad. Una suerte de hechizo maléfico había abortado las tentativas para escapar, transformándolas en fobias sociales, desmedidas angustias existenciales y profundas decepciones.

Perdida la energía para salir del apartamento, se hacían escasos los saludos en el vecindario, disfrazado bajo el caqui amarillento de los impermeables de otoño, que trazaba las aceras cagadas por los perros hacia la panadería.

Desde la ventana del primer piso de un edificio de alquileres baratos, he visto sus deberes. Como relojes de extrema precisión desfilan de seis a nueve y media de la mañana en busca del pan; hasta las diez se extiende el paseo de perros; y cerca de las once comienza la procesión de madres, quienes esperarán durante una hora la salida de los hijos, de la escuela privada del barrio.

Puedo verlas en la acera, en grupos de tres, moviendo con insistencia un cartucho lleno de grasa que oculta un croissant o un pan relleno de chocolate. A veces, el panadero se mezcla al grupo. No puedo denunciarle por mi miopía, pero ha drogado a las familias, regalando productos para implantar el vicio y la necesidad azucarada.

En la esquina, apostado tras un delantal, mira a las mujeres con insistente desafío, culpabilizándolas si no compran. La descendencia saldrá al mediodía de la escuela católica, pagada al precio que permite no compartir silla de colegio con un árabe.

Nada ha cambiado desde que careno en los parajes, excepto la subida exorbitante de los precios y mi pérdida de fe. En la rajadura donde me he tirado, no espero ayuda. El espectáculo de mis temblores cuando camino a comprar tabaco en el estanquillo de la esquina, se confunde con la ansiedad de estas mujeres, sin que pueda identificar la causa. No sé si ellas temen que se haya infiltrado un pederasta en el patio de la escuela, o a que los críos maldigan si no aportan aperitivo. No sé si temo que remarquen mi presencia o me ignoren en la comunidad. Es evidente que sin el caqui, o el coche de niños, embadurnada de acrílicos y con el pelo revuelto puedo provocar inseguridad.

Es evidente, intento no confundirme con los nativos y mi ingenuidad paga un precio elevado. Nadie escapa del estricto control de las leyes secretas de las provincias francesas, donde la mediocridad resplandece en una fauna humana despiadada, basada en tradiciones que rechazan lo extranjero o diferente; y en el sometimiento a comadres que pululan en los comercios sembrando el pánico con castigos medievales y patrones de exclusión o aceptación.

Algunas viejas se atreven a realizar interrogatorios y, una vez identificada la procedencia, familia, y objeto de estancia en la localidad, terminan la conversación con un simbólico « Ah, bon », que normalmente marca el inicio de las hostilidades o el jubileo por la captación de un miembro de la sociedad, activo en la recogida de flores, hongos, en fechas precisas que se trasmiten en el más estricto secreto.

Los candidatos deben ejercer en las especialidades regionales de mayor impacto: la confección de flores en papel para carrozas que circularán en el verano, o la venta de objetos insoportables _los añorados « vacía el granero » donde se despojan de épocas de fragilidad estética, o desescombran regalos chillones y de factura miserable.

Los viejos agudizan el ojo para inspeccionar, sin traspasar las puertas, las dos cafeterías del barrio tenidas por Mustafá's. El primer Momo ha establecido comercio al lado de Le Palace, una verdadera quincalla tenida por franceses que hacen negocios con los notarios que decomisan productos en la región.

El Palacio es el Ministerio del kitsch nacional, no llega al folclor de las tiendas chinas, pero aumenta los precios convencido de la relación entre la pobreza y la locura. Todos los productos partirán, pues un francés no puede pasarse de un cesto para el pan, un mantel a cuadros rojos, una escalofriante escoba de paja, o una bola de cristal con la reproducción en su líquido interior de un monumento, donde revuela la nieve si se sacude; sin menospreciar las infinitas esculturas de ancianos en cerámica, vestidos a la usanza de cada región del hexágono, que invaden con su sombría maledicencia los estantes de cocinas y muebles normandos.

Momo I goza, desde luego, de esta clientela, y centra la cantina con una enorme pantalla de televisión, donde pasa incesantemente los juegos de fútbol. En la barra se apuestan los resultados del deporte y se venden tiques de la lotería. En las mesas, apiladas para no estorbar la pantalla, merodean árabes de muchos confines, esperando la entrada de algún conocido para sonarse una palmada en el pecho.

Llegué a pensar que si detenía la mirada en cualquiera de ellos me contagiaba de la rutina ocre que exhalan sus poros. Los exiliados de cinco generaciones conversan en lenguas que hace mucho dejaron de estudiar, y a las que les han añadido las expresiones sin connotación particular, de esta tierra. Solo hombres, entre hombres.

Las escasas mujeres del Café son la herencia de Maupassant, o del cruce de varias generaciones de mendigos con siervos. Estoy por creer que si descienden realmente de los vikingos, pertenecen a la clase que forjaba las hachas, y no iba a los combates por problemas físicos; quizás, el defecto, o la amputación les salvó de batallas sangrientas, y han evolucionado como rarezas humanas.

Es imposible que en los antepasados encontráramos una nariz aguileña, más de un metro setenta, manos delicadas o un gesto refinado al llevar un vaso a los labios. La naturaleza ha perfeccionado la consanguinidad hasta llegar al extremo de un ser tosco, bajito, de barriga prominente, ojos agresivos y un acento que asesina cualquier musicalidad o cliché sobre la lengua de Verlaine.

Las venillas moradas que dibujan ramificaciones en las narices y cachetes, desvían la atención de la botella de alcohol de manzana que descienden hasta que el rostro, casi negro, vomita por una boca desdentada, el lago de miseria acumulada durante siglos.

Por mutua desconfianza y oposición nos ignoramos; los habituales saben que soy extranjera, e inferior; y a mí me da el ninguneo por pensar que tengo algo de superior, y no es la piel, ni el acento, o los estudios de antaño, una simple sensación apuntalada en el rechazo a vivir en comunidades cerradas.

En el bar del otro Mustafá se apuesta a los caballos y las pantallas proyectan las carreras, con breves noticias de los tiempos. Los clientes poseen los mismos rasgos étnicos, pero visten chaquetas en cuero, y nunca se sientan. Parados en el mostrador, y sin quitar los ojos de la carrera, se mueven hasta la caja contadora y extienden papeluchos de suerte. Entre la población del sitio corre la leyenda que muchos han acumulado fortuna con este juego y no es raro encontrar quien apuesta quinientos a un caballo por el número, por el ojo con que mira la pista, o un lunar en las patas que galopan bajo la llovizna de Deauville.

Momo II también emplea a mujeres en el servicio: rubias, cercanas a los cincuenta, risueñas pero carentes de atractivos femeninos, lo cual puede desordenar la clientela. Por lo general, son las esposas, o mujeres de primos, a quienes devuelven un favor o a quienes cobran por haber perdido las apuestas.

En la acera han situado mesas repletas de desempleados, quienes languidecen frente a una cerveza, sin planes, ni perspectivas, consolados en el exotismo de esta aglomeración del norte de África, representante del sol, o de ritos completamente ausentes en la sociedad francesa.

He visto a un argelino contar que se moría de un cáncer y su deseo de reposar en paz en las montañas de la Cabilia, frente a un aborigen normando que sonreía, y respondía "que allá seguro hay sol todo el año", como si existieran varios canales de comunicación cruzados, sueltos en la ruda monotonía del bar a apuestas.

Entre ambos, separados por cien metros, está el bar de Patrick, un francés delgaducho, con clientes fijos que recargan las mentiras del mundo: el francés con su sombrero de lana; el roquero con botas texanas, la señora pálida de moño, la chica romántica que busca amor en el sindicalista rojo, la obesa a quien le han pegado los cuernos, los alcohólicos anónimos de la resistencia, el viejo partidista que gana a la petanca, el maestro que no soporta a los alumnos y el intelectual indiferente que se creó el hábito del anisete en solo cuando supo que su padre, sesenta años atrás, fue fotografiado en la misma mesa con la mujer que le parió. Todos son imitaciones cinematográficas, que repiten un rol mal aprendido, y utilizan el vestuario de los pulgueros a trapos.

Patrick no vende apuestas, ni tarjetas de suerte. Temo despertar y encontrar el anuncio de cierre, con lo cual perderíamos la poca dulce Francia que enloquece tierra adentro.

Las pantuflas a cuadritos, el corta vientos gris y los pelos amputados al hacha, abundan en el populacho de Le Havre que arrastra el esqueleto torcido por la humedad y, a duras penas, una vida de carencias.

Durante meses rompieron las calles para posar los rieles de un tranvía que aligerará las distancias, pero no el bolsillo de los viajeros, agrestes como el arrecife que rompe el asfalto, hiere desde el subsuelo, o el salitre que escancia el Mar de la Mancha y causa serias lesiones en los ojos.

Aunque se realicen esfuerzos, la ciudad permanece envuelta en una luz plomiza que ciega identidades y conforma, bajo mi ventana, un río de pigmentos abaratados por la luminosidad que se come las sombras.

El alabado sol de los impresionistas, quienes hicieron carrera a golpes de pincel, como si el chasquido de los pelos sobre la tela los retuviera en tierra, impone irrealidad a los cuerpos que se desplazan sin proyectar el alma en el suelo.

En el parque de la Iglesia Santa María, a una cuadra de mi apartamento, han sembrado sauces llorones, en un afán de perfeccionar la tristeza, y aumentar el lúgubre repiqueteo de las campanas que anuncian que un vecino ha traspasado la verja del crematorio; o una boda disloca el atardecer con autos envueltos en lazos irreales bajo globos, tirando cacerolas de un noviazgo consumado.

Es el mundo que abarco desde el faro de mi edificio barato, el que contemplo y nutre mis escritos.

No cuento las veces que me he acercado a los acantilados frente al Mar de la Mancha y he pensado saltar hacia la inmensidad. La repugnancia a la sangre y a los huesos dislocados desvanecen el propósito cuando contemplo el mar verdoso, a veces plateado, donde vuelan gaviotas y gavilanes que se eternizan en las corrientes de aire y agudizan el ojo cuando se desprende un peñasco.

La llovizna y las ventoleras entretienen la neurosis de estas aves, que se empeñan en rellenar de paja la boca para fusiles de los bunkers alemanes de cuando la segunda guerra mundial. El cemento bruto ha resistido y asemeja a un cementerio de prepotencia, ruina de orgullo y maldad, cortando el tranquilo horizonte.

Pero ahora quiero llevarles a un quinquenio atrás, cuando leí el mensaje azul, de Alexei Senko, tras el cual me fui al mundo. Me presento, mi nombre es Gracia Dediox, futura Margó, reina de Groenlandia, tierra y título no anhelado por nadie en el planeta.

0001

Gracia Dediox leyó un libro de pensamientos positivos, y estaba convencida que podía sanar al planeta y dar consuelo a los feligreses de las redes sociales, escandalosamente impúdicos en manifestaciones de querer, e interpretaciones pasionales con interlocutores que desconocen.

Le interesaba como perdían horas vendiendo candelillas de una vida opaca, pasmada en trabajos come-jornada, matrimonios asentados en la fuerza bancaria o la procreación de una tribu perturbada por el portátil y la toma de fotos para Facebook, rellenando basureros virtuales de imágenes alegres.

Ella no, Gracia Dediox no tiene cercanos, nadie a quien hablar, o que testimonie su tristeza. Solo un reinado ficticio, tan real como la corte de fantasmas que la visita con recuerdos de infancia o del tiempo en que se consideraba lo suficientemente joven y fuerte para conquistar el universo.

Ha heredado un reinado, donde puede ocuparse de la ligereza y de los buenos modales y rodearse de súbitos, sin necesidad de juzgar, sin interferir en sus decisiones. Sentirse acompañada de una humanidad paralela a la realidad, que la libera de la pesada carga de prestar servicios. Un entretenimiento enorme para los días de tormenta, un vicio que ha mutado en enfermedad, semejante a un diálogo con D.ios.

Gracia había llegado a la certitud que la condición humana le reservaba más traiciones que alegres momentos y se puso a estudiar ciencias del comportamiento, psicología aplicada y matemáticas puras, ampliando conocimientos, sin que ninguno le aliviara la pobreza.

La lectura la asomaba. Desde las primeras páginas de cualquier libro, descubría la trama y debía refugiarse en re-lecturas de poetas visionarios, alterados por un destino trágico, para escapar de la vanidad hiriente de los escritores, que adulteraban la poesía pegando en la red textos escritos diez minutos antes; afirmándose en sillas con palabras falsas, convertidos en entidades sagradas de tanto anunciar que habían llegado a la inmensa, irrevocable y adulona fama.

Estos contemporáneos con quienes deseaba estrechar amistad, adornaban sus muros con premios y publicaciones pagadas por ellos mismos, comentadas por otros caballeros que en lugar de establecer orden, enturbiaban el cielo pegando con cintas adhesivas las estrellas al firmamento.

Estrellas muertas, sangrantes, sin luz, despiadados astros que recorren los sitios web robando frases, pensamientos, vulgarizando ideas al hacerlas suyas, con mandarrias de escasa genialidad, obligaron a Gracia a pasarse de tal frecuentación.

Poco hablaba a la Reina la tropelía por aparecer en su muro de Facebook. Molesta suprimió el permiso de publicación a terceros, lo cual le costó la retirada masiva de doscientas personas afiliadas a la enorme pancarta que constituía la entrada del Palacio virtual de su majestad. Se fue quedando con aquellos, que estando en el mismo caso, se preguntaban hasta dónde podría llegar la vanidad.

La infinidad de mundos le impedía adentrarse en la selva intrincada de su verdadera existencia. Podía salvarse si aprendía en la enciclopedia médica la ubicación exacta de los órganos del cuerpo humano. Despejarse de mentiras y de la envidia que le provocaban esas fotos de seres en eterna fiesta, que la obligaban a recostarse sobre el lado izquierdo para apaciguar el corazón alborotado.

Mentalmente, había adquirido destreza en recorrer su hígado complicado con los éxitos de esa humanidad; de tiempo en tiempo bajaba a las tripas perforadas por ulceras de tanto recibir cariños y « me gusta » sobre temas informativos, y silencio total en entradas donde confesaba sus males de reina abandonada.

Una noche, la Reina Gracia decidió llamarse Margarita, y aplicar como ley arrancarse los pétalos, uno a uno, cuestionando si valía o no la pena enfrentarse a la popularidad. Alcanzó la maestría en el arte de decir frases a destiempo, en soltar improperios cuando le dolía la espina de la mediocridad. No fueron muchos los amigos, pero lleno su estancia virtual de enemigos al acecho de que perdiera un zapato para comerle el pie. Ella lo sabía y sin consultar a los santos y deidades, se sometió al florecimiento; como si estuviese en plena primavera, fue perdiendo el miedo a comentar lo que sentía y por efecto mágico de la verdad, creció la admiración en los visitantes.

Pudo entonces, propulsada por el ego, visualizar los riñones y efectuar un recorrido por su pecho; sumergirse en la corriente de las venas, destrabar los nudos linfáticos y, llena de coraje, extraer su corazón.

Con extrema delicadeza lo subió a la garganta, forzó la estrecha cavidad de la boca con una patadita de la lengua y lo posó en la almohada. Durante horas lo contempló. Era violeta, venoso, y latía despiadado, tratando de pasarse del humo de los cigarrillos que fumaba la reina en la más total cadencia con los elementos.

Sorprendida frente al músculo, se complacía en descubrir los arañazos que tatuaban los ventrículos, hasta que desmayó en un charco de sangre. Al despertar, las manchas como si fuesen de café, configuraban paisajes de su pasado. Claramente identificaba figuras, lugares, rupturas, encuentros. De un golpe, el corazón había arrojado sus culpas, sus pecados, sus ardores ensuciaban el rostro pálido de la reina.

Atemorizada, decidió devolverlo a su plaza, a su encierro, pero le costó mucho trabajo. La boca se negaba a tragar esa masa en forma de pera que se debatía histérica y la garganta seca no facilitó la devolución al pecho de ese corazón que, a falta de oscuridad, se tensaba y volvía de piedra. Como un ciego que recobra la vista, el pobre batallaba con las sensaciones que se acumulaban en los ojos de la mujer.

La reina es una mujer insistente y, con esfuerzo sobrehumano, lo apresó en la caja torácica, pero terminó escupiendo sangre. Repitió la operación durante semanas, hasta que decidió bordar un cojín de deseos y dejar al bravo órgano en lo alto del librero, lejos de la voracidad de la gata negra. De todas formas, nada extraído ocupa el mismo lugar, ni es el mismo. La traza del acto le quemaba, como una cirugía entre los senos.

Desde el teclado lo tiene a la vista. Le observa ennegrecerse, azularse, y le vierte agua azucarada, le da palmadas y continúa escribiendo como si toda la vida fuese inventar plegarias, la frase justa, y reanimarlo fuese el acto más valiente, razonable e inteligente que le haya sido concedido como don al nacimiento.

La reina Margarita ha podido agrandar el espacio vital de su corazón y consolarlo, pero nada calma sus angustias mientras se intoxica con el aire enrarecido que escapa de las redes sociales. Sabe que cada minuto que dedica a responder boberas, suprime una hora a su estancia en la tierra, pero continúa masoquista, entregada a la causa de la comunicación humana, desfallecida en las interpretaciones, invirtiendo en una leyenda a la cual es ajena. Ella sola, en su polo de soledad, muere de mil razones hipotéticas, sin la posibilidad de hacer eterna una pasión.

« Tienes el corazón de poeta, hija, ha gritado quejumbroso el órgano, ¿qué profesión es esa que me aterra, no podías ser otra cosa qué poeta?

0002

Hace un buen rato que miro la superficie plateada del Mar de la Mancha; los peces saltan detrás de sardinas que zigzaguean huyendo de las quillas de los barcos. Poco ha cambiado el mundo del pez, se asemeja al universo descubierto hace siglos por aquel inglés que remarcó que los grandes merodean las costas y se comen a los pequeños.

-Quiero ser planta -pienso- retomando el camino de regreso, entre graznidos de gavilanes de mar y gaviotas que buscan en vano pedazos de pan, sobras de mi prolongada estancia en los arrecifes.

Estoy obligada a adentrarme en las afueras de la ciudad para descender a la playa y contorno a las vacas que pastan cabizbajas. Tienen los ojos somnolientos y babean resfriadas, rumiando el verde comatoso del otoño.

Me detengo frente a un grupo que pasta desinteresado de los pasantes. Quisiera acercarme y acariciarlas, como hacía en la finca de abuelo en aquella lejana infancia campesina, pero estas vacas son peludas, sucias, y se ponen a la defensiva en calidad de seres tratados como simples animales de la cadena de alimentación.

Me tiro bajo un manzano de frutos raquíticos y escucho las conversaciones de vacas, extrañada de no hallar un toro semental en los alrededores, anoto, en realidad dibujo la cadencia de lenguas y después redacto las sugerencias vacunas, los delirios de personajes e historias que transcribiré en Internet, utilizando un mediocre ordenador sin corrector de español.

Me había prometido no hacerlo, pero las opciones son escasas; si quiero tener Corte debo prestarme al juego, ofrecer material fresco, indudablemente novedoso y original. He comprobado que cualquier malicioso elemento, escaso de ideas, se abona a mi blog para recuperar los cuentos, no solo la idea, comienzan por frases, y terminan por llevarse los párrafos, la narración completa. Ese es el precio, hundirme en la oferta, si quería que supieran de mi existencia.

En momentos de lucidez he pensado nombrar el espacio como « Banco de ideas », pero suena pretencioso y desafortunado. Los vagos inescrupulosos no tardarán en retomar el asunto para ripiar el único lugar donde puedo exprimirme en español.

De todas formas, no sé si un escrito mío vale un comino seco, si realmente quiera volver a la civilización y al entretejido intelectual que pulula en las bibliotecas de frustrados como yo, que no puedo hilvanar veinte páginas, -exagero, veinte líneas -o ahuyentar el sopor disléxico de los anti depresores, anti ansiedad y demás preparaciones de cirugía neuronal dulce que me recomiendan los médicos de Europa.

He atraído lectores con humor sarcástico, un seudónimo delirante y la historia de interminables viajes en tren. La promesa de un viaje será siempre el mejor anzuelo de un narrador. Ofrecí, para comenzar, un largo trayecto en un vagón que se adentraba en la Siberia.

En el primer escrito tuve una veintena de lectores; no era para menos. Colocados en las ventanillas, constatábamos la ausencia de cambios cuando atravesamos diferentes husos horarios, abrumados por el encierro y el abuso de la vodka que nos llevaba de la euforia a la apreciable dormidera.

La malignidad de la situación atrajo muchos curiosos; sin dudas tocaba la existencia con crueldad.

Sin el cinismo de los textos, hubiese sucumbido a la ignorancia reinante en este poblado del norte de Francia, reconstruido con cemento bruto. No podía fallar, describir la frialdad de la arquitectura, en las ciudadelas obreras rusas, me era tan fácil como imaginar el viaje. Los adentraba en los rieles, en el encierro; en mi cabeza se golpeaban las letras, los abedules blancos, los lobos aullando, los pobladores vendiendo muñecas kitsch, sopas de col, pescados ahumados.

Hombres y mujeres con el rostro surcado por privaciones, con hábitos coloreados como si hubiesen sido adquiridos en basureros distantes, con los dientes podridos, como si los hubiesen gastado en roer las telas para tallarlas como sacos de papas sobre sus cuerpos.

Solo inventé los giros y la superioridad, al fingirme viajera de occidente en la rural Taiga. Para probar la generosidad cree a Boris, un anfitrión militar, reconvertido en los negocios del gas.

Él representaba la fuerza de cambio, un legionario en la decadencia de un país, quien se transforma en millonario de la noche a la mañana y para dar prueba de su rango posa la piel de un enorme oso en su espalda, invierte algunos kilos de oro en los colmillos y compra la mayor colección del Este de sombreros y botas de California.

Boris es el sobreviviente ideal de una civilización injusta. En el relato me había abandonado en un tren que destrozaba el hielo con un chirrido infernal, sobre el lago Baikal, acompañada de lectores intrigados, confiados en la suerte que puede convertir a cualquiera en estrella planetaria al enfilar los rieles de la comunicación virtual. Ilusos, les llevaba de la mano en la deriva de la enfermiza imaginación que me ahogaba en el cuarto donde apretaba las mandíbulas, desengañada del género humano.

Poblé el vagón con un italiano, aislado por una tapa- oídos en piel de zorra; y una inglesa de prótesis dentaria de un blanco irreal, quienes sufrían los vaivenes y vomitaban al unísono. El deplorable traqueteo de las literas insinuaba que algo monstruoso podía suceder, mientras la próxima parada se encontraba a un día de viaje y nadie podía descender.

Indiferentes al tiempo -interminable paisaje blanco en las ventanillas - escondidos bajo pieles, borrachos del traqueteo y el vodka que llegaba en efluvios de los compartimentos cercanos; sucios de la mugre de los trenes, sacudiendo cámaras, teléfonos, y portables congelados e inoperantes, bajo una bombilla amarilla colgada del techo del tren.

De tiempo en tiempo, estremecidos por el frenazo, quizás un animal salvaje, una quebradura del hielo, en medio de la tundra. Si estuviesen cuerdos o metidos en la realidad, apagarían la pantalla y saldrían a visitar a los amigos, pero no, apegados a la angustia, mis lectores tanteaban las colchas para encontrar las botas, las enfundaban y descendían en cada parada a la nieve dura. Y en cada estación nada sucedía, lo que me autorizaba a describir otra parada, otro desierto blanco y mantener la intriga sobre la turba de anónimos que comentaba la trama.

Incorporé un helicóptero que, sin dejar de batir las aspas, desembarcó comida a los viajeros, cuando el tren hubo de detenerse, un desvío insoportable de cuarenta horas bajo tormenta de nieve, y me atreví a narrar el resoplido de un oso pardo en las ventanillas. El vaho caliente y las garras marcando la carrocería del vagón restaurante, delante de la indiferencia de los rusos y la algarabía de los aterrados occidentales.

Tuve dudas sobre el color de los osos en Siberia, pero no deseaba repetirme. Había depositado un oso en peluche blanco, sobre un paisaje blanco, con abedules blancos y faltaba un poco de color a la crónica. Durante dos semanas intenté en vano colorear las escenas y demostrar que la sangre se congela como un rubí antes de llegar al suelo helado de Társkaya, pero suprimí el texto, temerosa de haber exagerado con el animal.

Además, no quería denunciar los motivos, la psicología de los viajeros. Estaban encerrados, como estamos todos desde el nacimiento en historias impuestas por la sociedad o nuestras limitaciones. Se supone que mis viajeros ficticios tenían un lote de experiencias, que les habían llevado al rompimiento a buscar una salida a las fronteras humanas.

Pero no facilitaba la tarea a mis lectores, excluía las causales, y solo insinuaba metáforas de un existencialismo a lo Cioran, capaz de fusionar con las penas del universo. Mis personajes, narrados en primera persona, y de forma cinematográfica, retaban el no tiempo, el no color, el no espacio de cualquier vida. No albergaba dudas que los descendía al olvido, sin meta ni brújula, como parte de esta Era, donde cualquiera o cualquier cosa es información de primera y desaparece en menos de veinte y cuatro horas.

Mis anti héroes convencionales e insatisfechos, después de realizar una supuesta e increíble proeza humana valían como estiércol de destino, sombras que no marcan hitos pero que fueron, en el breve instante de un posteo, leyendas del mal común: la desaparición de los quince minutos de gloria por persona después de la instalación, en las redes sociales, de la coletilla "cuenta qué haces hoy".

Seis días de transiberiano; nueve mil doscientos ochenta y ocho kilómetros, entre Moscú y Vladivostok que traslado a la web desde hace un mes, hasta que me doy cuenta que soy una reina virtual, y en la corte tengo a catedráticos, aventureros, exploradores de diversas nacionalidades que comparten el viaje.

Es entonces que suelto a Boris, quien se introduce bajo la colcha de piel, en una memorable escena de sexo, sofocada por la bestialidad de su fuga y mi ardiente deseo de ser poseída, arrancada de cualquier vestigio de hombre amanerado de ciudad.

Le hago depositar en mi entrepierna un guante oloroso a su sexo, en un homenaje masculino sin precedentes a Madame Bovary, antes de descender en Ulan-Ude.

Me quedaban unos cien manuscritos sobre el Transmanchuriano, cuyo recorrido coincide con el Transiberiano hasta Társkaya, unos mil kilómetros al este del lago Baikal, en el que fui dejando bolsas negras con un grabado en forma de triángulo. A golpe de photoshop fui exponiendo en la Taiga, la acción plástica que no podía pagarme.

Tenía anotaciones sobre el Trans-mongolino que enfila China hasta Pekín, pero en la televisión pasan un juego con el mismo recorrido, los participantes cuentan con un euro y la ayuda de los autóctonos para comer, por lo cual me abstuve. Era desleal la competencia, esa zona estaba desprestigiada, usada por la salvaje producción, y limité la excursión al tren Rosssía, como cariñosamente le llamaba mi enamorado ruso.

En mi reinado Web no existen los periódicos donde pululan masacres, atentados, o la cifra de desempleados, mal hilvanados por redactores que se excitan cuando les "retuistean" ciento cincuenta caracteres de desvelo. Solo yo y los comentarios, me sugerían el rumbo.

Debían ser las cuatro o cinco del amanecer, pues los pasajeros dormían, cuando la bruma invernal se tragó a Boris. En segundos, el tren sofocó, apenas se desplazaba bajo la ventisca, cuando sentí la necesidad imperiosa de un Hombre en mi silla destartalada, frente al teclado.

Fue entonces que entré al chat de admiradores y vi la palabra amor en azul. La escribió Andrei Senko, el hombre de Kiev, quien bajo los efectos de un enamoramiento sin límites, me seguía desde el comienzo del relato. Me amaba, había identificado los paisajes y en cada capítulo de mi blog, un detalle que le estaba destinado.

En ese preciso instante, con cuarenta años y algunos kilos de más, la compra de un consolador no estaba en mis prioridades, diría sin eufemismos que era un objeto inaccesible por la falta de dinero. El desvelo que recibía de mis seguidores alimentaba mi ego, pero estaba despavorida, sin dudas, la pasión de mi novio virtual era más grande que el cuadro.

0003

No me propuse tener admiradores y solo respondía a diez personas del chat; las mismas que se agenciaban para crear una historia colateral, estableciendo campamento en la trastienda de mi blog, e intercambiando datos personales que escapaban a mi cuento. Así me fui enterando que Andrei nació en Ucrania, de una rusa y un cubano, quien realizaba estudios superiores en la universidad cercana a Chernóbil. A los cinco años se habían mudado al Caribe, donde su padre les abandonó sin la menor consideración y , entre aprender español y las costumbres caribeñas, se crió bajo las faldas de su abuela paterna, quien era experta en santería y conversaciones con muertos.

Confieso que le hice preguntas bajo anónimo y siempre tardaba en responder, como si solo estuviese en mi espacio virtual para narrar su historia.

Me llamaba Chiqui, no tengo la menor idea de la razón, pero el diminutivo me otorgaba arrojo, seducía e infantilizaba, lo cual marcha en las conquistas. Mi treintena fue un disgusto enorme entre hombres divorciados con hijos, histéricos, y solterones, insoportables hasta para las madres que los parieron. No dudo que choque la clasificación, pero es realista, los buenos hombres se sumergen en la invisibilidad del matrimonio, el trabajo, el cansancio de deberes y no andan sueltos en la búsqueda de a quien amarrarse.

Andrei Senko estaba comprometido con una viuda, dueña de una agencia inmobiliaria en la Florida; frecuentaba también a una divorciada marroquí que cabalgaba con cinco hijos de padres diferentes. Su amigo Víctor se inquietaba de la suerte de estas relaciones, y las conversaciones en mi espacio devenían diálogos interminables, ajenos a la entrada.

El mito de hombre afable y responsable florecía en la trastienda de mi blog, hasta que me enteré, no hace mucho, que siempre estuve sola con Andrei, quien se auto inventaba amigos. Andrei Senko usaba la conversación para regalarme su vida imaginada, ajeno a los afanes de un novelista, es lo que llamamos un mentiroso. Donde pasaba no dejaba bienes y raíces.

Pero olvidemos el descubrimiento, nada ensombreció la sinceridad con que se despidió de mi espacio virtual pues recibía a una novia con la que se desplazaría por la península ibérica. Estaba en Madrid, yo debía comenzar el duelo de su ausencia, si se casaba, desaparecería de Internet para ir a broncearse a Miami. "Lourdes llega a las cinco", escribió en un comentario, lo cual interpreté como un telegrama que ponía fin a nuestro romance.

Estuve semanas dando vueltas al asunto de Boris, pero no lograba soltura en el relato y dejé de escribir con regularidad. Al mismo tiempo desaparecían seguidores, tragados por la tierra, me vi ridícula revisando aquellos comentarios que saturaban mi correo, leyendo con deleite perlas, frente a la falta de afección que me gangrenaba, hasta que me esfumé de mi web, me fui a otros espacios, comenté en lugares de poca monta, y preparé entradas para mi regreso virtual, esta vez abordaría Guarita, una tierra cercana a la bahía de Carabelas, convencida de que no me enamoraría de un maya porque no era mi tipo de hombre.

Itapira, la Isla Maraca, o la Isla de Santa Bárbara, constituían investigaciones para posibles escritos. Desconocía cómo llegar a esas regiones pero ya se me ocurriría un secuestro, o atravesar el océano Atlántico en un velero caprichoso.

Me era difícil regresar de la Siberia; plantada en el Transiberiano, repetía el trayecto, me bajaba en Ekaterimburgo, Novosibirsk o Irkutsk y Boris no me esperaba. Aprendí que la sal no funde sobre la nieve y empecé a tener pesadillas con una tal Natalia. Apareció entre los comentaristas de mi historia, con la pretensión de atraer hacia su blog dedicado a las citas.

El rencor me anudaba el vientre cada vez que leía uno de sus llamados a visitar la web de marras, por lo que interrumpí los relatos e inventé una publicación sobre el hijo de Natalia, en la cual describí ataques inesperados del bastardo de la vieja, quien era el Hacker universal, hablaba 28 idiomas y se había injertado Google en el cerebro, antes de ir a vivir al fondo del mar, en un submarino donde se le decoloraban los cabellos de naranja por la falta de oxígeno. La anónima presencia desapareció de mi finca, sin decir adiós.

Definitivamente, era incapaz de transcribir dos líneas que valieran la pena sobre regiones cálidas. El recuerdo de la isla donde nací se había deteriorado como una diapositiva y mi nostalgia residía en la vastedad de Boris y la maldad de Andrei, ambos irreales, nadando en mi cabeza febril.

0004

Un muchacho de veinte y cuatro años con un enorme hueco en el cráneo recorre Madrid en una scooter ruinosa que apesta óxido negro por el tubo de escape. Le llaman El Pinto, pero también podrían llamarle flaco o ángel por su altura cercana a los dos metros, la sequedad de su cuerpo, y los ojos de un pardo claro, enormes e inquietantes.

La apelación de El pinto no es por la mancha de su mejilla, trofeo de broncas del barrio, la cual le concede a su rostro el carácter de un payaso triste que se empeña en asumir virilidad. Quiso la natura complicar la mezcla de una madre ucraniana y de un padre latino, al atribuirle, de la cintura para arriba, la palidez y la escasa pilosidad del este, y de la pelvis hasta los dedos del pie ennegrecerse y desbordar con una entretejida pelambrera en forma de corona sobre un sexo negro.

Un accidente del tránsito le hizo añicos la juntura entre el hueso parietal y el frontal. El puño de la mano cabe en el hundimiento que palpita bajo su fino cabello castaño. Tenía cinco años cuando se rompió. Caminaba a escasos pasos delante de la madre, cuando cruzó la calle y un camión, salido de ninguna parte, le propulsó contra un auto.

Durante un mes visitó el paraíso en un coma profundo. Los médicos extrajeron los fragmentos de hueso, las piedras de sangre que se apretujaban en el cráneo, pero se abstuvieron de rellenar con metal el agujero mientras anduviera en la muerte.

La talladura ósea sanó, el cuero cabelludo aceptó tenderse en el vacío, y, desde que pidió comida, le dieron la salida del hospital, para evitarle otras intervenciones traumatizantes.

Ahora cubre su fragilidad con un abismado casco repleto de cintas adhesivas, que aletean como pajarillos desesperados de la brisa, bajo el desesperante calor que las despega. Vuela sobre la calle, impulsado por el humo de cannabis, sin pensar en el peligro.

Abierto a lo que venga, arremete bajo el túnel de Alcalá. La ciudad suda en las fuentes y él fila la Gran Vía hasta el Quijote de Plaza España. Necesita química para fornicar a la señora de Miami que le espera en el aeropuerto, chapoteada como un carro de los cincuenta. Los senos duros, la cara tensa, las ganas del rusito mojándole las bragas. Está muy embalada con la historia de este chico, quien cuenta las peripecias de su viaje a pie desde Ucrania, dejando a la abuela y a las sopas de coles en el campo.

El la embrujó a la salida de una taberna, donde ella había gastado las economías dedicadas a desempolvarse por Madrid. La arrinconó, completamente ebria, contra un árbol de El Retiro, le bajo el blúmer y la penetró, en un acto común de los chicos ilegales que patean los asfaltos de las grandes ciudades.

Ninguno de los dos recuerda el rostro que tuvo en el sofoco. Apenas el avión despegó de Barajas, ella recibió el primer correo de una serie de tentativas de seducción que la ponían de un rosado claro a un carmín encendido en cualquier momento de su precoz menopausia.

El talento innato del Pinto por la narración se perfiló con esta relación. El Pinto pasó fronteras arrastrándose como un perro, hizo autoestop con un pedófilo italiano; se robó una bicicleta en Montecarlo con la cual pasó el túnel de los Alpes, hasta despertar en un albergue madrileño.

Un hombre así no tiene edad, nada le es imposible. Lourdes, la viuda americana, pensaba que él se llamaba Koff, como su seudónimo. Le había visto con una pistola de plástico sonriendo a la webcam, narrando odiseas, mostrando el sexo negro, deseoso de encontrar pareja, y se pago el pasaje de regreso en menos de lo que se necesita para tener la autorización de manifestar en las calles.

Pero le duró una semana la contentura; en realidad apenas cuatro horas en que El pinto, en un arranque inesperado, le exigió quinientos euros para pequeños regalos. A puro grito, frente a un cajero y por miedo al escándalo, al que dirán de la señora que pasea a su mal hijo, no tuvo más remedio que marcar el código de acceso a su cuenta y satisfacerlo, en el más absoluto silencio de mujer engañada en sociedad.

El rusito era de una violencia inaudita y la fornicaba como si fuese una calabaza con hueco; si osaba negar el carro o el dinero, la tiraba de la cama a patadas, la estrangulaba hasta que tuviese la piel azul y él pudiera escapar con los amigos a fumarse un porro.

La americana obedeció al instinto de mujer que se ha pegado un ridículo considerable, alquiló un carro y se fueron a la Costa Brava, pero la sumisión le costaba cara. Haciendo uso del portable resumió la aventura a una amiga quien le ordenó de abandonar el terreno pues estaba en peligro. Como llegó se fue.

El chico fue un accidente que le dejaba deudas y un negror en su interior del que tardaría meses en recuperarse. El pinto Andrei Senko se limitó a reconectarse en Internet y dejar un mensaje en mi blog: «Llámame, estoy muy mal»

0005

La historia de Lourdes me fascinaba, por supuesto, que los protagonistas estaban invertidos. Ella era una vieja que había sodomizado con los dedos a mi lector favorito, Andrei Senko. Le había obligado a lengüetear sus talones de doce centímetros y él, el pobre chico, la empujó de la cama y huyó despavorido ante tanta lascivia y brutalidad.

Esta mujer me trasmitía el deseo oculto de agarrar a un hombre, hacerle caprichos a mi antojo, y de romper la buena conducta femenina que hasta ese momento regía mi existencia. De cierta forma, yo sentía que había ganado contra esa rival de tetas plastificadas pues el ruso repetía: « si supieras como me arrepiento, me he equivocado dejando lo nuestro, si supieras como a cada instante pensaba en ti, en todo momento... »

Detrás de cada mujer abusada respiran dos o tres enfermeras que se ocupan del macho abusador, porque la bestialidad que anida en el cerebro de este tipo de hombre es polifacética y diabólica. Mi estable e intensa depresión me ponía de oveja que desea ser trasquilada, me apresuraba al desgaste, a la contaminación con las palabras y las fabulaciones de cualquier mentecato sin frenos.

Así le di entrada a mi correo privado, le autoricé la conexión por mensajero y le llamé. Al otro extremo, con frases rajadas, llorosas imaginé, me encontré con una voz grave, sin acento ruso, con un español donde la r sonaba ligera, y que traduje por la emoción.

Más tarde me confesó que la coca le producía esas alteraciones, pero solo más tarde, tres años después cuando repetí el gesto de la americana. Montada en un avión, con boleto comprado a bajo precio, tuve la intuición que me hallaba frente a un seductor, a un actor especialista de recibimientos y despedidas en los aeropuertos del planeta.

Mi electroencefalograma en esos momentos mostraba una actividad nula. Hasta abandonar Madrid había sido preparado por el Pinto con meticulosidad. Me quedaba tan poca estima que regresé a este pueblo francés, como una extranjera a la que le sobran papeles, le faltan mecanismos de integración y ha perdido toda su fortuna en un naufragio o la guerra.

El estado comatoso de mis sentidos se mantuvo durante meses hasta que un buen lunes desperté y anuncié: "esa causa ya no me dice nada". La causa no estaba definida, podía ser regresar a la isla donde nací, acostarme con el primer venido, pintarme el pelo, o publicar un libro de poesía. Todas eran la misma causa: la vida no me interesaba.

Quizás mi psicóloga aclararía que padezco del efecto dómino, todos los planes y proyectos se caen, cuando llego casi a realizarlos. En el "casi" estaba la clave para resolver mi destino. La doctora insistía en que hablara sobre ese minuto donde abandonaba cualquier relación, trabajo, éxito social. O deseaba destruirme, o anidaba una neurosis de abandono; quizás no me quería, o pensaba no merecer nada que no fueran humillaciones. Yo le repetía que siempre jugaba a perder, que ganaba cuando me sentía libre de ataduras, pero me ha convencido que es una excusa para tampoco llegar al final de nuestro trabajo mental.

 De depresiones estoy cargada, a lo largo y ancho de mis cincuenta y tres años de existencia. De la causa depresiva me he hastiado, y de la consecuente producción de óleos abigarrados, de textos confusos, de esconde cucas que pueblan mis creaciones.

 Con la cautela de una ciega buscaba mi verdad que, a todas luces, estaba en la cabeza de mi curadora. Salía de su consulta, sin rumbo fijo, marchaba rozando los muros, en el interior de la acera, apretando las nalgas, lo cual siempre me produce una reacción vaginal que estira mi columna, me obliga a recoger el vientre, me eriza los senos, cuando supe que el amor que sentía por Andrei era verdadero. El simple hecho de nacer ha adquirido sentido al relacionarme con el más falso de los elementos humanos.

 El ruso barría los traumas y encuentros anteriores, pero perduraba como un nudo en mi garganta, en la falta de aliento, en las digestiones cortadas, en el pulso que late en mi calcañar cuando aprieto el paso, el ano, la boca, el pulmón, media lengua.

Cuando dormía, posada su cabeza de pelillos alborotados en el seno de la almohada, era la divinidad. Todo tiene sentido en sus ojos de tinta derramada, pero decidí no puedo mirarle, no tocarle.

Me siento enferma porque sé que he escogido hablar de la historia y escribir no es asunto de un buen cerebro, de un corazón generoso, de manos diestras, ni tan siquiera de técnicas o de manuales de redacción y ortografía, escribir es asunto de tripa.

Me siento enferma porque sé que cuanto he vivido me sirve para pintar, y me desespero por el arte rudo, cruel, malsano, no entendido, una forma de reproducir desgracias para fortalecer mi creación.

Sin embargo, he guardado silencio porque ahora va a morir la reina, se morirá sin su Andrei. Dirán que andaba triste y se guardó la pena, murió de querer reventarse bajo su falo.

Cosas de reinas dirán, pero el interesado ha reaparecido y las letras bailotean, la muerte puede esperar a que me canse o sorprenderme.

No puedo llamar a Andrei, este hombre me ha puesto pegamento en las pestañas, no atino a componer los números, el teléfono se esconde entre los dedos, teme al siroco de arena que rompe mi úvula. Soy una gallina en medio de un lago helado.

Trato de tirar unas letras, bajo la mirada burlona de monito-monito, quien se dobla de la risa saltando de un mueble a otro para mostrar su condición de amigo íntimo, se posa como un ave en mi hombro, desde donde ensaya micciones dirigidas a las plantas.

No puedo hacer mutis dentro de mi muerte y reaparecer fresca como una lechuga a no ser intercalando frases en tercera persona. Este desgraciado ruso ha derramado el ridículo sobre la pobre Gracia Dediox quien cacarea conjuros frente a una vela.

"Gallo, mi gallo" he escrito dos palabras, no quiero morir. Trato de plantarme en cualquier esquina, pero no puedo pedir esfuerzos a este cuerpo deshabitado. Salir bajo la lluvia de invierno es un suicidio; y si llama, si escribe en el mensajero qué responderé. Cuando él habla, la melodía de su voz cambia mi estructura genética y mi interior se agranda, la sangre circula, el corazón se acelera, mis ojos ven praderas y sonrío.

Hace tanto que no sonrío- digo en voz alta- mientras me dispongo a abandonar el apartamento, y Monito-monito se revuelca, echa espumas de tantas carcajadas.

0006

He estado desvelada, rumiando el tiempo en que estuvimos juntos, donde fui mano de obra barata, escupidera de baño público, lata de cerveza aplastada, madeja de hilos que se deshilachan, hasta que Andrei entra con el gong del mensajero. Esto es de zares o japoneses, aparecer después de dos años por la misma vía irreal, adelantado por una alerta mecánica: "going aquí está tu nene going"

Entra, no da tregua a las emociones, se prende a preguntas sobre la ciudad, el astillero, el bar de la playa, la catedral, asocia, con la facilidad que le caracteriza, la película *"Melancholia"*, de Von Trier a la cinta: « *Dogville* »

Constato su capacidad para narrar las maldades de un pueblo de excéntricos, respiro y quiero preguntar sobre su vida, pero cae en la cinta *Le Havre,* de Kaurismäki. Me recorre un extraño escalofrío. Siempre me he sentido víctima de las circunstancias, rebajada por el destino, pero él no me deja poner una, nunca tengo un papel protagónico en su libreto. Andrei puede enganchar lo que sea para que baje la alerta y penetrar en la casa, en mi cuerpo. Toda ojos, sigo su teclado.

De repente, habla de Monet sin que pueda precisar las razones. Ha tocado mi pasión por la pintura. Me voy reduciendo a aceptar cualquier ensalada, las condimenta a la perfección. Se adentra en el concepto de la «serie» en la cual un motivo es pintado con distintos grados de iluminación; yo contengo preguntas, quiero saber en qué anda, qué ha pasado, por qué llama, qué desea.

Andrei describe el farallón junto al mar, jocoso recuerda el chiste que le hice en aquel entonces: « ya he expuesto en todos los lugares de la región, me falta el escaparate del mercader de marcos, donde vendía Monet sus caricaturas y Eugène Boudin sus paisajes marinos, pero el edificio fue destruido »

Mi cuerpo maltrecho vibra bajo temblores. Andrei se está pasando una película. Un temor insano me impide preguntar qué hice para merecer tanta humillación, pero él decide comentar que tiene cuatro torres en su PC y hackea programas y debe partir pues la policía no tardará en llegar.

¿La policía? Pregunto, ¿dónde estás? -En casa Madrid _ responde- Ah, ¿tienes mujer, te has casado? Suelto desgarrando la aguja, con un dolor centrado en el cráneo que desciende eléctrico y me paraliza.

-Sí; me he casado, hace dos años.

La habitación ennegrece, sin el apoyo del respaldar puedo mirar mi dolor como si fuese la lava de un volcán desfilando por mis piernas, sepultando mis pies. Pero nada comento. Recuerdo las revistas femeninas que aconsejan guardase el derrumbe para sí, no regalar ese lujo al amante perdido.

Con un going "Quisiera llamarte y hablaremos de eso" going finaliza la conexión –going-y me deja parapetada frente a un pelotón de fusilamiento que utiliza luces de 280 voltios. No puedo ir a la cocina y tomar un café con leche azucarado o hacer pipi. No puedo moverme, empalada me deslizo del PC, me cuelgo y atraganto los reproches, giro en una nebulosa que hace espirales y rebota en los edificios de la colina. Nebulosa que regresa y se posa en mi vientre. Me está quemando la caja torácica. La humareda es tanta que hablo con mi hija, con una amiga en Bretaña, y otra de Madrid.

Mi niña espera a que llore todo lo que tengo que llorar. Una hora y treinta y seis minutos después me despido porque no puedo hablar, se me ha secado hasta el conducto del oído y como mantengo una posición encogida mis dedos se han azulado, las rodillas muestran signos de desorientación y las nalgas pesan toneladas. Le digo que pasará, pero no estoy segura que pase. De las amigas, una se basa en el clavo que puede sacar otro clavo, expresión que insinúa « búscate otro marido ».

La otra me sugiere que no tenga miedo, que sea respetuosa y trate de conocer en qué anda el guionista de mi destino. En el trasfondo escucho: ¿cómo es que aún amas a esa pústula que te trató como una colilla de cigarro, de esas que pisotea dos, tres veces, el pie compulsivo del fumador, quien no solo apaga, también borra la existencia?

Suelto veinte dibujillos sin hallar calma y sin cambiar de posición; como si fuese una momia he estirado la mano y he incorporado sobre mi cuerpo chalecos y trapos para calentar el cuerpo. Apenas amanece cuando entra su llamada. Me pide un perdón extraño, dice que no ha dejado de pensar en mí desde aquello. Me ahoga la mala noche y me da un ataque de vulgaridad. Pronuncio en desfiladero, peña abajo, arrastrando piedras: ¿cómo es eso de qué te casaste?

Madre de las desafortunadas, este hombre resbala, cuenta que ella trabaja en el Reina Sofía, y que puede ayudarme a presentar una muestra.

Jamás me he sentido tan pintora. Le aclaro que cuando pudo ayudarme me tijereteó en tiritas de tiramisú trágico trasquilador trisómico triangular trepante trepidante trocado truculento trampeada trampa trancada transfundida trinchada tribulada. Hubiese bombardeado más palabras, pero dijese lo que dijera pronunciaba tra, tri, tro, el sonido de la decepción cuando la lengua penetra los dientes y me siento desamparada, sin que el otro entienda que he llegado al extremo del derrumbe

« Nosotros » « ayudarte ». ¿Qué soy? ¿El casca telas de arañas, la pulga del culo de la perra?

No se desmonta, aunque intercalo frases sobre su vida con otra. Esta llamada tiene que haberla sugerido su esposa, solo una mujer sabe que es imperdonable tanta bajeza. Quiero saber si me abandonó y maltrató por ella. Nada obtengo, fechas vagas, « hace dos días, el 16 de enero cumplimos dos años de boda ».

Soy incapaz de sacar la cuenta, si me fui un diez de enero del 2009 y se casó un año después, es decir, consiguió los certificados y papeles necesarios para la ceremonia: « costaron caros, ella los pagó y tardamos seis meses en obtenerlos », entonces, inevitablemente, la tenía en el saco. No debe ser importante. Lo cierto es que estaba con ella cuando me dijo « que no deseaba mi amistad »

Me siento como si estuviese delante del cajero del banco y no pudiera recordar los cheques que he emitido, pero, a la vez, necesitara sacar veinte euros para cigarros y comprar comida hasta el fin de mes. Tampoco recuerdo el día en que estoy, las cuentas exactas de mi ex marido están todas en rojo.

Andrei se impone en la conversación, trata de explotar mi bondad. Habla de videos, promete enviar los links para ayudarme a sanar.

-Se puede cambiar el pasado, -afirma- se puede curar con la mente, se puede escoger ser feliz.

-Concho, -grita mi interior- ¿por qué no lo hiciste conmigo?

Entonces se disculpa, escribe te quiero y se larga a cumplir el deber, su excéntrica fidelidad marital.

Cuatro horas estuvo depositando leche cortada en mi oído. « Siempre te he amado, a nadie he amado antes ni después de ti. Esta conversación la hemos tenido muchas veces, porque no he dejado de visitar y cuidarte el sueño ».

Se me ha desprendido la retina. Una serie de fibras se apilan, forman un lienzo en que Monet dibuja a una mujercilla desbaratada, mientras el cineasta finlandés atrapa mis células fotosensibles y las proyecta contra el muro. Expulso la capa interna del ojo lagrimoso hacia el papel de la habitación. Las paredes quedan recubiertas de mocos. La retina, la córnea, el cristalino forman broches incandescentes en mi médula rota. El cerebro se focaliza en que debo desplazarme y beber agua. Atino a arrastrarme hasta la bañadera donde conservo la enjabonadura de la última visita y sorbo a sorbo la bebo.

He vivido sin papeles, en casas abandonadas, he quitado Madrid para que él tuviera techo en nuestro apartamento. Me he desterrado por gusto. El quería vivir su soltería, estaba a tiempo de solicitar la residencia, se ha casado para explotar a otra mujer, y yo entiendo, entiendo que cuando se sale de una isla donde rige el totalitarismo y la miseria, se pueden cometer tales desmadres. Pienso en perdonar, pero el agua jabonosa se sube a mi nariz y vomito, silenciosa vomito y dejo que corra la espuma por mis senos, que se plante en las asentaderas, hasta meo sobre mojado. Le doy razón: no valgo nada.

Siempre escuché su coletilla: "Estoy con Gracia por el apartamento. No somos amigos, ni familia». Antes de que limpiara la buhardilla, él vivía con una colombiana obesa que se dedicaba a malversar, perseguida por más de veinte personas a quienes había estocado dinero. La mujer entraba por horas, gritaba en Skype a la familia colombiana, traía a un amante africano y desaparecía por semanas.

El dormía en el rincón, una miserable empalizada oficiaba de puerta y limitaba su espacio, donde tenía una colchoneta mugrienta y una columna- armario, con la ropa revuelta, sucia. Las telarañas defendían la pintura de los muros, esclafados por escupidas. Un lustroso par de zapatos en medio de la pieza iluminaba las sombras de la ilegalidad. No tener papeles es motivo de desespero, yo quería ofrecerle la libertad.

La colombiana no tardó en meternos a la puerta. Veinte y cuatro horas después de mi arribo, quería que desapareciera la nueva burguesa caída en la trampa. Nos fuimos de madrugada con dos maletas, la mía sin deshacer, en la suya los restos de la desolación, buscamos quien las guardara antes de dormir a cielo abierto, en la Plaza Dos de Mayo.

Andrei había sido punto* en Cuba, no concebía el amor y la familia. Me inundaba de ternura cuando deambulaba como un perro flaco y sarnoso por la calle Daoiz y se detenía, desgarbado, curveado por la lentitud que aporta el porro, en Fuencarral; como perseguía de ojos a las mujeres, a veces como un sato, otras, las más, como un pitbull rabioso.

Desde la primera vez que le tuve sobre mí, supe que había sido violado. En ocasiones le sorprendí cuando ensayaba mi ropa, el maquillaje, pero cortaba la conversación y me trataba de loca. Me pidió de jugar en la cama, yo sería el hombre y él se dejaría hacer, pero terminó tratándome de lesbiana, y se quedó con las ganas de realizar el fantasma.

De niño fue abusado por un amante de su madre. En su cuerpo sentía el pene que entraba en la vagina de su progenitora rusa. En un cuarto estrecho del oriente de la isla, cama contra camita vio desfilar hombres de paso y a su mama gemir con deprecación sofocada.

Desde entonces su mecanismo sexual se ha atrofiado. Es incapaz de eyacular, si no resiente dolor. Cerraba los ojos, fantaseaba castigos, múltiples penetraciones, sumisión, asfixia, hasta llegar al orgasmo que le torturaba, a mano frenética terminaba el coito, separado del cuerpo de cualquier amante.

Andrei transformaba a la pareja en una espiral cuyo centro gravitaba en el ano. O sodomizaba, pensando en el falo que a su vez le cogía, o se recostaba a esperar caricias.

Durante semanas, mi atracción por la rareza y la novedad me hicieron cómplice de su homosexualidad encubierta, pero muy pronto busqué bestialidad en la mirada de los hombres de la calle. Estaba hambrienta de sexo, y deje entrar en mi aptitud las barreras de conducta de mi padre. El primer hombre de mi vida con sus queridas, sus mulatas del río San Juan, me aterraba. Mi chico no podía cornearme, porque yo participaba en su secreto, lo viraba al revés como a una camiseta y era demasiado vago. Lo único que no había tenido en cuenta es que me degradaba, silaba a silaba erosionaba mi feminidad, mi deseo de conquistar. Aunque no comiera, el maltrato me hinchaba.

El mal me podría de deseos insatisfechos, de ganas que transformaba en paciencia. El infierno cerraba la puerta. El mal inesperado, en boca y golpe de quien deseas salvar, desbarataba pecho, mano, consuelo. El mal estaba en otra y los días se sucedían en una deliciosa soledad que me acompañaba por los parques, a la salida de los bares, espectadora de las parejas.

El abandonaba las riendas, se dedicaba a la perrera, a la putería con cualquiera, siempre y cuando yo observara estoica, mirara a las estrellas y mantuviera la sonrisa. Era capaz de darme un escándalo por mala conducta delante de una posible conquista. Tanto que dejo de importarme, me daba igual que muriera, se acostara con cada uno de los habitantes de Chueca, o se fuera por la alcantarilla entre alaridos de la vecindad.

Una semana después de quitar Madrid, Andrei se metamorfoseaba en El Pinto y puso anuncio en la web "joven alto, un metro ochenta y cuatro, busca mujer entre cuarenta y cuarenta y cinco años para sexo y cariño". Lo que no me ofreció, figuraba en la postal del perfecto canalla.

Patética, me siento patética frente al teléfono. Espero la puñalada mayor, no la que desangra, la que me lleve. Pero Andrei desaparece un día y medio, dice que recuperaba las cuatro horas de intromisión en mi onda telefónica y que regresaba de firmar en la policía los papeles para obtener la nacionalidad.

Puntualiza que su mujer no le soporta y divorciarán cuando tenga el carné de identidad. Y recae en los videos que necesito para entender que ha cambiado, es un ser muy espiritual que me da razón en todo.

Me envía los links de conexión de veinte películas. Yo quiero hablar de nosotros. No de su mujer, no de curaciones, poderes mentales, o limpieza de malas acciones. Le agradezco, siempre agradezco que enturbie mi salud desde hace veinte y ocho meses normandos, equivalentes a medio siglo de tristeza bajo el sol.

Soy incapaz de pronunciar una palabra, mi corazón se retracta, no puede oxigenar mi anatomía y me desconecto de la conversación.

El repite que vive con una empleada del Museo Reina Sofía y puede ayudarme a exponer. Solo suelto « no puedes ayudarme ». El insiste en que tengo que cambiar la visión del mundo para que cambie mi vida. Que ella, ellos, pueden ayudarme.

En ese preciso momento renace la chispita de la vida. La gestación fue lenta. Un impulso vital, un apego a la planta de los pies, y a cierta sustancia no identificada de mi sangre, me hace saltar como un resorte. La cicuta en la botella de aguarrás con la que me froto el rostro, los senos, el sexo, queman menos que la química rarísima que me deja en carne viva; estoy quemándome el poro, accidentándome, provocando mi renacimiento.

« Nunca lo haré, aunque los cuadros se pierdan en la cloaca de la humanidad. No utilizo a nadie, no puedo cambiar el pasado, no puedo aceptar componendas. Tendré lo que me toca ». Me veo primitiva pero no puedo aceptar que la mujer que ocupa mi plaza, me arregle una exposición. Trato de escapar del laberinto que tiende, en realidad estoy afuera, la ambición, la vanidad y la mentira pertenecen a su nueva mujer, me son ajenos.

Si puedo arreglar el pasado, puedo llegar al instante donde le conocí e eliminarlo para siempre de mi camino; si funcionan los videos que promociona, el mundo se reducirá a la nada.

Andrei atrincherado, tantea mi fortuna. « Tienes tantos libros publicados, no te debe faltar plata ». Entonces exploto como una granada, los fragmentos van a parar a cada cartón, a cada lienzo de la sala, son de un rojo profundo que me empeño en rayar con la mina ante el escalofrío de monito-monito, quien muestra toda la dentadura en gesto de dolor.

Andrei se ha curado, ha arreglado su pasado. Ya no es la arena donde mean los perros de la Gran Vía. Tiene una mujer enfermera-banquera que le salva de dormir en la calle, o en los albergues para sin papeles, de cocinar, de trabajar. Aún narra rencores hacia un ex patrón, y un ex compañero de trabajo, pero sigue devoto al mismo santo: un masajista afeminado que le inició en los poderes de sanación y en la re- escritura de las acciones pasadas. Se ha curado, repite sin cesar y « tú eres importante y puedes hacerlo. Cualquier duda, pregunta »

Me fatiga su regreso. No acepto hablar a mi maltratador. No sé quién es la persona que desde Madrid garantiza que si me dejo llevar por la física cuántica, mi pasado será azulino con pajarillos cantando bajo una cascada de flores. A mí, que soy la cuántica en persona, me quiere vender métodos.

A duras penas abro el correo con su sugerencia de veinte filmes. Paso horas del sábado frente a la pantalla, en cada segundo puedo hallar un mensaje, pero me quedo anonadada, sé de esto, no por haber leído, o visto, porque he vivido el desorden químico en mi cerebro, capaz de pasar las fronteras de la llamada realidad a visiones empíricas, piráticas, poéticas, cabalísticas y caballunas con la facilidad de protones- feotones y átomos bailadores de conga.

Mucho sé del bien, el mal y el poder de la mente. Lo intenté con él, fui de mansa. Cada vez que me golpeaba, recibí su carga negativa y una arruga se posaba en mi rostro, una mancha violeta dibujaba mis pezones, inevitablemente envejecía de imprudencia.

Tengo presente aquel tiempo, seríamos pareja que se desplaza fundando un reino. Pero todo lo hizo con otra. Dice que se inscribió en un foro de cuántica y se transformó en un hombre cuidadoso, pleno de bondad. Que lo hizo por mí. Si estudio con detenimiento el guión de mi pasado, si soy receptiva a la magnificencia luminosa de mi ex, tendré salvación.

No puedo evitar las malas palabras, su desfachatez se traba en mis dientes; busco un tibor, lo lleno de agua y escupo cada tres segundos, para aliviar mis vías respiratorias.

El se ligaba con todas las mujeres que yo conocía, dejando una estela de rechazos a este « trapo », que no logra encajar con el ser -santo que ahora se presta a sanarme, « porque sirviendo a otros es que se ayuda uno mismo ». Me he vuelto grosera como él lo fue conmigo.

« Hola Nene, te mando los videos. Te recomiendo el 20 del doctor Wayne Dyer. Tienes que ver estos documentales con espíritu crítico ya que hay mucho loco en el mundo. Un beso, cuídate mucho y sé muy feliz porque tú te lo mereces y el mundo te necesita ».

Pongo una vela cuando llego a la mitad de las proyecciones. Le agradezco la buena voluntad. Me inunda la gentileza de antes, de cuando le conocí. Es un hombre infeliz con una mujer que le da papeles y nacionalidad española.

El doctor Wayne me impresiona por su calma. Me concentro en su discurso y dejo los neurotransmisores al antojo de las imágenes. Se van reparando circuitos, quisiera abrazar a todos. Coloco la imagen de un cervatillo en Facebook, la red social que es el ojo de mi segundo mundo.

Una mujer se lava en un riachuelo junto al cervatillo. Es en blanco y negro, pero yo aprecio un verde de azul y amarillo bien proporcionado. No soy la chica, ni la bestia que correrá, soy una pintora sin lienzo, una escritora sin palabras, una mujer sin amor.

La memoria del cuerpo me concede un milagro, comienzo a visionar mi vida profunda: me veo en la vieja que recorre galerías, mi vientre prominente, mis cabellos desteñidos desaparecen, me veo niña, acariciando esa mano de Andrei, que tanto dibujé, y sé que existo en otro lado.

En el video, Wayne trasmite fe, y yo me voy liberando de algo que no preciso. Andrei se curó del mal, del pasado, de las malas acciones, yo puedo perdonar, pero no borrar, no tengo esa capacidad de borrar el pasado. Puedo aceptar, pero aplastar el pasado, como él hace, como si fuese una colilla de tabaco, no.

En ese pasado me veo ángel, atravesada por su odio diario, sus humillaciones, sus gritos, su rechazo a sexo y afección. Delante de mí desvistió mujeres, alabó a cretinos, me silencio. Me prohibió caricia, música, comida, salud. « No mereces nada », repetía sin cesar. Me deseo la muerte dos o tres veces después de intentar estrangularme.

Que sea bendita su resurrección de plasta de perro con poderoso cerebro, siempre ha sido un extraordinario manipulador que se presta a regalar bondades a extranjeros y en casa perfora las puertas a puñetazos.

Como cambia la estructura molecular del agua, según un científico chino, al pronunciarse palabras en su cercanía, o al pegar un mensaje en la botella, así mismo mi ADN ha cambiado.

Veo los filmes hasta el final, sin dejar de escupir en el tibor y de acariciar la cabeza a monito-monito, quien no ha perdido un detalle de los filmes. Sospecho que se ha transformado, que ha mutado en humano y pronto irá por un café o me pedirá un cigarro. Pero monito –monito sigue desesperado de no poder hablar, se rasca, mea y termina por dormirse en mi regazo, sin que yo obtenga el menor consejo.

Me siento aliviada cuando monito monito comienza a roncar y abandono definitivamente el ejercicio de mejorarme por dentro. Andrei es un mantenido, pero yo tengo que moverme mucho para comer y pagar las facturas, por lo que decido pintar y pinto.

Pinto, en los días que siguen, basuras, porque debo sacar estruendosos vacíos acumulados en tres años de no ser. No estoy en el presente de Andrei, quien me ha devuelto mi espada de Waystar, mi muñeca desventurada, mi pipa de opio para tragarme cuentos, mi vibración, mi karma. Siempre he estado en ese mundo paralelo con que hace fortuna Wayne, pero soy más pobre que una rata de alcantarilla.

Pinto la galería, me pinto en la vieja que se apoya en las paredes, con el cuerpo empapado de pigmentos. Va dejando trazas que rescato. No quiero acercarme, pues le tengo miedo.

Cada vez que recupero los bocetos de la pared, confecciono una prenda, voy por tres vestidos desgarrados cuando de pronto se mueve, no mi cabeza, se mueve el mundo exterior y escucho aullidos, veo perfectamente sombras que se deslizan en el pasillo; veo a la anciana que se detiene, se acuclilla y pare una niña de siete años, que obliga a correr a mi lado. La incita a que me haga compañía, antes de perderse en el túnel. Mentalmente le ordena no soltarme la mano, como si supiera el destino.

A un costado del subterráneo donde ha entrado la mujer, una fuente de luz ilumina seres que se desplazan. Del otro costado, bajo sombras, continúa la marcha. Dos aceras paralelas, donde caminan incesantemente proyecciones de vidas.

La vieja arrastra la matriz entre los raíles del metro imaginario, justo en el medio de la escena. El tren entra a su cuerpo, la recorre vaso, vena, corazón, tripas y sale por su boca hacia destinación desconocida.

Su cuerpo queda como una Terminal donde entran y salen extraños, de la sombra a la luz uno a uno pasa, el desfile no termina, pero estoy junto a la niña que me mira y me dice « mamá viene de partir »

Debo consolarla, porque sé, como si fuese la verdad tallada en el instinto, que es la cronista de este tiempo maldito donde no tuve plaza, donde no fui amada, y los hombres se empeñan en poner carteles y avisos de guerra.

Veo la boda de Andrei, puedo arreglar el pasado. Decir en la próxima llamada que le he perdonado. Pero no es mi boda, no llevo un ramo de flores y un vestido blanco. Estoy parapetada en la luz, recibo a humanos, a quienes entreno para el cruce del túnel.

Veo la boda que desee en detalles, una y mil veces la veo. La novia es otra. Si buscase la agenda donde he anotado cada día del 2010 y del 2011, encontraría rayas, círculos, ecuaciones bajo la misma cita « me duele la tripa ». He tenido fuego en el estómago, me ha quemado la garganta, he delirado habitada por algo maligno y desconocido: otra mujer hacía mi sueño, cumplía lo que había preparado arruinándome el cerebro, mi poder milagroso, mi divinidad concentrada en ese hombre.

Puedo escribir « te perdono », vocalizarlo, pero estoy disminuida. Andrei afirma que siempre me acompaña, quiere invertir los roles. No tengo que arreglar la historia. El se compuso otra, saturada de canalizaciones que huelen a perfume de flores en frascos de productos para la limpieza.

 Las bacterias anidan en los linfos de Andrei. No sé si germinarán o desaparecerán como el más elemental cambio de la naturaleza. El se proyecta como un lince cauteloso. Divorciará cuando tenga los papeles.

Andrei conoce que dormir al lado de una mujer, cambia su estructura, que es otro. No solo deberá recomenzar a limpiar su pasado, también arrastrará la composición química de esa mujer no amada, su pena.

En eso pienso, cuando una bandada de patos salvajes sobrevuela los tejados. Estamos en invierno y han perdido el rumbo. Andrei es como los pajarillos que han roto el reloj que protegía a la especie.

Quiere conectarse para compartir su desgracia, para que sea su cómplice y, a la vez, recibir este amor que no cesa. Recuerdo a Ibsen, « Quita a un hombre corriente las ilusiones de su vida y le quitarás también su felicidad »

Me voy a los barrancos, después de mirar los filmes. El Mar de la Mancha confiesa a la corriente submarina la capacidad de erosionar las rocas y convertirlas en finas partículas de arena. El viento dibuja un rostro, el rostro tranquilo de la espera sin presente, pasado o futuro.

"Tú que eres joven y te crees olvidado de los Dioses, sabes que si te vuelves peor te reunirás con las almas inferiores y que si te haces mejor te reunirás con las superiores, y que en la sucesión de las vidas y las muertes te tocará padecer lo que te corresponda a manos de tus iguales, esta es la justicia del Cielo" – refunfuña Platón.

Pinto el cuerpo de Andrei, me encierro en su interior; en la fusión, un ente luminoso destila esencias de dulzura. Febril dibujo estrellas, planto letras entre las nubes. Siento a la madrugada negando que el mundo este oxidado.

Acabo de regresar, subo las escaleras, abro otra puerta, me quito el saco, me siento y estoy sudando, comienzo a golpear mi pobre máquina de morir (tú dormías, tú duermes, tú no sabes cuánto te amo**). Sigo tecleando y maldiciendo, amándole y mordiéndome las uñas. De pronto llegan hasta mí otras voces, van cantando cosas imposibles, bellas No quiero hablar. Qué importa entrar, salir o des-nacer. Mi mundo roto da una patada al butacón.

*punto- Hombre que se dedica a jugar con los sentimientos.

**. Juego de palabras a partir de las utilizadas por Fayad Jamis en el poema Abrí la verja de hierro.

0007

En el Museo de cosas abandonadas, a todo lo largo del pasillo de entrada de mi apartamento y en su pieza principal, duermen abrigos de varios inviernos, despeluzados y maltratados por mi insistente oficio de equivocarme en el programa de la lavadora.

A primera vista tengo apego por las mesas. Cuatro, en menos de quince metros cuadrados, expresan muchas dificultades con la comida o la familia. El hambre que pasé en la isla donde nací se refleja en que no uso la redonda y negra, abierta como una amapola de carbón, con sus tres sillas verdes vintage, que sirven para colocar la ropa, papeles, o la publicidad. La mesa es el purgatorio de lo que debo utilizar antes del fin de la semana: papas que retoñan, pomos con menos de una cucharada de mostaza, mayonesa, pan compacto que llega a verdear, las servilletas rojas, dobladas e impecables dentro de un vaso donde también se posan pastillas para la acidez y el dolor de cabeza.

La segunda mesa habla de mi factoría. La encontré en un basurero y restauré. Es una copia conforme de la mesita que Van Gogh pintó en su habitación. Tuve la precaución de repetir los colores y de quitarle una astilla a la pata para que se sintiera realmente en casa de una pintora. Su gaveta desborda de sobres de correspondencia y piezas sueltas, aretes, tornillos, casetes minúsculos que no utilizo. La superficie donde debía sentarme a escribir o dibujar acumula cartones, diccionarios y una cesta de cosas absurdas. Desde un caballito en plástico, las monturas de los espejuelos de hace veinte años, guarda agujas, hasta el frasco de agua bendita que traje de Miami.

La tercera mesa es la del centro de la pieza, donde en realidad se come, en el piso, sobre cojines. Es de madera bruta, sobre dos pies dorados. Sirve para pintar por lo que exhibe en un borde pinceles y óleos. Sirve para las infusiones y en un enorme bocal se aprecian tilas, te, manzanilla, valeriana. En un plato blanco reposa una manzana. Bajo la mesa principal se esconden zapatos rotos, cola de pegar, prospectos, trementina, y un plato de tubos secos de acrílico, destapados.

La cuarta mesa es donde tengo el ordenador y escribo. Dos columnas repletas de manuscritos y hojas sueltas. Textos y textos donde cuento una infelicidad de cornamusa celta, tocada por borrachos holandeses. La explanada, donde reposa la pantalla, el teclado, las bocinas, el teléfono, la lámpara, ofrece una multitud de cosillas que estorban: un rosario perfumado a la rosa con la imagen de la Caridad de Cobre, patrona de Cuba, junto a envoltorios de golosinas, libretas, avisos, un tomo de las obras completas de Lezama Lima, en su edición mejicana, en piel y letras doradas, un litro de agua entamado, unas tijeras, una tapa boca arriba con las cuentas de los collares que debo arreglar y una llave USB que no utilizo pero se supone contiene la bomba, es decir, la información de mis veinte años de exilio en fotos, cartas, y seguro muchas de las hojas que se amarillean en el Museo de cosas absurdas de mi casa, y que hoy he decidido botar a la basura, para quedarme en el centro, como la pieza más arcaica e innecesaria del universo, y, desde esa perspectiva, salirme de estas tierras, de este encierro, de aquí.

0008

He dormido mes y medio con un muerto. No se trata de mi ex con su carácter agriado y su pasajera pero permanente hostilidad a dar el cuerpo; a él todo el morbo en la palabra. Es mi vecino. La pared de mi cuarto da a su estudio. Era un señor gordo, con bastón. Atizado por el vino, consideraba una obligación pedirme monedas, azúcar, agua, leche o criticar las esculturas del corredor que compartimos. Cuestión de claridad en la comunicación, de que quedara claro quién es quién. El venía de la calle y el Estado francés le dio un techo. Yo, de una isla conocida por sus lindas putas.

Cuando regresé de Madrid, esperé que me diera la excomunión, pero no escuchaba su voz, nadie maldecía las sillas o tiraba vasos, y comencé a preguntar por su suerte. Un mes estuve indagando a la guardiana del edificio, hasta ayer que pasé la noche desvelada, con escalofríos y sensaciones extrañas. Mi gata Mimi es de poca ayuda, se sumaba con los pelos paraos; y monito –monito se contemplaba el trasero.

Esta mañana ha venido la policía, el cerrajero, el notario y la asistencia social. La calle desbordaba de curiosos. Abrieron la puerta con estruendo y lo encontraron muerto, por lo menos, desde fines de octubre. No apestaba el pasillo pues hace demasiado frío y las casas están "hermetizadas".
Recogieron los restos en un saco plástico de basura. Se lo llevaron en un camión blanco y fue entonces que comenzó el tufo, la picazón en la nariz, en los ojos, el desconsuelo indefinible del aire, soportable eso sí, pero perenne.

Parece que el muerto quiere despedirse del olvido, no quiere abandonar su techo, "Monsieur" -y un raro apellido- ha desaparecido. Heme poniendo vela e incienso. Compré albahaca y ron blanco para despojarme. He dormido al lado de un muerto, pared fina contra pared, sin saberlo. Una estrecha capa de cemento nos divide, mientras este de este lado lo cuento, pero no me extraña, hoy tengo deseos de meter al primero que pase en mi cama.

0009

Si ahora mismo dejara una carta de suicidio nadie la leería. El teléfono no suena pero he puesto las bocinas para si entra un mensaje responder. Tengo demasiados pájaros revoloteando en la cabeza, ninguno es tan verdadero como la gaviota que grazna y caga en el alero del edificio de enfrente.

Llueve y no es noticia. Mi abuela temía a los aguaceros porque eran portadores de enfermedades del alma. Mi abuela ha muerto y no podrá advertirme que la oscuridad ronda, que debo vigilar.

Algunas mujeres se han concertado en los farallones, recitan a Virginia Woolf. Una, vestida de rojo, me mira y pregunta qué hago con este tiempo en ese inhóspito terreno. Podría devolverle la queja, pero es solo una invitación a que me sume al grupo. No leo, ni siquiera las escucho, abro trillos hasta el barranco y me siento a esperar que cualquiera de mis alumnas del hospital psiquiátrico se lance al vacío y desembruje a las presentes, pero todas las pacientes se sientan, a mí alrededor, con cara de ovejas y esperan. No es el momento. El faro de brumas de la Quai du Bresil permanece silencioso, temo que si ulula las chicas vuelen. No es la locura lo que inquieta al grupo, es la muerte.

Debo masajearme el cuerpo, el frío se ha colado por la chaqueta y no quiero quedarme tiesa escuchando a niñas con depresión por males de amor. Se curarán en la primavera; por ahora son mi fuente de trabajo desde que el hospital considera a la pintura como la medicina del año.

Apenas tocan los pinceles, he comenzado con paseos y ejercicios de relajación, extendidas en los jardines, entre pabellones humeantes les hago tragar el sudor, el esfuerzo de mover un músculo frente a la parálisis del abandono que ha cuajado en sus pechos.

Me hacen confianza y prosiguen como en clase, tocándose el rostro con los ojos cerrados, frente al abismo. Algunas, no lo he pedido, acarician a las compañeras de fila. De lejos los doctores se preguntarán si incito al lesbianismo y sobresalto, podría perder el puesto.

Cuando comienzan a revolcarse como luchadoras de flores, he perdido el control, declaro el cierre del juego, les recito a Kavafis.

Qué castigo inflijo a mi rostro, el viento helado me pela la nariz y mis labios están secos. Tengo una hora para devolverlas a la institución; pero ninguna desea otra cosa que contar su quebranto, recrearse en el novio que la abandonó y terminar por llorar un rato.

Temo romper las oraciones silenciosas frente al Mar de la Mancha, cuando un hombre llega corriendo, despasa el límite del horizonte y se deja caer. Ninguna salta o grita. Tampoco yo, busco el portable y llamo a la policía, mientras lucho en vano con el moquillo que resbala por mis cachetes.

Si alguien hubiese podido evitar la desgracia no está en mi clase. En mayoría cocinan « detesto a los hombres ». Percibo sonrisillas y miradas de reojo. El defenestrado causa pánico veinte y cinco metros más abajo, en una terraza intermediaria que da, cincuenta metros abajo, con la marea que se retira.

Las hospitalizadas miran con deleite el cuerpo desarticulado y me piden de acercarnos antes de que lleguen los agentes. No puedo acceder a esos caprichos, pero ninguna espera la autorización para lanzarse por trillos cuesta abajo y rodear, en segundos, al hombre.

Como un objeto de amor público yace extendido en un charco de sangre. Los gavilanes de mar aletean y forman algarabía, pero ninguna se mueve; como si constatasen la fragilidad ósea de un hombre. Las chicas colocan florecillas silvestres en los pies del muerto, una se atreve a hincar el tallo de una flor en su pecho, como si desbaratara la coraza. Planean, cual ángeles de la absolución, le despiden, cada una deposita su humillación, el golpe, la palabra de más que les destruyó la vida.

Me ahoga escuchar un susurro: ¿amor, dónde estás? La voz da machetazos en mi interior, me desangra. Otra comenta « qué vergüenza, haciendo el ridículo »y recoge un teléfono portable. Una mujer pregunta en la auricular ¿Qué pasa? ¿Qué ha pasado? Corro y atrapo el aparato y respondo lo que ha sucedido, pero la chica se empeña en quitármelo y lo lanza al vacío, sobre las piedras se desbarata y es entonces que noto en su rostro la desolación.

-Perdona, perdona, no debí lanzarlo.

La tomo por los hombros; ordeno que se atrapen por las manos, una a una, debemos partir. La sirena de la ambulancia se acerca y los primeros policías descienden el camino, vestidos de azul, con linternas en la mano, aunque apenas son las cinco de la tarde.

Debía llamar al hospital y pedir refuerzo porque están paralizadas de terror frente a los mancebos de la guardia civil. Dejo mi número de contacto y las saco de la escena, explico con rapidez que no puedo comentar el accidente por la situación precaria mental de mis alumnas y me dejan partir.

El grupo se desplaza lentamente y le cuesta treinta largos minutos ascender la colina, donde el chofer del ómnibus del hospital se complace en narrar la tragedia a no sé qué terapeuta.

Me revientan, de esta me reviento sola. Mi hija llega con el jefe de servicios, la noticia ha corrido por la ciudad y estoy amochada, he perdido fuerzas y se me cae la carpeta de las manos cuando entrego a las chicas en manos de los doctores.

Mi niña se dobla de dolor, es su vientre y el nerviosismo. No quiero que sufra, le doy el resto de mi aliento y nos vamos de este lugar. Formamos un cortejo que rueda por la colina, el funeral improvisado de un desconocido. Un hombre, tirado en el barranco, presenta identidad al servicio funerario y en nuestra caravana de autos se escuchan cantos.

Son canciones infantiles que mis alumnas entonan subiendo el tono, hasta llegar al escándalo y a la puerta del psiquiátrico, donde me despido. Nadie ha osado criticarme la salida porque había llenado los papeles de autorización, y no hay reglamento previsto para este tipo de altercado.

De lejos, discuto con mi hija la opción de la pizzería para cenar, y me aterra el grito de una paciente: « el hombre ha muerto »- afirma sonriendo y luego se pone a llorar.

Andrei es de una brutalidad a toda prueba. Su cuerpo es seco, los músculos son sólidos, como lianas las piernas, el vientre duro como un escudo, las espaldas anchas. La debilidad se enracima en sus pies torcidos en la arcada, dolorosos en la deformación del puente, y la rigidez de los dedos, lo cual achaca a las tensiones nerviosas. Arrastra los pies, como si portara maletas en un casino de lujo, donde fue seleccionado por su belleza física.

La grieta de su personalidad radica en sus ojos de avellana otoño. La niña del ojo se pierde entre verdes oscuros y marrones, se rasga, declina la redondez en una minúscula gota de tinta negra derramada caprichosamente sobre el blanco. La mirada fija, sobre Gracia, refleja repugnancia, rechazo, odio. La mirada afectuosa le acompaña el resto del tiempo, está dirigida a todos.

Sus manos son prodigiosas, tiene dedos para chupar la santa vida, e inventar coitos deícticos durante cinco destinos. Su pelo es fino, lanilla del este que cae sobre un caballo de la Taiga con tres personalidades que aparecen y desaparecen sin transición: el niño, el sádico y el muerto.

El niño escucha el goce de la madre en la misma habitación. Le ha violado los oídos y el trauma le envuelve en un lentor paralizante. Cualquier entrega le está vedada, puede follar durante horas pero termina a mano, incapaz de irse en una vagina.

Gracia Dediox le escuchó llorar en madrugadas, estaba segura que quería regalarle la vida.

Andrei viajó por toda Europa, indocumentado, para visitarla con una enorme maleta azul en la que transportaba su escasa fortuna. Tres veces, en la última se quedó cuatro meses encerrado en el cuarto durante el día; en las noches salía a comer y se plantaba a mirar la televisión rusa, traumatizado de Le Havre y su imposible arquitectura socialista.

Lo cierto es que dormía para no pensar en la droga, se acostaba al amanecer y despertaba a las siete u ocho de la noche con la idea de recoger las pertenencias y largarse. Gracia no podía presentarle amigos, su grupo se reducía a pintores, borrachos, homos que sobrevolaban las exposiciones y algunas parejas asentadas en la pasividad y la rutina.

Andrei escupía sobre los muros del cuarto un gargajo verdoso de tabaco, hachís y hollín de las capitales que había observado desde fronteras, arrastrándose como un perro desde Ucrania hasta Madrid, con el pánico de ser sorprendido, el hambre, y la intención de llegar a sí mismo.

Siempre ocupado con la familia que se había inventado cuando desembarcó en la capital española. Un grupito de cubanos ilegales que se albergó bajo el mismo techo, para pagar el alquiler y salir de sucias posadas para extranjeros.

Todos los sábados deseaba regresar a Madrid, tomaba la maleta, recogía las camisas y plantaba la atmósfera de despedida. Poco a poco Gracia se fue acostumbrando a su posible abandono, este formaba parte de la cotidianidad, del futuro.

Andrei tenía un teléfono repleto de fotos con chicas de Extremadura, donde había trabajado en la producción de una película. El Pinto no omitía detalles de sus relaciones pasadas: la marroquí con su gran corazón y vagina cerrada a pesar de los múltiples paritorios, adicta a la sodomía porque es el contacto que utilizan en África del Norte para preservar la virginidad; la plastificada Lourdes, múltiples veces sometida a operaciones estéticas, o la sirvienta del bar que utilizaba el cocido para frotarse el clítoris.

Gracia escuchaba, en algún momento se daría cuenta que ella se marchitaba, no salía de casa, no hacía ruido y no invitaba porque el muchacho estaba plantado a merced de las lluvias, cambiaba de planes cada vez que meaba.

Hubiese sido eterna la visita, si El Pinto no hubiese recibido la llamada de la obesa colombiana, quien necesitaba compartir el apartamento y le reservaba la plaza. Esta vez, Andrei si llegó a la terminal. Gracia no lo retuvo, no dijo nada, le dejo partir.

Andrei mentiría durante semanas, contaba que lloró al dejarla en el andén. Noche tras noche se pegó a llamarla, deseaba arreglar su desatino y retomar la relación. Para este entonces la chica no sabía donde quedaba la brújula, andaba como alma en pena, tirando monedas en las alcantarillas, sin despertar al duende de los basureros.

Gracia tardó un mes en ir a su encuentro. En Madrid estaría sola porque él acababa de conseguir trabajo como sirviente en Móstoles, se levantaba de madrugada y regresaba pasada la medianoche. Hubo una visita al Retiro, algunas fotos en la Casa de Campo y en la Negra Tomasa y llego la hora de la despedida en San Martín.

Apenas Gracia volvió al norte, él se compró una moto, abandonó el trabajo y se dedicó a pegar carteles por Madrid, adquiriendo amplios conocimientos sobre los controles de la policía, los casinos, las calles y parques donde podía procurarse barras de hachís. Sin embargo, la llamaba cada noche, sin ella, la vida de Andrei adquiría un sentido desenfrenado, y sus días estaban contados pues prefería ahorcarse.

Gracia conocía poco, se sentía contenta al escuchar su voz insistente, y como una burra que conoce el despeñadero, se largó por segunda vez, a seguirlo. Monito-monito puso el grito en el cielo, se mordía la cola, se arrancaba los pelos del pecho.

Al meter el pie en el cuartucho de la colombiana y Andrei, este le sentenció: "Madrid no es para ti. Fue mucho más que una frase, sonó a sentencia y promesa. El Pinto ejercía el sadismo, había determinado que Gracia no tenía derecho a la existencia, que no merecía escuchar música por lo que prestó su ipod, y la radio a un chico que recién conocía. Le ordenó no llamar, responder, preguntar, o mirarle, y menos pararse frente a su persona porque él vomitaría.

Se quedaba en la esquina fumando porros, y montaba a comer cuatro cucharadas la comida, dándole la espalda. Un muerto, "tengo a un muerto en mi interior "- repetía- Gracia nunca había amado a nadie, y desconocía que su bondad insultaba a Andrei. Era un hilo cortado en medio de una tela que no da para hacer un vestido, ni siquiera para tapar el hueco de un ojal. La tirita a barrer, lo más rápido posible.

Como una enfermedad venérea, Andrei reinaba en el corazón de Gracia. « Cuando seas bien vieja, apagaré las luces, me vendaré los ojos y te haré el amor »- pronunciaba el muchacho con ternura- pero no la tocaba, mientras ella temblaba.

Él era mucho más que un mortal, un dictador que llegó a inmovilizarla para que no se moviera de la cama.

¿Dónde vas? Y el cuerpo de Gracia se quedaba quieto, incapaz de hacer un gesto. « Lo que dices me entra por un oído y me sale por otro «, y Gracia callaba. « No me llames » y Gracia cargaba con un portable de piedra. « Te voy a coser el sexo si miras a otro », y luego la ofrecía en la Plaza Dos de mayo a desconocidos: « tómala, échatela, le queda poco ».

Colgaba carteles de odio en la entrada del pequeño apartamento de Malasaña; le moreteaba los senos a pellizcos, la arrastraba por los pies en forma de plumero barre suelo, la tomaba por el cuello, rompía objetos contra los muros.

« Mi padre fue un abusador que rompía escaparates; mi hermano destrozaba a puño limpio los espejos de casa; mi padre fue un abusador que dormía con una navaja bajo el colchón para matarnos si no obtenía obediencia perfecta. Salí del maldito pueblo francés, tras este hombre que he dibujado desde mi tierna infancia. Desde la oreja hasta la rabadilla le pintaba, sin conocerle.

No te mereces Madrid, me dijo, segundos después de llegar, porque mi ropa estaba tan desecha como los dobladillos de la blusa que cosió mi madre cuando partí al exilio, una blusa de tela ligera, que de nada me ha servido en los fríos. Vete, me anuncio una semana después, pues quería mostrar a una italiana los secretos de la cocina cubana. No me pidió el favor de que partiera cuando se encerró en otra cocina, con otra italiana para pasarle la música que nos identificaba. Ahí toqué madera, frente a la puerta de la cocina, toqué y susurré: Andrei, me voy a casa; él salió gritando malas palabras, « por ser como yo era me sucedía esto » Luego me obligó a sentarme delante de todos en aquella fiesta de cumpleaños, hasta que la chica italiana se fue a dar la lengua con un recién venido, nadie sabe de dónde, pero que llegó para la escena final de la lengua.

Sentada, con la panza inflamada, como una vasija grosera, rellena de mierda, sentía como me pasaban camiones de cemento por los hombros. Todo estaba perdido, sentía la cuchillada en mi costado izquierdo, cada vez más redondo el vientre, más lleno de aires, de vacíos, de muerte. El me pidió un beso, acercó el ipode y me pasó nuestra canción.

Pero yo no estaba, el cerebro se arruinó en la puerta que toqué, en la espera de su mirada. Me descomponía por dentro, no sentía celos, no estaba, era un dibujo que se pierde bajo el aguarrás. Mi actividad cerebral continuaba en línea recta. Me dejé reconducir a casa, no sin antes escuchar que si yo no existiera invitaría a la cama a una Mariquita de moldes repetibles que buscaba un taxi porque ya había cerrado Metro Tribunal. Lo oí y me deje acompañar al apartamento; estaba haciendo maletas cuando mi hija llamó, por intuición, pues me estaba muriendo. Mi hija llegaba.

Hice como siempre, como el exilio me ha enseñado ante el maltrato, me volví invisible. Si durante dos años y medio Andrei había repetido "que me largara, todo había sido un cuento, no se casaría conmigo, no me amaba, que regresara a Le Havre, me muriera, que me había utilizado por mis papeles para tener un apartamento en Madrid"- repetía en desorden las mismas frases, con preferencia por "ojala te mueras", decidí que debía complacerle. Era hora de que él realizara su sueño, y se fuera de mi vida de una puta vez.

Debía pasar el fin de semana en estado transparente hasta la llegada de mi hija. Debía pespuntearme por varias zonas. El pie izquierdo se había desprendido y no respondía a ninguna orden. La columna vertebral estaba fracturada y la nuca mostraba las fibrillas de la médula como si fuesen cables de una computadora con un cortocircuito. De tiempo en tiempo un cablecillo echaba chispas y se apagaba con estertores de quemado.

Mi rostro era el que mejor mostraba la tragedia: los cachetes se habían plegado sobre la comisura de los labios, mis cejas reposaban en el doble mentón que buscaba imponerse como si fuese una bolsa de pelícano en la que se entrechocan las palabras que no supe decir, los deseos que no pedí, la vida que no pude compartir y ese amor inmenso, desgarrador que había inventado.

El Doctor Wayne puede estar contento, se puede cambiar el pasado, el presente, el futuro, imaginárselo esplendoroso, pero si te equivocas de persona, te cae un edificio de veinte pisos en la mirada y no te salva la congregación de científicos, curanderos, y videntes de todos los países donde abundan las matas de milagros.

Había perdido mi plaza, no me explicaba cómo pero repetía la misma frase: 'He perdido mi plaza'. Fue la primera y única que pronuncié frente a Madame Claire, mi psiquiatra francesa, a quien acudí cuando no pude soportar el regreso a esta ciudad que ha cambiado por la construcción del tranvía, pero permanece bajo la perenne lluvia y donde me ciega la soledad, tan impresionante como las medias de contención de las mujeres con varices.

He perdido la plaza. Hoy, tres años después de mi regreso, me entero por Andrei, que ha cumplido nuestro invento, paso a paso, como si fuese un decreto de reina, se ha casado un año y una semana después de mi partida, le falta poco para obtener la nacionalidad española, y la esposa trabaja donde he dejado mi solicitud, en el Reina Sofía.

He perdido mi plaza, ni siendo reina puedo desprenderme del marco para sostener el lienzo de mi piel, en el cual me dibujo bajo una corona, con cetro en la mano, y el aire de quien no tiene súbitos, no tiene rey, castillo, Madrid, Cibeles, ni otro trabajo que dar clases de pintura a enajenados en un hospital psiquiátrico de situado en el culo del mundo »

Como ve, Madame Claire, yo sé que en cualquier momento me desarreglo.-Enfatizó Gracia, al despedirse.

0011

« Estoy esperando a Chiqui» Escribió Andrei hace siete años en la plaza invisible que sirve de Correo a millones de cartas de la inexistencia virtual. El mensaje electrónico y las fotos algorítmicas impalpables, chocan pixeles en mi mirada cansada de no tocar.

Mirada que se posa en el haz de luz del plenilunio de otoño. Entre el cristal y el doble cristal estoy, envuelta en la paz de haber todo perdido. La catástrofe me viste sin que determine el tejido. Bajo el jarabe de la desesperación, hurgo en la espina sin arrancarla, supuro.

Devuélvanme a la calle, al instante preciso donde se rompió el hilo que nos unía. Tengo pruebas y testigos que desfilan cabizbajos, nadie quiere comentar sobre amores idos, nadie quiere formar parte de la destrucción; todos recuerdan que alargaba el tiempo porque regresar sería morir, cualquier ofensa era preferible al destierro que me aguardaba.

No quieren verme muerta; aunque les importe poco un cadáver lejano. No quieren saber que he muerto porque todos estarían asesinando el verano de la Plaza Dos de Mayo.

Converso con los testigos, ya no estoy en sus agendas, no existo en sus teléfonos, han cambiado de aparato, desechando memorias completas en la basura. Les nombro porque mi memoria de componentes maleables se deteriora y necesito aquellos instantes.

Tati confeccionaba vestidos con telas caras y falsas perlas importadas de Colombia. Orlaba, encintaba detrás del terciopelo granada de una cortina. En los espejos, sus labios pintados de un rojo encendido tocaban el barniz carmín del desconsuelo. Tati había tenido un amor con un consumidor de cocaína, un amor fóbico de buhardilla. Tati se retrata en pose de madrastra, los brazos cruzados, la mirada severa y posaba en la foto de la repisa- altar de su nuevo marido. Marcos vende diamantes, pule relojes en oro. Sin que se conozcan, sin que ella sepa donde aprieta el tiempo y él sepa con qué zurcir el alba. Un grito de aguja les cose el habla.

Fuimos felices comiendo pesto, al diente la pasta y el pesto verdoso en pradera sobre tomates cortados en finas rodelas. En su cocina una canción niega que yo deambulaba tocando madera. El desgraciado Andrei se ha encerrado con Aliche, la hija de Marcos, en esa pieza, para que escuche la canción que antes me dedicaba.

Doblada de pena quiero escapar a la calle Velarde. El que me niega, humilla baila sobre mis huesos. Pero es en balde, me obliga a esperar que termine la fiesta; larga es la vergüenza, expuesta en vieja de mierda porque da gracia.

Al fondo del mismo pasillo vive Lola, en la buhardilla del techo, estirada la piel hasta la adolescencia, sus ojos en amanda, el pelo negro ocultaba el bisturí que le hizo la boca como una criandera mal puesta. Mauro es su compañero, la trajo de Argentina, son argentinos que improvisan, ella en una Clínica de cirugía estética, y él en el dibujo. Están indocumentados y les he conseguido el ex cuarto de Tati; es caro, cuatrocientos euros por doce metros cuadrados y en cuatro pasos caes en la cama, frente a la ventanilla que da al cielo.

Mauro dibuja en cualquier papel, tiene talento en la caja loca que ata como una cartera en su hombro. Cuero y puntillas metálicas en el cinturón que sostiene el pantalón pitillo y dos patas flacas. Dibuja en la esquina, ha pedido cartones de publicidad a los comerciantes del barrio, tiene suficiente para dibujar la capital, pero cuando pasa el camello reclama papel, hojas finas que dobla y envuelve con precisa simetría en forma de cono.

En el grupo teníamos al italiano Marchelo, con el pantalón en la cadera, los ojos verdes de admiración desmedida por mis tetas. Apoyado en mí hombro cuchichea secretos de familia; en la lejana Milán viven sus padres, entre manzanos exquisitos, dulces y pequeños; se ocupan de una fábrica de cachivaches que les aporta bastante dinero. Es el aventurero de Dos de Mayo, desde que saca un pie es porque ha ido a la caza de chicas en los bares caros, presas que no quieren pasar la noche en escampada, junto a nosotros. Muchachas de una acostada de las que conocemos frases, un perfume, una locura de cama. Aquella noche nos presentó a una muchacha avejentada por su afición hacia los africanos de enorme falo, olor a selva, y acento marinado que ella recoge y folla en asociaciones caritativas, estrechamente ligadas a Erasmus.

Le ha pasado tanto león en la entrepierna que las abre delante de Andrei y tengo que recordar que le enseña el culo a mi hombre, quien protesta, se siente avergonzado de mi remarca y le da razón de mostrar una teta, sin disimulo, en pasada de complicidad. Yo callo, me tiene en ascuas este mequetrefe.

Con el italiano vive un barcelonés, entre ambos se pagan un apartamento en la Calle de la Palma. Dicen que quedan pocas nacionalidades por inspeccionar, hasta una prieta cubana les hizo el guiño encaramada, en equilibrio sobre el clítoris, planchándoles las camisas. Es psicólogo arrepentido de trabajar con adolescentes casos -sociales, y no se me acerca, pues presiente la tragedia con Andrei. Cuando estamos solos es distinto, hablamos de libros, y también fija sobre mis tetas. Debo ser tema masturbatorio en la esquina de la iglesia.

Jimmy es el centro de todas las contiendas. Negro rasta, sonrisa permanente, extiende la calma del hachís como una premonición de época. Saca de la entrepierna la resina, el elixir que al fuego se hace polvo, y adormece el viaje. Habla francés, él sabe mis secretos. Puedo gritarlos en la Plaza, él me traduce y aquieta, estoy tan sola que Jimmy me abraza, otra noche más, fin del verano, aún la plaza llena. Me dice que la planta sana, me enrolla cuatro capullos en los cabellos, una copa de vino de tercera, pagada en la cava que viene de abrir. Es urgente que olvide al insano, "no puedes soportar un golpe, sepárense de una vez" - me ruega, tratando de besarme el desamparo. Pero no quiero que me consuele su falo y salimos a la Plaza donde una rapada se cela y trata de agredirme, hasta que él le aclara que ando en drama y ella me coge por la cintura y se sienta a mi lado pasándome el porro, que en apuros agoniza manchado de la saliva del vecindario.

Llovizna pero la china vende Mau. Se ha puesto un nombre europeo que no le va, Chitita. Ella recuerda que éramos hermosos como pareja, como el gato- toc, falsamente en oro que da la buenaventura moviendo la pata de arriba a abajo. Camino a su lado y me presta el carrito, grita Mau, mete la mano en el hielo y vende la lata de cerveza. Yo solo tiro, a veces está al frente, otras a mi espalda, somos tan gentiles que la gente sonríe.

La llovizna ha mermado y se une el chino de la ópera, quien ha perdido las piezas obtenidas por la venta de licores. Se ha escapado el salario por el bolsillo ahuecado. Entra en deudas y me explica que tirar un carro de venta se adquiere haciendo mucha marcha con una jaba, que están muy organizados, hay jefes, y el premio es currar en una tienda, donde está al abrigo de refriados. Está aterrado por la posible represalia. Sé que no miente, durante meses me contaron que la chinita vendedora de la tienda de los bajos de casa, con quien hablaba a diario, había regresado al país para visitar a familiares enfermos y semanas después la encontré en las calles de Coslada, me explicó que nada de viaje, cuando envejecen las sacan del mostrador y las obligan a confeccionar rollitos de primavera, y a pelar pollos.

Le pregunto a cuánto asciende el desfalco y me exclama apenado, como si en ello le fuera la vida, y en realidad le va la vida porque puede perderla por mal negociante o robar al patrón, que son doce euros. El paga diez por dormir sentado en un hotel madrileño muy concurrido por el alquiler de las sillas. Se los doy, a escondidas de Andrei quien no se entera de nada, y duerme pegado a cualquiera que le pase el chupo.

Dos de Mayo, cargado de humos, rayas y Maus escucha entonces la voz de tenor del chino, primer vocalista de la Opera de Pequín, acompañado por la guitarra que le prestan y los toques de un tambor en la vecindad. La pajarera nocturna, que duerme en la copa de los árboles de esa plaza, sin despertarse durante años fragilizada por la mariguana, logra sacudir las alas con la calidad del canto.

Los encargados de esta batalla levantan barricada en el centro del parque, defendidos por rejas, bajo un arco de cuartel sitiado. Han cambiado la daga por la botella y la enarbolan con descaro. Cuando la policía se despliega en la zona a controlar papeles, fumadores y traficantes, los dos personajes centrales de la "lechuga", presentan sus caras de cemento, sus trajes de un naranja pálido, permanecen y desafían la autoridad. Ellos tienen en su haber campañas; no están para soldados de mala paga, mala leche y mala mesa. Les estoy trazando a la tinta, les miro con precaución porque detestan mi acento afrancesado que les recuerda la muerte. Daoiz y Velarde me piden que no tema, si Andrei me bota de casa, ellos no se mueven pase lo que pase, me esperan. Me han perdonado, quitar la Francia es quitar al enemigo y solo anduve en campo opuesto por errores de exilio.

Me consuelan, no me queda otro remedio que darles razón, les han acorralado, la municipalidad ha levantado un parque para niños y barreras por toda la explanada, donde debían crecer las enredaderas.

¿Qué hay con tus escritos? Pregunta Velarde, no le cabe un alpiste desde que conoce que escribo versos bajo el nombre de la costurera de Malasaña y pretendo hablar de su persona en una novela, narrar su mirada.

Vienen al mismo banco dos Albertos y propongo un mito urbano: quien se siente entre dos Albertos tiene el futuro asegurado, pero se acaba pronto el juego porque uno de ellos anda enamorado de la chica que trabaja en un teatro de Lavapiés. El otro es un desperdicio, solo nos servía de columna, es asesino de enigmas, anda buscando su ser en la muerte, tan drogado como un tanque hundido en una laguna.

Los nombres he perdido, pero no el gesto. ¿Dónde está la muchacha que vendía trufas polvoreadas de marihuana? ¿Dónde se habrá metido la flaca francesa, la italiana bipolar, las lesbianas del bar cerrado que estrenaban juegos de equilibrio? ¿Dónde habrá ido a parar la que estudiaba letras, vestida con marcas, ex yonqui, ex propietaria del instante donde me desmaya su mirada con ese brutal deseo de poseerme? ¿Dónde la catalana que lanza fluidos para llevarse a cualquiera a la cama, y que termina con Marchelo y el psicólogo, en un trance de vómitos, tres en el lecho apestando a Mau con raviolis?

He olvidado sus nombres, pero no los amaneceres en que recorría la Castellana, de Bilbao a Chamartín, una y otra vez Botero con su mano predicando milagros, los Ministerios, la luz en el Bernabéu, las torres que me levantan de la trasnochada para pegarme al trabajo.

La puerta de otro mundo en Plaza de la Castellana, donde entro al archivo de los sin esperanza, a currar por dos kilos junto a cariñosas amigas que duermen con maridos, crían hijos, y me esperan para un café que me sirve de balsa, antes de acomodarme en el planetario de la oficina donde les pasaré el cine de mi vida.

Mariajesu ha perdido a su madre y no quiero recargarla con Andrei, pero puede ver que tecleo y lloran mis dedos. Tete espera que su destino no se asemeje al sobresalto de mi pie, taconeando el piso como si implorara un mes, dos, tres en Madrid. Pilar estrena vestido y llega tarde de la Sierrita, un derrumbe ha bloqueado la carretera, me invita a un cigarro y repasamos las chapas de los carros que podrían llevarnos a la aventura. Se suma la prima muy bien vestidita y parecemos tres nenas alegres, escapadas del patio de la escuela, en recreación mundana hasta que llegan las catorce y treinta y todo será real, volvemos a casa, a la misma contingencia de ayer.

Adela está esperando el retiro. A todo se ha negado, cuerpo como amor, por cuidar a su madre, le admiro. No ha perdido la bondad, comprende que soy una primitiva, atada a un canalla. Carmen tiene ojos rasgados como la cantante francesa Bárbara, es militar de formación y nunca antes había tenido bajo su mando a una habitante del nuevo mundo con tanta desinformación humana. Les hago reír, a carcajadas, aunque el asunto fuese grave y nos obligaran a censar a los habitantes de San Juan de las pelotas. El jefe sabe que soy de una isla, y respondo el teléfono sin saber las claves, a un general como al rey le doy los buenos días, y vale, salve, en definitiva señalan que "les atendió una graciosa canaria". No soy yo, no la conozco, respondo, pero quiero portarme bien y me porto hasta las dos menos diez que debo cerrar el PC, y prepararme para la descarga y los insultos de Andrei.

En la administración comparto pasillo con Rosa Labuena, quien trae ángeles por encargado, son en plata y vienen de una región en España donde se pide la gracia en cada pozo de agua. También trabaja Rosa Lamala, quien me regala un billete que falla en la lotería. Ha hablado muy mal en mis espaldas, pero le he cambiado la amargura con tanto desenfreno que hasta me pide perdón, quiere que recuerde que ha sido injusta, me ha criticado delante de los jefes, me ha vigilado y denunciado si llego cinco minutos después de las nueve. Le beso, no he puesto fecha a la desgracia, pero quizás sea la última semana y deba regresar a Francia.

He dado palabra que regreso. Andrei me ha humillado tanto diciendo que anda conmigo porque le resolví el apartamento que decido dejárselo. Sin papeles no podría alquilar en el centro; sin hojas de pago sería un infierno, le envió texto, pido lugar o a quién le entrego las llaves, pero no responde. Para qué respondería si ya está preparando boda, ocupado en la boda con quien le paga los documentos y le garantiza los veinte y un euros diarios a su mantenimiento, esos que no podía darle. El caso es que pierdo el piso, doy terreno a quien ya no le interesa entrar, y ni siquiera me previene, da igual si me oscurece el norte como si me pasa el Metro por el cuerpo.

Ana me espera, deja la centralita de llamadas para desayunar conmigo. Iremos al parque a comer cerezas, las podridas serán para las palomas que se esconden en la cercana estación de trenes de Chamartín y vuelan por los túneles del metro de un lado a otro de la ciudad.

Andrei viene de finalizar el túnel que me hizo de la mollera a la planta de los pies, con ramificaciones de una mano a otra, ahora perfecciona el hueco desgarrándome de oreja a oreja. Me corta el habla y la lengua y se ocupa de desinformar sobre su matrimonio cercano, me vende que goza de soltería. Vuelve a medianoche a fumar frente al muro de la Televisión donde pasan fragmentos de filmes pornográficos. El azulino humo de hachís enfría las paredes; él se encarga de dejar señales de su futura naturalización cuando repite "tía, tía" en mi dirección.

Merodean los personajes de teatro, se han ido parqueando en las cercanías del Renfe. Todos cubanos en diferentes esperas de documentación, inadaptados e imponiendo en mayor o menor grado una isla, la especulación en el habla. Esmeraldo es uno de ellos, se ha convertido en el "padrino" espiritual de Andrei. Es babalao, y bebe un vaso de ron antes de consultarme. Mi camino con este hombre no conduce a nada, es diferente; tendrás que largarte de esta casa, me ordena. No estaba al corriente que buscaba techo en el centro. Prosigue: "tu hija morirá en dos meses, se caerá como un pollito, sin razón aparente" desatando mi locura, de un golpe el despertador golpea mi corazón, las sienes inflamadas, creo que he oído mal, y me voy a desmayar.

Andrei sonríe sentado en el piso, con el miedo que acaban de entrar a mi cuerpo, podrán campear hasta sacarme de la ciudad, donde soy la apestada que le impide vivir el romance que ha comenzado con la española de marras, pagana de turno. Yo soy la vaca flaca, di lo que podía, pero el niño quiere más leche, y la obtendrá cueste la salud de quien sea.

En el estado en que me ha metido el santero no puedo levantarme, y el hombre considera que debe apoyarme. Induce en mi mente la tragedia y la desgracia, separarme de Andrei, gobernar en la plaza. Me pide vela, coco, dulce y de vestir a dos muñecas que utilizará en un ritual para sanar a mi hija.

Voy sola, como una lechuza desvelada aunando la caja de los milagros. Se fija fecha para la ceremonia. Vuelve a beber su taza de ron, escupe por todos lados, reza en la esquina donde ha encendido la vela. Rompe el coco que, en ama de casa apaleada, intento recoger. Parece que es pecado y lo devuelvo al piso, me lavo las manos y le veo partir con una de las muñecas plásticas que desaparecerá a medianoche para que el mal se espante.

Me ha dejado la muñeca que vestí, debo mimarla, darle cariño, que mi hija recibirá por gracia de los dioses de la isla. No tengo dinero para regresar, ni tan siquiera salud para enfrentar el puño cerrado de Andrei.

El se ha creado una familia con el patrón, quien tiene una querida por Barcelona y nos invita a un baile de sábado, en un tugurio por las afueras. Es tanta la miseria que llevo que se me rompe el zapato; lo pego con esparadrapo, bailo, quiero bailar para sacudirme, pero Andrei acelera la cadencia, me empuja, quiere que caiga al piso delante de todos, para tener antecedentes de lo ridícula que soy, para poder largarme ante gente que desprecia mi conformismo de estar donde nadie desea mi presencia.

Andrei les llama; a ella le acorta el nombre, "Mili", dice en lugar de Milagros. Toñi, padre de un hijo, que en calidad de hermano él retrata, la espalda desnuda, parece que han jugado a las manos, el chico tiene zonas rojas, golpes en la espalda, como dos manos que presionan en los costados. Veo las fotos y callo, qué más da. Andrei ha roto la prohibición para hacerme una llamada, me pide la receta de papas que le hice, ha olvidado la cantidad de crema, le está haciendo la cocina al muchacho que se ducha y escucha canciones en mi ipod porque yo no merezco oír música.

Esmeraldo me regala un resguardo y reza para que deje de temblar y trabaje como manda la situación económica. Así me podré largar lo antes posible. De esto no me atrevo a comentar en la oficina, lo comparto con "monito, monito", quien me pide "escribe", y no entiende cómo puedo dejarme desvalijar en mentiras tras mentiras, ofensas tras agresiones. "¿Por quedarte en Madrid?" Sí, le digo, pero no sé si tenga fuerzas.

Entre los desaparecidos está Alain, quien ha dejado de amasar harina en el sótano de una pizzería. Se casó con la mujer de un amigo por cuatro mil euros y espera la nacionalidad. La novia con que vivía antes se ha mudado a Granada y él me enseña sus tetas, viene de recibirlas en un SMS, son enormes, ocupan la pantalla. Los bondadosos amigos se han comprado un billete de avión sin vuelta a Miami. Alain es quien estuvo en un trío con Andrei y una puta; me ha lanzado a la cara "que el culo de mi marido le pertenece". Yo no sé, no pude ponerme brava, Andrei me grita demasiado por dudar de su masculinidad.

Marojo es una coja española que está abriendo un bar y decide exponer a pintores. No estoy en su lista de expositores. Andrei se ha encargado de seducirla y me prohíbe entrar a ese lugar. Vamos, como si fuese en despedida, ella ofrece la cena pero nos acompaña un aparecido dudoso. Es una racleta. Andrei se sienta en el extremo de la mesa, frente a un rubio de labios pulposos, con los músculos cargados de grasa, quien me cuenta que en mi ausencia ha dormido en casa. Van derritiendo el queso y se pasan de un plato al otro papa, y salsa. En el otro extremo de la cena, me como una ensalada fría, no levanto cabeza y observo los pies de los camareros que, vestidos de negro, no saben cómo nombrar al espectáculo. Veo que están en fila india, como soldados de un pabellón de fusilamientos y siento alivio cuando el rubio se traga la comida y parte sin decirme adiós acompañado de Andrei quien le lleva a la boca del Metro.

Entre los camareros quedo. Esta Karin un negro cubano a quien todo le ha ido fatal. Tiene piso con ventana a plaza en Lavapiés, que alquila a estudiantes americanas, y un hijo con una española, que se cansó de dar papel y no ser amada, pero mantiene amistad por la descendencia. Karin remarca que he pasado apuro en la mesa y me socorre de mirada. Hasta le sugiere a Andrei, quien regresa con la misma frivolidad con que partió una hora antes, que me perderá.

En la tertulia se agrupa la coja propietaria, quien tiene el ojo echado a mi marido, una tiradora de tarots lesbiana que no me pone una carta, una francesa que quiere echar un polvo con el camarero, y algunos sin nombre, perdidos en mi desgracia.

Fue solo una noche de tantas donde se mencionaba la bisexualidad de Andrei, sin que este asuma, apenas mete cuatro golpes en el muro y me planta como a la prostituta que no entiende de libertades.

Hubo otra salida, en dos años, fuimos al cumpleaños de Papito, un prieto que viene de alquilar casa con una española. Sus papeles están bien avanzados y han visitado la isla dos veranos consecutivos. La mujer no habla, como lobotomizada, si me dirige la palabra es con un sí, apenas perceptible. Nos han dejado solas. Andrei ha partido con Papito y el masajista a nadie puede preguntarle dónde y regresa pasada la medianoche, completamente cansado. Dos horas en que no he hablado una palabra. En un canapé, la mujer en otro con dos chicos pequeños de un matrimonio anterior. Nunca me dijeron como se llama.

Miguel es el masajista. Nos detestamos porque le he visto el ojo perverso, como se detiene en el hueco de mi novio y le mama el diente cuando habla. Está casado y tiene una nena. La mujer sospecha que está enamorado de Andrei y lo dice para que proteste, o la ayude, pero no me atrevo ni a sonreír. Si no se descubre este asunto irán de vacaciones otra vez a Cádiz. Si sale al descubierto, tendrán que llegarse a Portugal, porque creará problemas en la familia de ella quien es dueña de la residencia secundaria.

Es la segunda ocasión que lanza el tema sobre la mesa. La primera fue en casa de Isidro, un albañil casado con una rusa, quien me soltó en el aperitivo "qué cómo podía soportar tantas mentiras del Pinto, seguro que se justificaba para no tocarte con que le duele la cabeza. Este es marica, le encanta la sodomía"_ recuerdo que reía como un bobo bajo el alcohol. Fue en la única ocasión en que mi novio se levantó, me besó en público y juró amarme, "por nada del mundo me quitaría, yo era su familia, su bien." Hasta me extrañé de la respuesta exageradamente amorosa de Andrei. Pero los vi una vez, me quedé con ganas de insistir en el asunto.

El vecino que tengo en el piso de abajo es argentino y cierra el garito. Su mujer regresa, la espera de corbata, tiene el aire romántico, me pide que si alguien suena, diga que se ha mudado. He vuelto a ver a Alicia, la italiana que compartió piso con nosotros en la Calle San Fidel, regresa de otro yonqui, erizada de chicos malos me cierra en los brazos y expresa "¿todavía están juntos?"

Dubitativa desde que Andrei me expulsó de la cocina, a quince días de mi llegada a Madrid, para enseñarle los secretos del congrí y la ensalada.

No respondo, de todas formas se ve de lejos que uno de sus ovarios ovula y quiere que le asalte un bandido. El mío puede estar en su lista de ex. Andrei jura que no, se pasó seis meses en que estuve ausente pensando en acostarla pero había perdido el teléfono, toda la tarde paseamos y no dejo de comentar esa desgracia de número extraviado. Es diferente a la historia con Cristina, la mangoneadora que trabajaba para el cine. De ella me contó entre Recoletos, Chueca y Tribunal hasta la talla de los sostenedores, fecha de aniversario y demás virulencias de enamorado. Rechazó que estuviese ligado a ella cuando hallé mensajes con muchos besos, la noche antes de partir porque me deseara la muerte. Cuando le perdoné la matanza verbal y volví, hallé todas las facturas de ese tiempo sin pagar, roto el tanque para calentar el agua, y las insinuaciones de ocasionales acostaditas en la cama desembocaban en la versión oficial, expuesta de repente, sí, se habían liado, pero era historia vieja.

A todas estas he seguido a Andrei a la Plaza de Dos de Mayo, quien cada dos pasos se detiene y me espanta como a una perra, "zas, zas", dice moviendo la mano, pero estoy invadida de hollín, desde la vez en que me quedé sin techo en Francia. No controlo el espacio, camino detrás de él por inercia, arrastrando el pie izquierdo, respirando por la panza. No lo toco, no pronuncio palabra, solo me separo cuando voy a mear en los bajos de la iglesia de la calle Palma.

La sombra me devuelve a una mujer por tierra, el hilo de orine corre y corre sin rumbo a los pies de Andrei quien se aleja a enamorar a las pasaditas que cantan "quiero un polvo, hoy quiero un polvo". No sé cómo D. ios no tiene piedad de mi estado, es tarde y todos andan borrachos y yo tan lúcida, tan pura en la obsesión de morir.

Inútil de seguir la traza de Andrei. Qué se largue a cualquier lado, qué desaparezca. Regreso a Velarde, voy rumbo a casa y choco con dos tipos que me zarandean, me dejo hacer, ¿qué más puede pasarme? Entro a un bar y el tatuador de la esquina me ofrece una copa. Le beso y él se entinta el dedo. Bien quisiera que borre de mi piel este destello de humillada; él dibuja, pero no anda con el buril, y me ennegrece el pecho. Se queda corto de tinta, "es inmenso el tatuaje de desamor que te han grabado encima", afirma. Hasta en mis ojos ha regado pigmentos.

Salgo corriendo en dirección a Pepe Botella; recorro el pasillo empapelado como en un prostíbulo francés, sobre el aseo florecitas, me lavo la cara, enjuago la lengua. Pido un café fijando la colección de botellas que como caballeros de embriaguez protegen las cincuenta fotografías antiguas en el muro. El espejo las devuelve formándome una estola.

Pago y parto a buscar a Andrei, monto la calle de la Luna, paso frente al Gato tuerto y termino de descender la lomera que termina en la Gran Vía. Me he detenido un instante frente al restaurante ruso, huele a pimiento relleno, a col, a merluza. Contemplo las vitrinas de la tienda de Santería milagrosa; paso frente a los cines en que nunca entro; para sentarme arruinada en la fuente seca de Plaza España. Me desplomo. Veo como unos rumanos me desvalijan la cartera, se llevan mi identidad y sonrío. Está saliendo un puto sol hermoso en el centro del cielo.

Estoy tiritando y llega Jimmy quien abre un nailon y me introduce una raya de coca, mejor, una uña de cocaína, adentra el dedo en mi nariz. La cabeza se me desbloquea y tiende a pegarse a la espalda. No entiendo cómo, pero me veo grabando datos numéricos, revisando los códigos de las farmacias de Madrid. La calle Alcalá entendida en mis zapatos de estreno, la arena de la Plaza de toros me dificulta el tecleo, pero no ceso de escribir números bien entrada la mañana.

Andrei no ha venido a buscarme, dice que es por el frío en la moto; ando con Jimmy por Callao, llego a Sol y me queda una estación donde desciendo al calor contaminado. Alguien se ha sumado al grupo y me tira hasta el Prado. Quiero ir a Atocha y finalmente me levanta un policía de entre las plantas de la estación de trenes.

En ese instante supe que se acababa Madrid, que no volvería a vivirla y lloro.

"Estoy esperando a Chiqui", decía el mensaje azul en el chat y estoy arrastrando la infamia con un vestido de boda blanco, mal cosido y roto en los bajos, manchado de fango en el dobladillo. Me he quedado como mi madre, mirando con ojos redondos, asustados, he muerto.

Andrei no se ha enterado, quiere prostituirse con una empresaria, con la árabe de cinco hijos, con una flaca cubana que se fue con un ecuatoriano. Nacido en Chernóbil reza en la tarjeta que se ha inventado. Se pone un parche de pirata en el ojo rasgado y traza líneas blancas en toda la ciudad partiendo las calles en dos.

El rusito de la cocaína barata, la mezcla con talco, arrastra el puente de su pie; se ha pasado la urraca que chilla en el contenedor de la basura, enanas, vacas, viejas. Enciende un pitillo mal fumado por otros y dobla el pescuezo como si le llamaran, pero está solo, nadie detrás y se acuerda que en algún sitio he tropezado.

"Esperando a Chiqui" en el universo, a Chiqui que ya no tiene más lienzo. La bruma desgarra el alba, pero es su aliento y yo sin años a venir, sin textos. Hemos muerto. En la muñeca de mi brazo izquierdo he tallado al cuchillo un candelabro y entro a la Catedral de Santa María la Real de la Almudena; comienzo a peregrinar, continúo por el Monasterio de la Encarnación, me detengo en el Monasterio de las Descalzas Reales, aterrizo en el Iglesia de San Nicolás , rezo en la Colegiata de San Isidro , bebo agua bendita en la palangana de la Iglesia de San Francisco El Grande , frente al cobre antiguo recuerdo que no soy cristiana, que no sé persignarme y enciendo un cirio. Escucho las plegarias lejanas, son dos monjas de arrodillas que colorean el marasmo en que me encuentro.

Mi pelo ha encanecido. Tres días sin bañarme y vacío sobre la espalda de Andrei agua de una lata. Nos han cortado la luz y el agua a falta de no pagarla. En medio de la cocina mi pelo enmarañado cae sobre la palangana. Está en calzones largos, yo en bragas, no sabemos cuándo podemos pagar la luz.

Recuerdo, estaba como un ángel por el Templo de Devos y sobrevolaba la ciudad bajo un cielo rojizo, con el presentimiento de no ser nada. 'No somos na', repetían los campanarios en mi piel. Los ojos de Andrei no veían mis alas, no sabía que le amaba. La pared rota, la otra con manchas quebradas bajo su puño; la lavadora haciendo un ruido de infierno; el horno que no funciona, el minutero que desconcierta con pausas; el techo del baño donde crecen hongos; la ventana que no cierra; y los cactus que agobiados de la contaminación se han agrandado de forma monstruosa.

He doblado la ropa; las medias se casan negra con negra, la del hueco reposa sobre la de lana. La pata de mis espejuelos tiene alas, mira, solo miro al amado. Me he sentado en la butaca, una capa negra sobre la espalda. Cae su cabello, se ha despejado y en el suelo el pelo se amalgama con el mío para siempre en Madrid.

¿Cómo es que puedo pintar todo esto en un cuadro?

0012

Llevo veinte y ocho meses repitiendo en citas semanales a mi psiquiatra « He perdido la plaza ».Pero, ¿qué

es una plaza, un sitio, una posición en el mundo? Me he forzado a escribir poemas, cuentos, textos desgarradores en blogs que atraen a ninfómanas y obsesionadas feministas, junto a piratas sin escrúpulos que desean apropiarse del lenguaje de una mujer en trance. En realidad he tenido que abrir mi propia editora porque ningún agente se ha interesado por ellos. He ganado concursos que son silenciados por quienes dan entrevistas y se alaban por haber quedado finalistas en ellos. He pintado a romperme los pulmones, he vendido como una puta a clientes regulares, a bajo precio, e hice intercambios de acuarelas por cajetillas de cigarro.

En la plasta después que gobiernan los que se venden inmensos, despreciada por jovenzuelos que a fuerza de conspirar contra el trabajo se declaran élite del arte contemporáneo por exponer un racimo de plátano sobre un soporte absolutamente blanco, escudados tras patos en plástico y basuras recicladas donde caen los dibujos mal hechos que tiro sin pensar.

Despreciando cuadros que abandono porque no tienen espíritu, instalaciones descomunales que no puedo pagarme, piezas que requieren de camiones, grúas y banqueros para cobrar forma.

He visto a mis contemporáneos llenando revistas de arte con sus collages, y he sonreído. Ellos también se han puesto viejos, han viajado y recreado un arte artificial, reinados artificiales donde contratan esclavos para que realicen babosadas, cenan con Ministros y personajes de un aparataje de servicios culturales de la humanidad, carente de culo para sentarse.

He amado a un poeta que murió borracho bajo un puente; a un pintor poeta que murió linfáticamente poseído por el diablo; y a este jovenzuelo que inventé en el norte de la Francia, donde nadie llega sano, ni puede partir pues alimenta a malvados chupadores de cabra, mamadores de aliento que te hacen un ovillo, despliegan péndulos y dicen que te tejen, y vas dejando sueños, proyectos, colores, mientras te consumes, y agrisas para su placer. Ah, la Francia del norte y sus amantes con escobas en el ano, marejadas que destruyen; brujos con estandartes negros chiflando a las tormentas, con caras de santo y manos sangrientas de vikingos.

He hablado de mi plaza. Quisiera decir mi plaza en el corazón de un hombre, pero mencionar al amor puede ser fatal a una edad donde esa tontería pertenece al verano. He vivido un invierno que ha durado siete años, hasta que supe que mi hombre me ha cambiado por un pasaporte.

Alguien repite mis fractales, las fluctuaciones de energía que puse en su piel, las frecuencias magnéticas que esbocé en sus ojos; defecando sobre mi mundo cuántico, mutilando mi singularidad, alineándome en los que no merecen cuerpo, despreciando mis cuadros, textos, diarios íntimos, metiéndome en la sincronía del desastre; conectándose a una copia de copias de mujeres.

Cuenta que me perdona. El me perdona y yo veo mi plaza ocupada, me pongo borrosa, desenfocada, pero me siento liberada. Heme con la estocada, el tripero revuelto, la hemorragia interior, miro la cresta de las olas desde los acantilados, después de impartir clases a enajenados. En la plaza de la perdedora, frente a este mundo de iluminados que escapa de mis holografías. Cochina raza que se destiñe y ensucia mi cuadro, mi fluido, la alquimia, el bosque de alquimias de mis obras confeccionadas con lo que me va matando.

Cerca del veinte y uno de noviembre del dos mil doce 21112012 me pide, a mí que temo descubran mi reinado agrietado con las miles de piedras que han tirado sobre mi bombilla, con los circuitos que resistirán, a lo máximo, dos décadas más, me pide Andrei que cambie el pasado para que bendiga la alianza perpetrada sobre mi rostro.

He perdido la plaza, es tarde para claudicar. No echaré batalla, voy desarmada, no tengo esperanza, ni ego, no hace falta, soy la reina; no quiero súbditos, cantadores de serenatas, caballeros en la corte, no quiero dolores, ser vejada, reconocida, soy la nada. La batalla ha cesado, el exilio, el amor, la juventud; los aduaneros, los papeles, las facturas mal pagadas, la maldad, la envidia, la traición. Cada cual en su plaza, su espacio, su lugar. Joder al prójimo no es mi causa.

Tú tienes una batalla, separarte de la copia, cepillar ese cuerpo donde, con desesperante lentor, te han grabado leyes ajenas.

En todo me equivoqué, todo fue error menos Andrei, quien negándome, en la absoluta negación de mi ser, con el violento deseo de que muriera, me permitió nacer.

Debo pintar lo que me permita la vejez.

0013

La noticia de que había realizado una excursión para mostrar un suicidio se regó como pólvora en el Hospital. La comidilla nació en el personal médico y se extendió hasta mi vecindario. Lo supe cuando una vecina me sonrió comprensiva; con los labios temblorosos y la mirada esquiva, recordó mi atrevimiento. Estaba orgullosa de estar emparentada con una enfermera que aspiraba a exponer sus cuadros en mi taller.

La fealdad de los dibujos de esta prima enfermera traumatizaba a los pacientes, pero yo no encontraba forma para exprimir un no rotundo; era incapaz de mentir frente a tal crimen y desperdicio de materiales, por lo que sufría el asedio de mi vecina.

Me considero una persona empapada en el arte contemporáneo. Mi hija me ha convencido de que mi forma de pintar no corresponde a esta época y que ninguno de sus amigos, egresados de Bellas artes, podría compartir galería con mis trabajos; lo cual me hundió en un enorme sufrimiento hasta que decidí machacarme los ojos en cuanto salón tenía el cartelito de conceptual, escuchar conferencias donde giraban el lenguaje sobre un trompo del lenguaje y adentrarme en tratados y videos que me encandilaban los ojos,

El resultado de aquello que llamaban contemporáneo era una jugarreta de vampiros que habían aprovechado una coyuntura del universo para entrar en el mercado e imponer, con la fuerza de la juventud, la anti base de cualquier estructura. Decían que chocaban, pero lo que me llegaba se asemejaba a cualquier diseño tirado al olvido por miles de artistas anteriores.

Entonces me pusieron el cartel de inculta y me insinuaron tareas de comprensión. El término arte contemporáneo se basa en cómo se prepara la cosa, en el burocratismo y en un papeleo enigmático que otorga la medallita de artista conceptual.

He visto precios desorbitantes, perros que mean a perros metálicos, cuerpos disecados con técnicas científicas, caballos cortados a la mitad y metidos de cabeza contra un muro que me causan envidia. Son el reflejo de mis peores pesadillas, las que no he asumido porque llegaron en un tiempo en que contar esas cosas podía costarme el internamiento en un clínica especializada, como esta donde enseño arte.

Hacia la enfermera con dibujos infames sentía una envidia dulce. Desde que cayó en mis manos su obra me metía en estados e indagaciones extraordinarias. ¿Cómo era posible que una persona cuerda tuviera un gusto tan pésimo, lo realizara y lo propusiera como primera muestra de mi tallercito de nada?

Phy&color es el título que daba al bodrio en un panfleto que me entretuve en llenar de rayitas de bolígrafo negro, tal era mi desconcierto, hasta que decidí decirle sí ante la insistencia, pero ya era tarde. Su lengua viperina me había levantado una fama en el grupo de los sanos, que solo el sufrimiento agradecido de mi clase impedía al director de ponerme en la calle.

Yo pintaba negro, no sabía de dónde salían los conceptos con que estructuraba mis acciones, y cualquier cosa que produjera estaba carente de la motivación necesaria para defenderlo. Pero quería mi plaza. Me he sentido siempre en una plaza pública donde entran y salen al antojo cuadros y poemas, hombres ocasionales que se limpian los pies, se alimentan y parten a conquistar el mundo y a doncellas menos complicadas, por decirlo, sin falsa humildad, menos inteligentes en sus proyecciones, pero más dóciles en el arte de vivir.

Mi plaza pictórica nació de la imposibilidad de hablar el francés. No el intercambio ordinario sobre el tiempo o las maraquillas de la vida diaria, de conversar temas abstractos y de situarme como la emigrada con estudios que era. Relegada a ignorante, fui llevada por la administración del empleo a realizar estudios junto a analfabetas africanas, a obedecer a profesoras elementales, cansadas de bajos salarios y de tratar con una masa humana sin perspectivas de integración.

Mi oficio de mujer de letras me incluía, por demás, en la categoría de quien seguirá desempleada por el resto de la existencia. No recibiría ninguna orientación sobre libros o agencias que necesitaran traductores, o periodistas; en ese momento debía callar en las clases, someterme a la primera persona y repetir frases de cortesía.

Cada vez que mostraba mi pretendido currículo en busca de un trabajo creaba la infelicidad en el empleador.

Mis títulos universitarios eran una ofensa, un cuchillo que me situaba en la categoría intelectual, término que en Francia ha sido asociado, por imbecilidad y superficialidad, a la derecha, la burguesía, la camisa de seda. Triste espectáculo ofrecía con mi abrigo negro, regalado por una asociación caritativa, mis zapatos fuera de época, cuando solicitaba entrevistas en el periódico de la localidad, aunque fuera como aprendiz y sin salario, para entrar al oficio para el que me había formado en la isla.

Pintar se impuso entonces como una necesidad de mis cuerdas vocales, aquello que no podía nombrar adquiría forma en una tela, y poco a poco me fui rodeando de pintores, y coleccionadores.

Los primeros me llevaban a salones; los segundos me prostituían, pues negociaban mis historias pintadas a bajo precio, dejándome la sensación de que me hacían un favor. En realidad, el cerebro se había conectado a la estructura de la sobreviviente, y aunque fuese incapaz de comprender, fluía en mi trabajo la esencia de la tribu de artistas que se alimentan con las migajas del resto de la humanidad.

No lograba hacerme amigos. Frente a los conocidos, mi cuerpo vacilaba y claramente percibía la distancia que nos separaba. Carente de empatía, era una muñeca de guata que no encontraba lugar.

El pueblo me jugaba también una mala pasada. Muy pronto, las cuatro calles principales, la estación de trenes con horarios absurdos, cerrada en madrugadas, el enorme puente de Tancarville, rojo en todas sus tuercas, parapetado sobre la Sena como un brujo vengativo, como un furioso aduanero y los caminos que conducían exclusivamente a los farallones frente al mar, me cortaban el aliento de escapar lejos del salitre y el ajetreo de la imponente zona industrial.

Con los hombres me sucedía otro tanto. Ninguno me llegaba a sofocar. La química espesa de sus cuerpos pertenecía a un laboratorio contrario al que fue ideada mi entrepierna. Era un fracaso constante, desear a un hombre y no encontrar sombra de la especie que estremece el cuerpo. Los intentos fueron escasos porque quedaba perpleja ante los avances y no resistía al deseo de partir cuando establecían la seducción francesa, basada en la guerra, frases negativas, recovecos indigentes de poca potencia cerebral, e invitaciones comunes, lejanas a la fantasmagoría tropical.

La ausencia de hombres de mi especie, me fue traumatizando. Me fui con los meses convirtiendo en señorita y estoy convencida que mi himen se recuperó de las andadas; hasta mi forma de sonreír se transformó en la aquiescencia monacal de la monja que aspira a ángel. Y todo esto mal comprendido por los habitantes, que veían en mi indigencia afectiva una prueba de orgullo, de rechazo, de prepotencia.

Enemigos me sobraban en la región, bien por las pinturas numerosas y coloreadas bajo un gris y un sopor que laceraba espíritus; bien por la soledad que se une al concepto de libre. Libertad en provincia chiquita es como pedir al trueno que no caiga sobre la aguja del campanario.

En una libreta escolar anoté cada instante del desespero, hasta que mis neuronas decidieron que era insoportable mantener la calma, y hube de drogarme de pastillas durante dos décadas, dejando breves despertares cuando agilizaba pinceles, o escribía textos confusos, estructurados con mareo, en busca de la ventana que me dejara respirar.

En vano me acerqué a Internet, en las andadas buscaba direcciones, correos electrónicos de los amigos de universidad, de los poetas que frecuentaba en la isla antes del destierro. Me fui dando cuenta que allá afuera, en otros países se habían instalado timbiriches literarios; figuras que no llegaban a clasificar en los concursos firmaban artículos vegetativos de desterrados, junto a cuatro títulos, un puesto y vario libros publicados. Las respuestas fueron pocas, a lo máximo constataban con alegría que tan lejos no estorbaba sus proyectos; como nada podía aportar, no era útil, me declaraban inmediatamente muerta, condenada al olvido.

Un profundo malestar hizo de mí una víctima odiosa, la mendiga. Buscaba hilos, pedazos de pan que me mostraran el camino, pero regresaba a casa con mayor incertidumbre. Hasta que me obligué a ser una madre convencional y a criar a mi hija, quien debía escapar desde que terminara sus estudios básicos. El peso del desquite sobre sus hombres maltrataba a la niña, quien no tardo, a su vez, en hacérmelo sentir e irse apartando de mis males y maletas repletas de frustraciones.

Comenzó la época de la poesía negra, de los dibujos angustiados, de la máquina de moler con la que destruía, en el instante mismo, cualquier placer que vislumbrara, condenándome al encierro en una buhardilla, del alba a la noche creaba obras de gritos, llantos, sufrimientos. Imposible, en esas condiciones, de rodearme de luz, yo misma había ensombrecido el cuadro. El negro alejaba a cuanto ser pensara que la espiritualidad en una obra, va acompañada de reflexiones oscuras. Mi boca no hablaba; era solo oídos y cuando me importunaban los cumplidos, se revelaba en maldiciones.

Maldije, me maldije, hasta que llegó Andrei.

Me han dicho que no hay que salvar la mesa a un hombre; si acaba de quitar a una mujer debo investigar la causa; no ir tras el castillo. Pero me fui tras mi palacio en España y en cuarenta y ocho horas me vi en la calle, arrastrando maletas en busca de una posada.

Andrei había previsto que viviríamos en su cuarto el tiempo en que me integrara a España. Pero era un invento, una suposición y no había contado con la aprobación de la persona implicada. La colocación con la gorda colombiana, más torcida que la torre italiana, figura principal del contrato de alquiler, nos dejaba sin llave. El Pinto venía de tirarse a la americana tras apretarle el cuello. Mi ego, de doncella predestinada al amor contrariado, estaba en su punto.

Comenzábamos la vida; le conté mis temores a la capital, a tener relaciones normales con seres humanos y a convivir en pareja. No dejé de mencionar mis traumas porque la verdad es necesaria para construir una relación. El tampoco dejó de afirmar y de mostrar interés por su proyecto, conmigo era honesto y nos íbamos a atragantar de atardeceres por el Prado. Yo, por ver un Greco puedo soportar suplicios, lo sé desde pequeña.

Anuncio hoy que toda la porquería que se ha escrito sobre las parejas merece ser quemada. Encontrar el amor, sentir el amor es un acto raro, arriba a pocos elegidos. Cuando se presenta, lo mejor es improvisar, destruir cualquier enseñanza anterior, borrar el pasado, descuartizar creencias y escuchar al ser que frente a ti adquiere materialidad, tan ajado como la búsqueda y los errores que ha cometido. Confesar cualquier temblorcillo anterior es sembrar la grieta por donde se colará el miedo y el fin de ambos.

Los logros que arriban tras el esfuerzo y la batalla me agobian. Casi siempre los recibo a destiempo, cuando no me importan. Andrei era un premio, un regalo divino, la presencia del todo, el huevo genitor, la gasolina de mi carro, aunque por ello debiera vivir en la espontaneidad, y sobre una cuerda floja. Y estaba el Greco a lo vertical, llevando mi cabeza a perderse en las nubes.

Mi energía en función de mi amado era el lema de cada amanecer; echaba a tierra los años de ocupada en teclear, el papel o el lienzo en blanco que me atraían como a una zombi. Si había que buscar cuarto, comida, trabajo, se buscaba; si había que sacar sacos de cemento de un quinto piso, pues se bajaban; si debía limpiar la casa de un cineasta, llegaba a tiempo. Estábamos en el flujo y el universo nos daba la posibilidad de estrenarnos en oficios de poco salario, pero sentirnos aumentaba el caudal energético, producía y reproducía futuros insólitos para ambos. Y estaba el Greco, estirando el cansancio, adentrándome a una cruz que asciende, infinita.

No presté atención a nada, mi ego desesperado se aferraba al amor, en otras, cuando creía que perdía el tiempo tenía al Greco, que por simbiosis se asociaba a la ciudad, a mi martirio y al deseo, a la pavorosa excitación sexual. Si las guardianas del Museo se hubiesen ausentado minutos, no hubiese dudado en masturbarme frente a los cuadros de este hombre. Una vez esperé que apagaran las luces y deambulé frente a su Cristo, juro que la sala estaba revestida de olores, y los personajes se estiraban. Fue injusto que me sacaran a empujones, y le causara tanta pena a este pintor, quien desde un minúsculo retrato, en comparación a sus obras, gozaba del efecto que me provocaban sus colores encendidos.

Andrei se comportaba en príncipe, capaz de poseer bienes sin necesidad de esfuerzo. Le estorbaba, y me recordaba que con salir y acostarse con una rica turista de paso por Madrid obtenía más dinero y placer. Pensé que jugaba, que era provocación, y mi inocencia ofendía el curso lógico de su ascensión social.

Todo lo que emprendiese contaba con su pie para que me rompiera la cara; o su mano lo arrancaba de raíz. Si hallaba un cesto lo tiraba sin miramientos; regalaba los objetos y muebles que había recogido y me gustaban. Bastaba que quisiera cualquier cosilla o persona para que me lo arrebatara, ensuciara, quitara como si así me diera mi merecido, o me desapareciera.

Intenté razonarle, pero solo provocaba accesos de cólera, licencias verbales de un ácido corrosivo donde no podía solicitar ayuda; hasta las amigas, las pocas vecinas con que tenía afinidad, se quejaban de sus insinuaciones sexuales, de sus invitaciones abiertas, y remarcaban que de la no existencia me adentraba en el meadero provisional de la calle Velarde, la nulidad, el cero menos cero del culo del agujero negro donde no tardaría en expirar mi tiempo de visitante entrometida en los negocios de un ilegal.

Era la inexistencia, si me levantaba de una silla me ordenaba regresar a Le Havre. Pronto aprendí a esquivar su paso cuando llegaba a casa, sin mirarme, atravesaba mi cuerpo de fantasma. Lo lograba sin esfuerzo porque yo no estaba, me había eliminado de su espacio vital. Así es como erraba, mareada por San Bernardo, montaba la calle Palma y me sentaba en los parques, esperando que todo pasara y él volviera de la barbarie. Que no me amara no era grave, porque tenía al Greco; aspiraba a quedarme en esa ciudad.

Me sorprendí en la cocina, esperando su aparición, siempre temblorosa, con saltos en el pecho. Los pasos en la escalera anunciaban que en breve Andrei desembarcaba con los ojos rojos por el hachís, a tirarse frente a la televisión, a mirar hasta la madrugada escenas de sexo.

A veces me sentaba en la escalera, en el negro absoluto, y sentía como un asesino acechaba para empujarme por los peldaños, pero me fumaba mi Fortuna y sacaba ovarios, regresaba al canapé, merodeaba en un cuadernillo de apuntes y esperaba a que los santos se acordaran que en algún momento tuve esperanza en ellos, porque en mi, ya no podía, era un error mal nacido, un feto mal oliente, sin plaza. La famosa plaza no conquistada, la única plaza donde germina la cura, el amor de Andrei.

El quería trabajar en el cine, y me concentraba para que realizara su proyecto, hablaba con desconocidos, pedía ayuda, hasta que fue contratado en un equipo de producción donde se requieren manualidades que yo tenía adquiridas por mi experiencia recuperando materiales y haciendo maquetas, pero se negó. Su mujer no podía trabajar en el mismo equipo.

Deseé acompañarle en una aventura de cocinera, y le dio el puesto a un amigo. Me enteraba de los contratos cuando quedaba fuera, y debía jugar el rol de la muy contenta, aunque no tuviera un kilo. Debía escuchar con alegría a las camaradas cuando le interpelaban al teléfono « amor". Debía calmarme, los celos no conducen a nada. No debía importunar a los directores, vecinos, chicas, a nadie que él conociera. Bilbao era la fuente donde me sentaba a llorar y a esperar su regreso a medianoche.

-¿Usted comprende que me cuenta lo mismo desde hace meses?-me detiene, en seco, Madame Claire.

-Con variaciones, le replico, con variaciones.

Monito-monito que ha adquirido la costumbre de sicoanalizarse en mi consulta, se ríe acostado en el canapé donde hojea, sin prejuicios, una revista de nacional geografía. Levanta los hombros y juro que pronuncia "lo mismo, lo mismo", pero pago la cita y corro al trabajo, sin inquietarme del burlón macaco.

Y en esto pienso cuando paseo por la avenida del psiquiátrico. Pensaba en que solo había amado a tres hombres en mi vida. Un poeta que murió borracho bajo un puente y me enseñó la libertad y la originalidad; otro hombre con quien viví una relación hiperbólica y que me enseñó la perspectiva y los colores y a sacralizar objetos banales. Y finalmente a Andrei, este engendro que inventé acumulando decepciones, negándome a aceptar medias tintas, hasta que llegara.

Follar como Dios manda me ha faltado en demasía. Pocos desquites se afirman en mi memoria selectiva. Pero Andrei permanece, más allá de mi rechazo, o de la ira que monta cuando recuerdo un segundo a su lado, por su intensa batalla para matarme.

Apostado en una esquina como si fuese la barra de un bar, un ómnibus a destiempo o la salida del euro túnel, su odio tremebundo aportaba claridad al encierro de Le Havre. Quizás solo nací para festín insano, engorro, obstáculo. Era la molesta pasión, la molestia de la creencia.

Andrei cabo el túnel del infierno. Se entraba por la calle Velarde, en la barriada de Chueca, descendía las cinco escaleras de Metro Tribunal y, delante de todos los que andaban en el equipaje, los horarios, el trabajo, la correría, caía bajo los rieles; humillada como la puta perra que paría cuadros y poemas miserables ante los superpoderes de niñas copias de calcomanía.

Si fuerte era la intensidad con que deseaba que Andrei me detuviera en Dos de Mayo y me besara, mucho más era su intención de darme un empujón. Mi anhelo de tomar su mano desembocaba en otro gesto suyo, desde cuarenta y cinco centímetros por encima de mi cabeza, que decía stop, mala chica, rastrojo, papelucho de culo.

No me extrañó pues que como uno de los héroes del arranca corazones de Boris Vian, Andrei, después de mi partida, haya trabajado como barrendero de la ciudad. El karma insustituible de su vanidad le situó recogiéndome durante meses en cada alcantarilla de calle, entre restos de comida, ropa usada, libros que no se leerán, sacos rotos, casacas, botón desprendido, en medio de la pesadilla de gran metrópolis.

-¿Se da cuenta que repite la misma historia en infinitas variantes? - resuena, otra vez, en la voz de Madame Claire.

-Quiero sacarlas, quiero sacármelas, Madame- confieso, pero la doctora se queda mirándome, y atina a decirme "Estoy esperando que me cuente".

Es entonces que observo a monito- monito atacado de la risa, ha reproducido telepáticamente las modulaciones de mi voz y como se sabe el cuento de memoria, lo ha recitado desde la invisibilidad. Le tomo de la mano y escapo nuevamente al trabajo, por el camino lo pellizco y sacudo pero solo se rasca, e introduce un dedo en mi oreja, hasta que decido no hacerle caso.

He sobrevivido a las cosquillas de monito, estoy en la avenida frente al *pabellón* de la Bella dormida, donde hospitalizan a quienes, muy medicamentados, duermen durante años sin poder recibir las señales necesarias para curarse, los que tendrán graves problemas para abandonar la dependencia a los medicamentos cuando comprendan que se les ha ido el tiempo.

Luego enrumbo hacia el *Pabellón* del Río rojo, que alberga a quienes han realizado intentos de suicidio, se flagelan, hieren, mutilan a diario, avalan cuchillas, vidrios. En el oeste, a escasos metros de gravilla veo el *Pabellón* del Pájaro en la cabeza, que pertenece a los pacientes ansiosos, quienes mueven ramas imaginarias, pronunciando trinos incomprensibles y deambulan con la mirada de semáforo verde, sin stop la desestructuración del pensamiento.

En el fondo de las instalaciones, tras rejas, se encuentra el *Pabellón* del Gato. Una veintena de felinos, posados en la entrada impiden el acceso a los visitantes, y recuerdan que se requiere un permiso especial de la dirección para adentrarse en el recinto. Los internos en ese lugar han sido obligados de oficio por jueces, maridos e instituciones que han encontrado síntomas de violencia, rompimiento con la realidad o pérdida del sentido común. Ahí ingresan también a los estafadores, los que tienen juicios pendientes y poseen como alibis de asesinatos, y destrucciones, el aval de una mente trastornada. No todos están locos, y prefieren el hospital que reflejar en el expediente social que hicieron prisión y fueron responsables de homicidios.

Cercanos a la enfermería y al despecho de los médicos de urgencia, se levantan dos edificios en ladrillo: el Pabellón del Olvido, donde entran los que jamás saldrán a la superficie del océano en que han nacido; y el Pabellón de los locos que arriban por temporadas cortas, con males externos y perturbación de los sentidos.

Entre ambos bloques, se levanta el baño público para pacientes. Es una pieza con olor a desinfectante, en el centro tiene plantada una enorme bañadera, repleta de agua verdosa y productos químicos para matar piojos y ladillas, a disposición de los nuevos ingresos, quienes pasan el bautizo y son después orientados a las residencias que menciono.

Como si el agua pudiera traducir a los científicos los males que padecen, y determinar el pabellón que les espera, el personal es numeroso y viste de azul, ocultando las manos en guantes, y los rostros recubiertos de caretas.

Después del aseo y la entrega del disfraz de hospitalizado, pijamas desteñidos de mala fortuna, bajo el efecto hipnótico de la bañera, los internados pasan al concón; una cama solitaria, de la que penden correas de cuero, donde deben dormir las tres primeras noches, bajo estricta vigilancia, ensayando productos y mixturas hasta que a algún doctor se le ocurre que ha acertado y determina el tratamiento, el armamento químico que distribuirán a casa caso, en vasitos plásticos, a horas precisas en ese antro de salud.

Si conozco los detalles de la cruzada no se debe, en ningún caso, a mi puesto de profesora de dibujo. Recién llegada al norte de la Francia, fui albergada por un nativo que quería comprar un buen seguro para agrandar la residencia hotelera y me encerró con mi hija en una habitación de un tercer piso, prendió candela por diferentes lados. Luego me internó de fuerza, pensando que el seguro costearía la ampliación de la casona. Mi hija y yo éramos las candidatas ideales para su negocio. El hombre había investigado la procedencia y daba por hecho que las embajadas cubanas son las únicas sedes diplomáticas en el mundo que desprecian a los compatriotas, por razones políticas decadentes, o trabas partidistas que sitúan a cualquiera de los procedentes de la isla como mierdillas de poca monta, sin derechos e identidad, a no ser la que ellos regalan de traidores, gusanos, mercenarios, por intentar aliviar el cuerpo de hambrunas, y la cabeza de totalitarismos desgarradores.

En esa condición de no gratas, el hombre se arriesgo a malversar, y me cortó, completamente, de un tijeretazo malvado, el destino. Nunca he vuelto a tomar plaza en lo que fui, y no hallo adoquín que sostenga mi cuerpo maltrecho.

Fue breve pero magníficamente asesina mi permanencia como paciente. Tarde días para que supieran que hablaba otro idioma; me violó un enfermero en el concón, me separaron de mi hija, y tardé dos años y medio en recobrar mis derechos y hace poco supe que los temblores y crisis de angustia que me dan en los espacios abiertos son fruto de ese error.

Nunca me dieron electroshocks, simplemente pasé un encefalograma pero como no me explicaron el procedimiento y fui llevada a la fuerza, desconocía las intenciones médicas. Mi cuerpo y mi mente vivieron el examen como una tortura y sentí que me quemaban circuitos y me convencí que nunca sería la misma.

Andrei sabe todo esto, estuve quince años esperando su llegada para decidirme a entrar en la vida, para amar. Se aprovechó con la meticulosidad de un relojero suizo, donde fallaba la tuerca la apretó al extremo; atrofió las válvulas y me desapareció todos los índices para desorientarme y sacar el mejor partido a mis servicios como doméstica, hasta que las condiciones le llevaran a encontrar una mujer con fortuna con quien casarse.

En los primeros seis meses después del regreso a este maldito pueblo he pintado ciento cincuenta y cuatro cuadros, he escrito un poemario de maldiciones y he narrado la historia en una novela, pero sigue tan vivo como el cordón umbilical que me ató a mi madre, invisible, quemándome el equilibrio.

Solo he conseguido arruinar los materiales, cartones, marcos, óleos, acrílicos, acuarelas, y quedarme con un pequeño lienzo que utilizo para cubrirme el rostro en las noches de insomnio.

Me esperan mis alumnas exaltadas por el suicidio de ayer. Según me cuentan, alborotadas, me han trasladado dos semanas al Pabellón de los autistas y después, por tiempo impreciso, trabajaré con las esquizofrenias. Por el momento se hará cargo de mi taller la enfermera de los cuadros que violan la vista, quien hace trámites para su reconvención en artista.

« Quiero reparación"- le digo a mi analista, que continúa a escribir en su misteriosa carpeta las claves de mi situación, o a lo mejor dibuja pues le he repetido durante meses el mismo cuento, sin entrar en lo que se supone importa en una consulta. Mme. Claire representa la vecina de mi barrio de infancia, a quien pedía consejos cuando mi madre estaba ausente. Pero no habla, ni dice refranes populares, lo cual me sacaría de este torpe y catártico desamor.

En medio de la consulta, ya he moqueado y solicitado un pañuelo en papel para limpiar las gafas, la siento tan en lo suyo, en su letra precisa, que llamo a "monito, monito". Ella conoce a mi amigo y levanta la cabeza, frunce las cejas y comenta alterada:

-¿Usted es capaz de hacer una novela con un solo segundo de lo vivido con ese hombre?

_Pues sí, lo intento, un instante puede desarrollarse de mil modos.

_Le van a catalogar de experimentar en la narración.

_ ¿Sobre un tema tan manido como el amor?

_No, con decir lo mismo por fragmentos.

_Ah, sería demasiado bueno- confirmo- pero ella ha partido, otra vez, a los apuntes.

Tendré qué hacer algo para sacar a mi terapeuta del estado de catatonía en que se ha adentrado. Una buena discusión, sacar los trapos sucios, explotar en llanto, porque no nos ayuda compadecernos en estos encuentros semanales; estamos encerradas en habitaciones distantes. No podemos escucharnos.

Hoy he tocado la nota que esperaba. La exigencia de reparación le hace levantar la cabeza y fijarme.

 -¿De qué quiere reparación?

Pues de todo, respondo, de mi madre, de mi amante madrileño, del director del hospital que me cambia de servicio sin prevenirme, del exilio, de mi banquero que me hace la vida difícil, de nacer.

-Vayamos por parte. ¿La parte más dolorosa?

-Los caminos desacertados, repetir constantemente el mismo esquema, enamorarme de hombres que me van a abandonar después de humillarme y de mis silencios, nunca respondo cuando me encuentro en situación de violencia, quiero aprender a defenderme y ganar mi plaza.

-Volvemos a lo de la plaza, ¿sigue queriendo su plaza?

-Sí, parece que sigo sin plaza.

-Terminemos en esto, hay materia para trabajar- dice invitándome a que le entregue la carta de la seguridad social y cobrar la entrevista.

Ahora es que estoy caliente y mi sangre hierve, quiero desearle buen fin de semana y le estrecho la mano en el jardín. La maldita puerta del consultorio continúa defectuosa. Ni siquiera es capaz de arreglar la puerta esta mujer, que no es mi madre, ni la vecina, y solo me distrae de la impotencia de no poder sostener una conversación con los franceses. Tan distantes, tan opacos que me enferman, estos franceses, estos... Ella, al menos, exige euros por veinte minutos de silenciosa escucha. Asentada la base, hacemos negocio: ofrezco mi lengua y ella cobra por la oreja.

La cólera me dura hasta que entro al despacho del director del hospital, quien con la más pausada voz de Psiquiatra al frente de un barco, ratifica que trabajaré una semana con los autistas. Afirma que no lo debo tomar como un castigo, es para relativizar el trauma de la visita a la playa. "Por el bien de las pacientes"- anuncia, deletrea, seis veces-

Por el bien de mis alumnas entro a la barraca de los autistas. Están sentados alrededor de cinco mesas y miran los muros. Tres niños comparten la estancia con adolescentes de doce, a lo sumo quince años. Es la primera vez que trabajo con pacientes de esa edad, y me quedo pasmada en medio del salón, no puedo dar un paso hacia ningún lugar. Luego voy a la ventana y observo cómo ha comenzado a lloviznar y el cielo se ha inundado de nubarrones negros. La enfermera me saluda desde una ventanilla donde prepara los medicamentos y me avisa que aproveche para una pausa café.

Al fin me siento en la pequeña silla de la primera mesa. Mis piernas parecen enormes y dan con el pecho. No he preparado un proyecto, ni tengo idea de cómo abordar este mundo. Se me acerca un chico al que llaman Volodia y reposa su mano en mi hombro. Tiene pinta de venir del Este con sus pelillos blancos erizados No me mira, se queda de guardián de mi incertidumbre, concentrado en otro espacio al que solo él y quienes invita tienen acceso.

Su contacto desciende mi inseguridad, me relajo y entro en el viaje que me propone, a la noche. En esta ciudad de Le Havre todos se mueren al caer la noche. No hay ruidos, coches, perros ni gatos callejeros. Quizás se escuche un auto deslizarse o cuando frena en la intersección pero rápidamente desaparece como si hubiese sido una falta de respeto a la oscuridad.

A veces me fijo en las casas de la colina, que constituyen el horizonte en mi ventana y trato de imaginar si en su interior leen, conversan, si existen personas, pues me siento la única humana de estas tierras que vigila el amanecer, el cual se presenta como un manto de gris luminoso entre los techos y el cielo, frente al horror donde existo: miles de horas idénticas sin hablar a nadie.

En sociedades civilizadas es un castigo permanecer en el vacío de la ciudad, yo llevo dos décadas en la penitencia. La nada absoluta, el silencio brutal, nadie a quien mire me devuelve mi cuerpo; nadie susurra, nadie me estremece, nadie se apresta a sorprenderme con frivolidades. Un saco, una blusa que desentona con los impermeables que usan como preservativos contra el veneno de las emociones, litigando al cerebro que impone la cojera en mis pies.

El chico mueve los ojos en sentido contrario a donde estoy, sin levantar la mano de mi hombro. El poeta William Blake, sí, es el poeta Blake reencarnado en un niño. "Tu acto más sublime es poner a otro delante de ti". Y estoy delante, frente a un sigiloso soplo de historias y holografías. Eso me trasmite su contacto en mi hombro.

De pronto escribo una clave, como si fuese mi terapeuta, anoto "permiso". Me doy permiso al viaje, y me adentro en el universo que me ofrece el chico, cierro los ojos y viajo. He tratado de curarme de esas incursiones, no quiero entrar en instintos, en sobresaltos de esquizofrenia; desde hace mucho me empeño en estar presente, atada a esta supuesta realidad, al mundo ahora mismo. Lo he logrado en esta sequedad de pueblo, donde me quebranta negar que puedo, con solo parpadear, adentrarme en esferas de luz que sobrevuelan bosques, escenas de una bruma azul, sombras luminosas en la espalda de extraños; detesto reconocer que me ha sido dado visitar el interior de los Hombres.

La enfermera regresa y me aporta un café malísimo, el cual tomo, disimulado por el cigarrillo que apuramos en el jardín interior.

-¿Qué te parecen los autistas? Pregunta entusiasmada.

Es nuevo para mí, pero un buen reto, respondo con sonrisa cómplice, negar la evidencia sería una falta de respeto. He disfrutado de la mejor conversación de mis dos últimas décadas en exilio. Los chicos han tendido un puente acústico a mi cerebro. No he escuchado ruidos, he visto paraísos, algoritmos, composiciones químicas, espacios astrales a la velocidad del vértigo. Las visiones no se han fijado en la retina, como si esta fuese una cortina que impide saborear la grandeza de la naturaleza autista; han penetrado por circuitos apenas perceptibles para la ciencia moderna y han reparado algunos que tenía desprendidos.

Vi el fuego que salta al soldar un metal, vi la estela de energía que traza un mapa en mi cerebro y vi como mi cuerpo se levantaba sin dolor alguno, ni pesadumbre, y aceptaba este café venenoso y sentí más, sentí que la enfermera, que tiene por nombre Violete, compartía conmigo un secreto.

No puedo precisar el poder de Volodia, no sé si lo hizo en concierto con los otros pacientes pero las maravillas que desfilaron en mi mente iban de catedrales, a laboratorios; de formulas a puentes, de materialidad a sustancias luminosas; rapidísimas, no perdían el tiempo en justificarse, ni en perderse. Sobrevolaban ciudades que desfilaban mostrándome la inmensidad que podía albergar un minuto en silencio, libre la mente de miedo, o el qué dirán, ciudades expuestas como una joyería que destila bondad, donde no se entrechocan, no desaparecen y la mayor riqueza es la diversidad.

Los comunes, encerrados y funestamente cuerdos que aceptan un mundo único, pueden espantarse, pero he aceptado entrar al cuadro neuronal de la libertad.

Como si me hubiese sido dictado el programa, saco hojas y las deposito en una mesa aparte, a disposición de los viajeros astrales de mis alumnos y me siento. No tomo asiento, me siento en la nave, de forma activa, abriendo el plexo, la técnica primitiva que he aprendido en tratados de sofrología; soy parte del grupo. No maltrataré voluntades ajenas, no impondré ejercicios, no romperé el encanto de otros, no perturbaré el vuelo, haré lo que sea en el proyecto para que todos los riachuelos energéticos fluyan.

Nadie movió un dedo, ni tomó un papel, de ojo a ojo y en sentido contrario a la información que comunican los humanos, se trasmitió que había depositado una plaza a explorar. Estaba asustada, e insegura del proceder. Como si volviese a la época en que no tenía papeles de identidad, ninguna nacionalidad. Estaba aterrorizada como con mi llegada a Madrid. Era la primera vez que estaba entre personas que hablaban mi lengua natal; y ahora, la primera vez que estaba entre personas que hablaban mi lengua cristalográfica y energética.

La primera semana en Madrid estuve tiesa, la resumo como un filme en blanco y negro. Andrei estaba a mi lado y me llevo a pasear por la Plaza España, de ahí retomamos el parque hacia el Palacio de los reyes. Nos sentamos en el jardín ; recuerdo como lloré ante tanta belleza, constantemente acosada por la holografía de que me abandonaría o expulsaría de esos lares y no tendría vidas para sufrir ese amor de lugar que me iba coloreando la cara con la santidad de quien ha llegado a casa.

Tuve varias primeras veces, cuando trabajé en un sótano tapando en el ordenador los números y códigos de los medicamentos de todas las farmacias de Madrid. Fueron seis meses, entraba a las tres y salía a medianoche, mi derecha tecleaba numérico, número tras número. Pasé un invierno en ese garaje de subsuelo, apretada mi mesa a otras mesas donde tecleaban números y cuando bajaba la vista tenía los zapatos franceses de lona que a fuerza de hacer el mismo paso se rompían y dejaban pasar el invierno.

Para ese tiempo, Andrei y yo habíamos alquilado en el centro de la ciudad y no le interesaba recogerme en moto. Yo regresaba en ómnibus hasta la Plaza de toros y bajaba al metro que me llevaba a casa. El metro me asustaba más que otro anden del universo, era el hueco negro que emitía radiaciones, y temía que me empujaran a los rieles, que el tren entrara en mis huesos y me desbaratara, por lo que me drogaba de sueños y realizaba el trayecto en ese estado comatoso, del que salía contemplando los habitantes de esa ciudad que hice mía, tan bien vestidos, besándose, tocándose, hacia teatros y citas que imaginaba sublimes y recibía bienestar: me regalaban la noción de vivos.

A los madrileños les podían suceder cosas inauditas porque estaban activos al anochecer, mientras yo regresaba a mi apartamento y me tiraba sin que Andrei posara su mano en mi hombro, me mordiera una teta o cruzara pie sobre mi nalga.

Estaba sola, en silencio, no protestaba, temía que se pusiera bravo y se fuera, él podía despertar mi deseo de moverme, de querer. Él, mi príncipe que me llevo al terruño donde debía haber nacido. Yo apretaba las nalgas, me comía de deseos y ponía el entendimiento, las emociones y el empeño en que se arreglaría mi estancia, porque no volvería atrás, jamás a Francia, ni a este pueblo de muertos.

Una fuerza colosal de caballera medieval me sacaba la espada de luz con la cual cortaba la distancia entre su pecho y mi pecho; le besaba las piernas, el puente del pie, donde el defecto le humanizaba, pero estorbaba a este hombre que se viraba en la cama y ajustaba el calzoncillo verde, o se iba a dar duchas hervientes de dos horas y cuando regresaba, de tanto número tras número, tendida, babeada en el sueño.

Tuve otra primera vez, bien recuerdo, cuando me despidieran sin motivos, el jefe de aquel salón de teclado numérico, era lo más cercano a una piedra rígida. Ese señor supo desde el primer día que no encajaba en su programa; me veía muy fina, el decía friqui, pero no tenía como acusarme de vestir marcas y la emprendió contra mi acento francés, que corregí inmediatamente incorporando palabras como chungo, mola, va que. Luego me aplicó la indistinción por preferencias. Hablaba con todo el equipo y me dejaba en aparte, o revisaba mis anotaciones con cara de que algún defecto tendía.

Estaba entre las mejores tecleadoras por segundo, pero se las arreglaba para no darme la prima, porque fui al baño cuando comenzaba el turno, respondí de voz a un jefe que andaba de visita, al que solo debía haberle meneado la cabeza en aprobación sin abandonar el tecleo, o en los veinte minutos de recreo salía del sótano y me instalaba con tres colombianos, camaradas de deberes, a comer bocadillos de chorizo y a tomar agua, bajo una imaginaria pero molesta playa de palmeras en medio de una callejuela de Las Rosas.

El se quedaba con el equipo en el patio interior y nos vigilaba tras las rejas, furioso, desencajado, esperando que dejáramos caer un envase, una servilleta, que nos trabáramos la columna al abandonar el contén, para despedirnos.

Pero nada sucedía, estábamos listos cuando sonaba el tecleo, sonreíamos, y hasta tarareábamos una salsa, y él se guardaba un rencor de esponja, acumulaba, hasta que se hizo de mi piel pues en las primeras vacaciones de enero, monté a Francia a buscar repuesto a mi pobre guardarropas, pues mi salario se iba en el préstamo que pedí para el alquiler del pisito y en las facturas, sin contar los alimentos y el viaje.

Seiscientos euros engullidos en la canalización de facturas, y el sobrante en humos. Según Andrei, él necesitaba 21 euros jornaleros para sus gastos personales, evidentemente la hierba de Marruecos en pastillas de chocolate. Yo no era la mujer que merecía tenerlo.

El jefe aprovechó una huelga de transporte en Francia que me tuvo durmiendo en la Gare de Lyon dos noches, para darme doscientos euros y el adiós. Un día de retraso me costó el contrato; de nada valieron los certificados franceses de conflictos sociales, ni los deberes y derechos.

Llegó otra primera vez, con el despido. Andrei no deseo que tomara quince días de paro para pasearme por las avenidas o adentrarme en los Museos, más vale que no perdiera el ritmo y me vi en carreras por trabajos, presentándome y vendiéndome sin que me prestaran atención porque ya andaba en los cuarenta largos y aunque no lo sabía aún, cuando no te quieren en casa, tienes un aura tiñosa posada en la oreja izquierda, y cualquier respuesta que des, cualquier gesto que afirme que deseas un contrato, dice al jefe de personal, que no eres la mujer que necesitan y tarde o temprano te vas a quebrar como una mascarita.

Lo supe cuando estuve a punto de entrar al Reina Sofía a poner cuadros y hacer café. El lenguaje morfo fonológico de la técnica que me recibió, me reflejaba: una vieja que se acostaba con un chico que la utilizaba para tener papeles, casa y comida. Ella había pasado por cabrones de esa alcurnia, y no deseaba codearse conmigo, ni darle la oportunidad a una tonta, ciudadana del país que tantas desgracias, divorcios y suicidios provoca en la península.

No me respondió sí, ni no, solo me miro y supe que debía arreglarme las greñas y afincarme con lo mejorcito del traperío en el próximo intento. Cuando hablo de traperío, estaba descantada, cualquier ropa denotaba que pertenecía a una exiliada que comenzaba su destierro, y viniese de donde viniese tenía una mano delante y la otra en el sexo, pues no traducía pertenencia a una clase social, grupo profesional, o edad determinada. Era el conjunto dislocado de búsquedas de mi identidad, bajo condiciones desastrosas de no inserción en la civilidad francesa. Todo estaba por hacer, ahora que me sentía una persona después de quince años por la Siberia del norte.

Fui a una entrevista con una chica que admiraba mi diploma universitario, mis cuadros y le caí simpática porque estaba bajo dos prozac que me ponían de un entusiasmo contagioso. Me ofreció seis horas en Plaza de Castilla, de administrativa de casas para militares, puesto que requería precisamente a una señora de mi edad, medio desafortunada y tarada por el anhelo de mejorar, porque el salario de quinientos euros, apenas me alcanzaría para enojo.

Pero fui, cualquier cosa antes de quedarme en el apartamento recibiendo los cráteres de odio cuando llegaba Andrei a la cocina; fui y me senté frente a un ordenador que reflejaba a una mujer que ha llegado de correr cien metros sin preparación y no atina a encender el cabrón aparato, deshabituada a las torres de ordenador compartidas.

Entonces llegó Tete y me llevó a los archivos, un cuarto pequeño que colindaba con la oficina de gestiones y me confesó lo que pensaba: "no podrás con el puesto, vos». Me eché a llorar y le dije "en mi casa no me quieren, y si no me quedo aquí no tendré dinero para regresar, ni para irme a otra parte".

Creo que formé revuelo porque actué como la administrativa agresiva que defiende un trabajo, mientras que minutos antes mi cuerpo reflejaba a la mujer que venía de ser maltratada. Sentada en el archivo con sus estantes hasta el techo, lloraba como una niña frente a desconocidas que me adoptaron en el acto.

Adela, María Jesús, Pilar, Carmen y Tete, el equipo se dio cuenta de mi fragilidad, que trascendía de mi desnudez y miseria moral y certificó "posees un gran potencial. El destino te ha traído a nosotras, quienes te vamos a ayudar a encontrar la vida"

La vida dijeron, si hubiesen dicho otra palabra se hubiese escapado a las carpetas, pero dijeron la vida y lloré nuevamente. No estaba sola, un grupo de mujeres casadas, de nacionalidad española, con hijos universitarios, me recibía en un trabajo decente, mal pagado, pero limpio. No limpiaría pisos franceses, ni grataría cazuelas en restaurantes de camioneros y marinos; no cambiaría sabanas en posadas del puerto, ni bajaría la cabeza cuando me condenaran por el acento. Era la primera cubana que hallaban que no fuera negrita saltona, mueve tetas, cañavereé baila la conga con su súper extraordinario culo, sexo pila desencajado y brujería para quitarle el marido a todas.

Estaba sentada en el recinto como un personaje de cualquier serie de tele realidad, demostrándoles que había peor que la televisión, las crónicas amarillas de los periódicos de la península y tenía para narrar malas sorpresas por unos meses.

Empecé por contarles que mi madre vivía en una isla a la que no podía regresar; que tenía una hija en el norte de Francia con una enfermedad crónica, que apareció sin prevenir agujereando las tripas, y mi marido me maltrataba y humillaba, me sacaba de la casa, no me permitía dormir para que me largara de una buena vez por todas y disfrutar su soltería en el apartamento a mi nombre, sin compromiso de pagar facturas, porque ante la Ley era la que respondía.

Callaba por temor a los golpes y dormía en el canapé junto a mi saco de ropas. Pero siempre sonreía, e iniciaba las operaciones del departamento con detalles de la farándula; de divorcios y casamientos de artistas estaba más informada que el programa de Ana Rosa; del Reina Sofía sabía hasta cuando desinstalaban un cuadro; del Prado cuando quitaban el polvo; de la Casa encendida tenía un boleto a las actividades para sus nietos y, sobre todo, deseaba ser la alcaldesa de Madrid para aumentarles el salario y darnos una vida decente.

La cara se me caía de vergüenza cuando llegaba la una y media y comenzaba a cerrar las carpetas. Volver a casa, paseándome por la Castellana me montaba en un balón de oxígeno que explotaba como un ciquitroque nada más pasaba la puerta 2B de la calle Velarde. El trabajaba en la reparación de un apartamento en los bajos, que le conseguí con una pareja de ancianos que andaba despistada en el rellano de la escalera y que resultaron los propietarios del pisito. El dinero que obtuviera por vaciar el local de tarecos y ponerlo en estado de alquilar, le serviría para comprar el papeleo necesario para casarse conmigo y solicitar la residencia en la comunidad.

Pero todo se había envenenado desde que vio el lugar. Yo no le hacía falta para tener casa, pensaba apropiarse del mismo e invito a otros cubanos que pululan en busca de trabajo negro, y con quienes compartía las supuestas ganancias, tomaba y fumaba, convirtiendo el apartamento del segundo piso, nuestro hogar, en un almacén de materiales de construcción, utilizando la electricidad con una extensión, y abriendo un salón de reposo a los que había contratado, entre ellos un santero que si era tan bueno como la cara de crimen que adelantaba, tendríamos el futuro asegurado.

El santero me hizo el peor regalo concebible, me dijo sin que le consultara, que "mi hija moriría en agosto- estábamos en julio- de repente" y me metió tal escalofrío que nunca supe cómo recuperar a mi pareja, o si valía la pena luchar para mudarnos a Madrid.

Andrei era de todos, a mí me reservaba lo trágico de los infiernos. Pisoteaba cualquier baranda que me apuntalara. Quería mi suicidio, y estaba con un equipo de demolición, perforando mi alma.

Se me caía la cara cada fin de mes en que no podía escapar porque los quinientos euros de sueldo se habían ido en facturas, en el transporte, en la comida, lo cual me permitió saber que no quería regresar, que mi hija entraría a la vida cuando viniese conmigo, tenía una fuerte razón para luchar porque era Le Havre, quien la estaba matando.

Me quería quedar, y dar esa oportunidad a mi hija. Él, si no me mataba en la noche siguiente, me daba otra oportunidad de transparentarme detrás de la maleta y descansar en la austeridad del canapé repleto de andamios y materiales, con tal de sobrevivir.

No quería volver al exilio, perder el hilo de humanidad que hallé junto a estas chicas, pero sucedió, y aquí estoy tras unos meses de aniquilamiento tratando de hallar la Gran Vía en el túnel de Montgeon, ensayando de re-apropiarme del apartamento que basurea tristezas, perdida, hasta que fui a ver a Madame Claire porque el asunto se ponía difícil con la tentación de morir y ella me consiguió este trabajo de animadora de talleres de artes plásticas para enfermos mentales.

Ya he olvidado como empezaba las mañanas con mi show de superviviente de la madrugada. No me había matado, ni golpeado y mi familia eran ellas, las chicas de la oficina. La mano de Botero se abría como un capullo en la Castellana, y me aflojaba la tensión nerviosa, la divinidad rellenaba mi silencio en ciudad bulliciosa, este silencio de bullicio mental cuando reconozco que lo mejor que tengo es compatible con estos chicos autistas que han escuchado mi lamento sin contradecirme una palabra.

Ha llegado el mediodía. Violete me señala el reloj de su muñeca para decirme que ha finalizado mi sección. Se comienza a escuchar el ruido de los carros de la comida que saltan sobre las piedras del alero. El personal de servicio ratifica las instrucciones al grupo de benévolos, entre los que se encuentran algunos padres de los internados, para que monten la cantina en el salón, "depositar la bandeja de comida lo más rápido y eficiente posible, sin gestos bruscos, ni atenciones especiales, casi al unísono para no molestar el reinado autista.

Poso entonces, delicadamente, mi mano en la de Volodia y retiro la suya. Él se queda pasmado, en el mismo lugar. Y salgo con un hambre animal hacia el comedor, donde puedo almorzar, otra de las ventajas que me concedió el director para que comprendiera que no me castigaba, y me mutaba por el bien de las pacientes.

Al bordear la residencia, me veo obligada a retomar camino y pasar por el exterior de la ventana encristalada. En el interior hay desconcierto y los chicos se mueven ansiosos. Volodia está tras el marco de cristales y juro que me despide con el pensamiento y hasta sonríe. Pero esto solo lo creo yo, que he entrado a su recinto y firmado el pacto de aceptar lo desconocido.

0015

He llegado con antelación y disfruto el café junto a Violete. Debemos esperar a las nueve para repartir medicamentos y después, calmada la algarabía, abrir mi taller. Me aconseja de no desesperarme, en el hospital duermen ocho de los chicos mayores, pero son quince, el resto es atendido bajo la categoría de "hospital de día", al anochecer los padres los recogen y devuelven a los hogares que tratan de parecer normales, de mantener con otros hijos sin autismo, como si fuesen casas sin puerta principal, o les faltara la cocina. Hasta que no llegue el príncipe de los alaridos, la incertidumbre de la familia es perceptible. Son parejas agradecidas de este lapsus de horas donde pueden ocuparse de la cotidianidad y aprender a comunicar con su progenitura, diferente y sensible.

Entran, depositan a los chicos, y nos dan la mano. No hay consejos, preguntan si vamos bien, si necesitamos ayuda; se distribuyen los roles y los disponibles se apuntan para participar en el servicio de restauración, o en los paseos que inauguré con mi clase de muchachas neuróticas, y que se han extendido por el hospital, como un reclamo emancipador del personal científico y de los enfermos.

Un padre aporta pasteles para la merienda. Se les ha informado que no es necesario, pero él insiste, que lo coma el personal, y una mujer me asegura que adoptó a Volodia, no es la madre natural, "puedes hablarme sin emociones", me ordena, cuando me entrega una carpeta con cartones y acuarelas.

Violeta me comenta que tiene una enorme tienda de cosméticos y se ha quedado viuda de un gran empresario. Volodia es su hijo adoptivo; los padres del chico perecieron en el accidente de una mina en Siberia. La mujer arriba a los sesenta, y logró sacarlo de Rusia en un avión privado, para darle atención médica. Era un chiquillo normal que corría la estepa, calzaba botas y con la mano atrapaba peces abriendo huecos en el hielo del lago. Al llegar a Francia, estuvo con fiebres altas, y pasó controles, fue escaneado, pasó ultrasonidos, con vistas a alargar su permanencia mientras ella pagaba a funcionarios durante meses, para obtener el derecho de adopción.

Después de ese encierro, enfermo. No hay explicación científica para su caso, pero no habla, y se comporta como un autista de nivel, toca el piano y resuelve ecuaciones matemáticas, pero no quiere integrarse a los humanos. Ha decidido estar muerto como sus padres y nada le saca el sopor de la mente.

El rasguño que sufrió en la cabeza se ha borrado. Ella decidió incorporarlo a esta institución, a una escuela aunque sea dentro de un hospital, para que aprenda, o escoja otra forma de estar en el presente. Ha sido esta señora la que ha escrito mil cartas a todos los Ministerios franceses para que se contraten artistas y se brinde atención espiritual a los aquejados.

Violete me aclara que es esa mujer quien me paga el salario, quien obligó al establecimiento a tenerme como profesora, tras el suicidado de los barrancos. Soy el lujo del departamento, la contratada por un mecenas.

Ella se hace la que no ha escuchado y distribuye el material en las mesas, me da la mano y toca la cabeza de Volodia, quien está parapetado a mi lado y no reacciona a su adiós, pero cuando desaparece en el cristal el vestido de su madre, cual mecanismo de certitud, deposita la mano en mi hombro.

Dos chicos se niegan a avalar las pastillas y Violeta los conduce al jardín para evitar que provoquen angustias grupales. Tengo la computadora abierta para anotar las incidencias cuando se impone el desfile de noticias y publicidades que miro sin prestar atención en espera de que se calmen los ánimos. Se ha desatado una coreografía donde cada uno se desplaza sin tocarse, o hace inclinaciones de cabeza, como en las oraciones judías, frente a las paredes.

Dice el diario: "Ocurrió el domingo, varias horas más tarde de lo esperado. Una llamarada solar de clase m3, provocada por la mancha solar 1401, impactó contra el campo magnético de la Tierra. Durante un corto espacio de tiempo, los satélites en órbita geoestacionaria quedaron expuestos al plasma del viento solar y, como un eco del fenómeno, impresionantes auroras llenaron de sábanas fantasmales los cielos de Rusia, Dinamarca, Escocia, Inglaterra y Noruega.

De forma mecánica visiono el filme. Las auroras boreales son de un verde esmeralda y se mueven sin rumbo fijo como si supieran que son fotografiadas y modelaran visiones de la abrupta intromisión de mensajes de belleza en este mundo. Me quedo alelada, la clase se ha alineado a mi espalda y fija la pantalla. Cuando les miro rompo el encanto, provoco conflictos que no puedo explicarme, los chicos vuelven a la danza, se mueven como si viajasen en la onda magnética de la aurora.

Nadie hace caso a los cartones y colores de pasta y me pongo a dibujar. Sé que todos me miran con la espalda, o el costado, sé que me fijan y saben que pinto irregular, nada ortodoxo, nada científico, y me pongo ansiosa.

De pronto, demasiado rápido para poder controlar, la ansiedad invade mi cuerpo, como si estuviese en la moto con Andrei, a toda velocidad por la Calle de Alcalá, perseguida por policías que huelen que andamos sin seguro, sin papeles, con dos porros de más.

Es verano y el bochorno suda bajo el casco, retengo a Andrei por la cintura, y desfilan los balcones, las aceras repletas de compradores compulsivos que toman helados y granizados. El tiempo puede detenerse en cualquier muerte, me salvo en el abrazo a la persona que puede provocarme auroras boreales con solo mirarme.

Estamos en Lavapiés y de pronto me lleva a Kiev, para mostrarme donde nació. Las calles están repletas de personas arropadas en la escasez. Su padre cubano levanta la falda a Valeria, la rusa, entre ambos el hueco de Chernóbil a la deriva, amenazando el destino de ambos.

Ella tiene a Andrei en su vientre y sueña con cocoteros y playas de arena cálida. El padre anhelaba regresar a cualquier mulata y enseñar el título de ingeniero en la barriada. Entonces fue que pegó el grito en la ciudad de los astronautas, aquel embarazo le obligaba a firmar papeles e importar a la blanca a su lejana ciudad de Oriente, donde el crío y la vaca no tardaron en ser dejados en una cama, como paquetes mal envueltos que han entrado del extranjero por la vía del contrabando.

Estoy temblando por su suerte, el comunismo les ha grabado la miseria en los dedos, y aunque coman al antojo, están famélicos, arrugados, quemadas sus mentes en las carencias.

Volodia se ha salvado como Andrei, escaparon de un destino sin puerto, por el camino desbrozan nieblas, machete a la mano contra arcabuzales. El piso es de arena movediza y se refugian en el silencio, cortan las emociones, apuestan por el tiempo en que despertarán.

Mi madre en una colina también duerme a mis hermanos y a mi padre. Cuando escasea el arroz sale al patio y corta un gajo de abre caminos y se baña con flores de flamboyán. Mi padre baja hasta su lancha en el río y se acuesta con la querida negra que ha tenido toda la vida y con quien tiene hijos y nietos, que nunca conocí pero me atormentaban los domingos cuando papá escapaba durante horas, y me quedaba con mima frente a la tv en blanco y negro mirando las películas hasta que empezaban las serenatas en el programa Palmas y cañas, momento en que el rostro de mi madre se había avejentado y le daba igual discutir, preguntar por su ausencia o servir el potaje de mala suerte que había cocinado.

Extiendo los brazos y Volodia me abraza, se recuesta tranquilo y cierra los ojos. Desde el fondo del pasillo viene un chico aullando y me arrebata la escayola. Sobre mi dibujo escacha los pigmentos y los distribuye por el cartón formando el retrato perfecto de Andrei, con su tacha de nacimiento en el ojo, y la cicatriz en la mejilla. Luego lo rompe, se sienta tranquilo y se pone a trazar líneas rectas. Es seguido por otros dos que garabatean y me encuentro inmovilizada con Volodia aplastando su cuerpo contra mi caja torácica, hasta que entra Violeta y lo retira.

Se forma entonces el Aullido fenomenal, ningún grito conocido en mi existencia es comparable, a la algarabía que crece y resuena. Los extraterrestres deben sentir estas emociones porque son agudas, persistentes, desmesuradas, colectivas.

Para sobrevivir me refugio en una esquina, me vuelvo a la pared y comienzo a moverme como en las oraciones judías, en silencio. No espero que rompan sillas, que se callen, o se vayan. Me voy, simplemente me desplazo mentalmente a la calma y cuando abro los ojos les tengo a todos absortos, contemplándome.

Voy mesa a mesa sentándoles, y finalmente me quedo con cuatro, porque llega el refuerzo y saca de la pieza al grupo desestabilizado para dar una vuelta por los pabellones.

Se ha ido el horario de clases, he finalizado y ando bien estrujada para presentarme en el comedor, pero me obligo por el hambre. Avalo mi plato, y me llevo una botella de agua que bebo hasta llegar a casa, donde me tiro y duermo catorce horas.

Mañana le atrapo la cola al diablo.

0016

A las cinco de la madrugada pongo el despertador, siempre que me desvelo a esa hora, aunque tome café, me re duermo veinte minutos antes de las siete, y llego tarde al trabajo. Por nada del mundo puedo permitirme un descuido. Violete no podría controlar a los chicos; si se altera la rutina, de nada valdría mi presencia, no marcharía el taller.

-Tienes que ser como una lámpara, posarte a la entrada cada mañana y ellos te anotan entre los objetos con que no deben chocar.

Me siento impotente y cada vez más trastornada. Les estoy escuchando. Sé que no soy un lamparero, pero acato las consignas: me deshago de los aretes colgantes, de los pulsos a cuentas llamativas y hasta de la cadena de cascabeles que compré a unas gitanas por Madrid. Me pongo pantalones verdes de enfermera y una blusa blanca de doctora. Lo que no he podido arreglar es la cara de humilde chica atravesada por mal de amores.

¿Por qué me ha sido dada tanta desgracia? Me pregunto vigilando el despertador- ¿por qué mis padres me concibieron en plena adolescencia, como si fuese un experimento? Un embarazo no deseado y a cargar con la muestra. He sido demasiado mala madre para mis progenitores, no supe educarles en el cuidado y la afección, les dejé tirados en la colina, y me fui sin conocer el rostro de personas mayores, castigadas por el Estado a permanecer en una sociedad dolorosa como una oclusión intestinal. No fui severa, nada exigí; ellos pensando en la mesa vacía, en la delgadez de la tripa, y yo en poemas, cuentos de hadas y príncipes alados, como si les hubiese tocado servirme para que pudiera perderme en sueños

¿Y el país, qué país me han regalado? Una isla donde gobierna un viejo que se caga en los pantalones y se entretiene en jugar con la mierda sobre papeles que publica al amanecer. En realidad toda una familia de egos sobre-dimensionados con discursos bíblicos. Gentuza ordinaria que llego al puesto y piensa que se las piensa, dice que se las dice y cree que es lo mejor del pensamiento y del decir de la humanidad.

¿Por qué no Madrid donde me siento a anchas? ¿Y los amores, qué hago cargando con hombres que me dejan como un desperdicio fosforescente, marcado para que nadie se acerque?

¿Qué haré con estos ovarios? ¿Meterme plátanos, botellas, consoladores, para no ver otra vez el desencanto que provoco en un hombre cuando dejo de pintar y me porto calmada, simplemente amante, o a la inversa, cuando dejo la inercia de la cazuela y me pongo a escribir versos?

Tuve siempre espanto a quedar embarazada, como castigo, con el tiempo mi vientre se ha redondeado; la panza oculta las ilusiones, los amores estropeados, los proyectos rotos, sin que pueda sacarlos a la luz por las limitaciones de este cerebro que se niega a dar un paso en asuntos que no le interesan.

Como la madre adoptiva de Volodia, puedo ser la madre de un autista. Genéticamente heredé el pavor hacia la vida, un desamparo que termina en grito sordo, y el llanto sin consuelo, caprichoso en ocasiones, profundo, sordo , junto a la incapacidad de llevar al final cualquier acción que no nazca del absurdo e imaginario mundo que gesto, pegado a la matriz que me sirve de corazón.

Ahora envejezco y temo no tener un hombre que me embarace con su amor, me tienda nueve meses a su lado y me chupe las tetas.

Tuve violadores desde la infancia. En un camastro destartalado fue poseída. Nunca forcejee, apenas echaba la cara a un lado para que terminaran los saltos sobre mi cuerpo. Me sentía viciosa, en falta, y me secaba por dentro, como un río sin peces, una planta sin hojas, un aire telegráfico que quema, arrasa a su paso, pasma, hasta que encontré a Andrei.

A él me agarré en medio de la tormenta, le seguí como una ciega. Veía su luz, la sentía a mi lado, me fusionaba al sentido, al no sentido, a lo real e irreal de ser gemelos   Haber pasado por tantas desgracias dejó de ser una excusa; se desbarataba el discurso de víctima de padres, sociedad, país, clase, riqueza. Mis palabras se adornaban de bondad, nombraba como si tocase a los semejantes, a las plantas; al aire le concedía espacios para el disfrute, y la música me provocaba levitaciones. Entrechocaba las pestañas de mi amado, embestía pirámides, cordilleras, dejaba a mi paso túneles para que circulara la corriente cálida de mi pecho donde habían cesado los juicios. No más tribunales, ni exámenes. Tenía premio y título con las materias desaprobadas, y un sobresaliente en la categoría de sobrevivir, pero estaba frente al objetivo de la existencia, a mi destino, junto a Andrei.

 Estaba preparada para alcanzar la mutación, fusionarme genéticamente a él. De hecho mutaba, el vigor en las piernas al levantarme me devolvía la piel tersa, brillo en la mirada. Como si viniese de terminar el maratón del desierto, hubiese desafiado a guerreros medievales, impuesto orden en el reino vikingo, participado en los trabajos de las siete maravillas, desviado el curso de los ríos para que no se murieran los bosques, y nadie tuviese sed; como si hubiese curado heridos en la segunda guerra mundial, aportado oxígeno a judíos gaseados, cosido las banderas de las naciones, caminado por Marte llevando a la luna de arete, y a mi hija de talismán, se cumplían los preceptos de la transformación humana, dejaba de ser la sucia raza egoísta y me entregaba a Andrei.

Era la visión de infancia, trazo a trazo cada hombre que imaginé y traduje con los pinceles, el canto profundo de mi intuición, el salve la reina que mucho ha padecido depositado en su respiración. Y la reina se ha arrancado los pulmones sin que se diera cuenta.

Pero Andrei, siempre él en el rol del pinto, prefería cojear como el macho que penetra y luego mata, el torero, el especulador. Como si hiciese ejercicios, coleccionaba muchachas. Se apaciguaba con la humillación, o la dormidera durante semanas, tras entrar en coma de sustancias químicas que fumaba y absorbía en cantidades sobrehumanas.

Andrei no es autista, cuenta en demasía sus correrías con la americana, con la árabe de cinco hijos. Luego pasa a los amigos intocables: a Miguel que solo tiene ojos para sus nalgas; a Papito que ya lo hizo a tres; en Alain que declara dueño de su trasero, en William que es el homosexual declarado; en la vieja peluquera que le enseñó a coger; piensa en la que le regala camisas anaranjadas con un bordado donde dice Amanda, en el negro santero que duerme en el canapé y cuando abro la puerta le encuentro en calzoncillos medio cubierto de una sábana. En el rubio boca de mamada que durmió y me restregó que fumó en casa cuando andaba por Francia. En el hijo del constructor a quien Andrei le cocina y tira fotos de espalda. En el dibujante argentino, de quien me decía que era maricón y luego se volvió su broche pegando carteles por Chueca. En el otro Alberto, quien tiene novia que no le interesa.

 Es el príncipe de los ligues pateando en Madrid, como un perro pandereteando el paso de las doncellas, y en la oscuridad inspirado por hombres que no aman. ¿Y yo en todo esto? ¿Qué significo? ¿Soy la yonqui de la feminidad que encuentro en el hombre que amo la feminidad que necesito, o soy la vieja de servicio? ¿Soy el hombre que puede meterle por buen camino? ¿Quiero ser el hombre o la mujer en la historia? ¿Y si todo me quedara chiquito y estuviese hablando de una visión que él desconoce, que no ha visto en filmes, no ha leído, no ha existido? ¿Y si todo lo nuestro fuese una parodia de la simplicidad?

Los amores torcidos son cartas mal interpretadas del tarot. Años y años sacando el mismo juego, la misma disposición, hasta creerme que era lo que me tocaba como suerte, y descubrir en una limpieza ocasional de la casa algunas cartas extraviadas, que hubiesen anunciado rumbos diferentes

¿Y ahora se aparece para decirme que se ha casado y que ha descubierto una teoría donde se puede cambiar el pasado? Yo no deseo cambiar el mío. He llegado a negarme, mil noches negándome, para que él pueda vislumbrar que soy la mujer antorcha, la quemada. Para mí es tarde, ya con cincuenta puedo abandonar cualquier ambición.

¿Y qué hago, cómo le pinto, es demasiado tarde para buscar otro sujeto, otro pictograma en mi vida?

Joder las siete y cuarto, llego tarde si no me apuro.

0017

Ocho menos un minuto y atravieso la verja que chirría a mi espalda y alerta al guardián que voy en apuros.

Este sale y grita como si le hubiese trabado un pie o hubiese utilizado una pinza para cortar los barrotes. No estoy de humor; en el pensamiento me defeco en su sombra y me escurro en la alameda principal. He notado que cuando reciben una responsabilidad, los Hombres tienden a adjudicarse el poder de dictar normas y creerse superiores. Se pasa las ocho horas haciendo crucigramas y en las horas de punta, molestando a los visitantes, revisando carteras, un cuarto de hora para mostrar eficiencia. Si me escogió para justificar el salario, se ha equivocado de persona.

Demoro diez minutos para llegar a mi puesto de trabajo, pero estoy en territorio ocupado. Miro la loma donde vengo de sofocarme y giro, doy pasos como si me dirigiera nuevamente al portero, justo en el momento en que el director se asoma en el segundo piso de su torre de control y me sonríe pues piensa que ya he marcado y estoy en busca de cualquier documentación.

Me da pena y continúo a descender hasta que le pierdo de vista y reprendo el ascenso. Llego sin aire frente a Violete quien me dice que hoy estaremos solas pues los muchachos pasan exámenes médicos.

Finjo entusiasmo, recojo los materiales y me lanzo a la biblioteca donde me alimento de todos los estudios sobre el autismo. En realidad estoy buscando sobre los encierros en un cuerpo, y la capacidad de perder la palabra ante la violencia del mundo.

Soy autista, no me quedan dudas en el quinto artículo. Uno debía quedarse chiquito, para siempre chiquitín junto a las personas que ama, como un castigo perenne a quienes te traen a este mundo donde no existe ninguna razón para vivir. Cuando estás perdido se aparece el amor, te engancha y te mata; miles de muertes y asesinatos a diario por entrega. Sin la menor gota de sangre.

En la biblioteca siento como gritan las mujeres cuando son dejadas. Me ensordecen los hombres con quejidos; todos danzan como autistas, sin palabras, porque es difícil aceptar la miseria de un semejante. No hay peor indigencia que sentir desprecio de quien amas- pienso, concentrada en un grupo de pacientes que marcha sin cadencia, algunos arrastran los chanclos mientras otros corren agitados hasta un punto invisible y realizan la misma estrategia que utilicé al entrar, revienen con igual velocidad hasta otro punto donde se halla sentado un muchacho envuelto en una manta verde.

La curiosidad me hace acercarme al personaje que no se alarma y prosigue sacudiendo los dedos como si contara cuentas, o tocara el piano.

_No le hagas caso, padecen de monomanía ambulante, no pueden quedarse quietos.

_ Encantada, soy Grace, la profesora de dibujo.

_Te conozco. Soy Hordeline, con una pequeña diferencia al escribir el nombre en relación a Hörderlin, el poeta. Sabes, él padecía de este mal y pasó mucho tiempo recorriendo la Francia hasta que se volvió loco. Sus últimos versos estaban impregnados de la iluminación que provoca el cansancio de la marcha, el hambre, la soledad del camino. A ti te siento estancada.

-Estoy quieta como usted.

-No es lo mismo. Donde me ves ya no estoy. No tiene idea de cómo viajo, a tal velocidad que me encuentras cuando ya he estado en algún lugar y he regresado para contestarle.

-Gracias por la amabilidad- respondo, con la intención de despedirme.

-No tienes nada que hacer, espera. Soy inofensivo, me ocupo de arreglar biografías. Especialista de lo irreversible. Tengo el poder de rozar a una persona en el momento en que toma una decisión que afectará el resto de sus días y estoy entrenando este equipo para que me ayude en la tarea.

-Ah, muy bien, vale– repito un poco asustada.

-Sí, nada sucede de golpe. Te explico, cuando va a ocurrir un accidente, puede ser una separación, un cambio de residencia, hasta la muerte, la persona encuentra señales en el periódico, personas que le hablan sin ton ni son y le sugieren como actuar. Los creyentes hablan de ángeles y hasta realizan filmes sobre el asunto, pero no, nada de eso, se requiere un cerebro como el mío, que capta energías. Pero estoy destinado al fracaso, no he logrado la velocidad justa para aparecerme un segundo antes. En realidad estoy lleno de sufrimiento, recojo el destrozo y para ese don no estoy preparado.

-Debe ser horroroso.

-Efectivamente, tengo una soledad espantosa y si supiera cómo la sociedad me mantiene a distancia. Comencé a desplazarme desde la infancia, hasta que deshabitué a mis padres de la idea de que yo tenía una plaza, hasta que dejaron de buscarme. He mantenido la cadencia treinta y seis años, con novias, amigos o gente asustada, como tú, con tener una plaza. ¿Dónde, cuál sería tu plaza ideal? Dime, puedo aconsejarte.

-Quisiera tener una plaza junto a...

-Olvida, mujer, usted debe seguir en la marcha, no detenerse por nada, acuérdese de Rimbaud en el desierto. Estaba desesperado, lleno de rabia pero no lo detuvo la duna, la tempestad de arena, ni el desencanto. Siento que andas en el mismo camino, lo mejor que pudieras hacer es reconocer que perdiste el rumbo pero no regreses atrás, no hay atrás, sigue, puede que caigas de narices en lo trascendental.

-Si usted lo dice- replico recogiendo las acuarelas que tratan de arrebatarme. Dos marchadores se han acercado sigilosamente y han tomado mi caja de materiales. Les desafío con la mirada, frunzo el entrecejo virando la boca y gruñendo como una osa. El efecto es inmediato, abandonan el botín y salen corriendo. Cuando me viro, el muchacho ha desaparecido. En el asiento de piedra quedan fibras de lana verde, que aletean en el sentido del viento. Espero unos segundos pero no vuelve. Soy tan torpe que pensaba que estaría siempre para darme las respuestas. La idea me choca, y en dos segundos de lucidez confieso que no puedo compartir lo sucedido con nadie de este hospital.

Reconozco a mis alumnos, regresan al pabellón junto a los padres, quienes me sonríen con aire cansado. Los autistas pasan como si se tratara del asiento archiconocido en el que no desean sentarse. Tienen ese don, viven protegidos de la maraña de lianas sociales, y tras dejarse auscultar, y sacar sangre no están para nadie. Con transmisores potentes espantan a los intrusos, y prosiguen moviendo la cabeza arbitrariamente, los ojos en blanco o dando volteretas en las arboledas, en su planeta donde el verde es verde y el azul más que cielo. Es afuera que han visto lo oscuro, la inmensa noche, las batallas de poca monta, los egos, insultos y sombras de bajas pasiones, las energías violentas. Vienen de ser testigos de la trampa, les han atado para constatar que gozan de una salud perfecta.

Uno se detiene, se aparca a mi lado, y mi cabeza se embala en un monologo descuidado. ¿Dónde quedó la niña que fui? La he buscado porque era valiente, aunque no comentara una palabra de lo que ocurría, el instinto me amaestraba a responder lo que esperaban los mayores. He buscado en vano, la niña está presente, soy la que no ha llegado. Estoy en la espera absoluta, en la tristeza, deseando no ser vista.

Estoy muy enferma, y esto me dura la totalidad de mis años. Separada de las personas por una pared de cristales forjados con los alaridos de los autistas, los gritos de los defenestrados, los estremecidos por el abandono y las muertes, las pequeñas muertes cotidianas.

Los autistas son los escapados del control social, partieron tan lejos que no se atreven ni pueden regresar a los ritos humanos, a la normalidad. Me doy asco de ser alguien preciso que trata de vender la apariencia normal en este basurero de autoritarismo. Marcada por el bien y el mal, lo bueno y lo malo, lo sano y lo enfermo. Enferma de ese mismo mal, de ser un acto consumado y no trasmutar a algo nuevo por miedo a los cambios.

El chico me toma la mano y me obliga a acompañarle hasta el salón, me siento despreocupada, comprendida. Hoy no podré inquietar al grupo, mis alumnos toman los medicamentos y se recuestan en las camillas de la siesta. Somnolienta, frente a la pantalla del PC leo que el reloj del Juicio final avanza un minuto. Un equipo de científicos lo regula, adelanta las manecillas, determina cuánto le queda a la especie humana para su destrucción total y especula sobre conflictos nucleares, catástrofes climáticas.

Y yo pienso en Andrei con su teoría de borrar el pasado, no entiende absolutamente nada. Madrid no era perderme en sus ojos, era la ciudad donde podía renacer de las catástrofes, oler hasta hacer del olor la fibra de mi genialidad, elevada como una estaca del Greco ¿Qué desea Andrei, el perdón o volverme a matar?

Andrei no está en las profecías apocalípticas. Ni en los códigos secretos de la Biblia u otros textos iluminados con revelaciones. Pero convirtió mi paso por la tierra en una caída devastadora de meteoritos, en el eclipse de la más peligrosa conjunción planetaria. Podíamos salvar la Tierra, desafiando las diferencias, creando un cuadro donde el amor desbordara, pero su campana llamaba a los difuntos.

He rogado siete años para que encontrara el rumbo, no para que se casara por papeles. Cuando los obtenga sabrá que tiene la nacionalidad española, pero no es español, ucraniano, cubano, ni de ninguna distribución geográfica; es un errante y entonces querrá darme la mano si he sobrevivido a la intriga, a la conjura, a la mentira que rodea sus acciones. Me ha abandonado porque soy su espejo, el desastre de la exiliada que no ha logrado nada.

Antes del veinte y uno de diciembre quiere saldar la cuenta conmigo y me adentra en el ridículo En estos últimos meses de inquietud ya él dormía con otra. Dice la noticia que está previsto otro aumento de la actividad solar con un riesgo importante para las telecomunicaciones. Me da igual la inquisición divina, o que explote el acelerador de partículas de Ginebra. Mejor si somos engullidos por un agujero negro, atravesados por millones de protones.

¿Cuántas veces me va a abandonar para que le reviva; hasta que se acabe el mundo? No amaré más en este cuerpo, no podré entregarme de la misma manera. Le buscaré hasta el infinito y profundo protón. Soy la protagonista de las tragedias: la mujer ardiente de las lavas del Vesubio que llora la piedra siempre que llueve sobre Pompeya; la mujer que mojaba los labios a Cristo cuando lo subieron en la cruz.

-Mil años después de Jesucristo el diablo, bajo la forma de un dragón, salió del abismo en el que me había encerrado un ángel, y me encerró en el desamor, provocando la desolación en la Tierra. -escucho a mi espalda, es Hordeline quien me tiende una rosa roja.

-¿Por qué te fuiste, te he buscado por todo el Hospital? Me regaña y acerca una silla. Se sienta y deposita su mano sobre la mía, susurra: -Todo lo que vives fue creado por mi doble astral bajo una lluvia de meteoritos, de cianógeno, el gas nocivo que se pega a los pulmones de las personas que han sido traicionadas después de promesas. Una intoxicación planetaria que obliga a portar mascarillas para protegerse del gas, caretas de hipocresía, gazas de contención que yo usaba antes de conocerte, una a una las quité, y ahora me tienes. Vi un espectáculo celeste cuando vagabundeabas en el cielo del Retiro. Quería que escogieras de todas las luces la que podía indicarte dónde yo estaba.

_ Me preparo para el desplome, -le respondo- él dice que me quiere, que siempre está conmigo y este fin de semana no llamará para guardar las apariencias frente a la mujer; yo confirmaré que es mentira su bondad, que quiere que desaparezca para sentirse libre. No responderé al teléfono hasta que pase el fin del mundo que comenzó el cinco de octubre del dos mil ocho cuando le dije adiós.

De pronto me despierto, dos enfermeros batallan junto a Violete por quitarme de encima a Hordeline, quien me aprieta el cuello, adentra su lengua en mi boca, me talla uno a uno los dientes e incrusta un diamante que me eriza la úvula.

Hace un buen rato, quizás una eternidad que me mantengo quieta por orden de los loqueros, quienes temen hacerme daño si lo retiran a la fuerza. Un hilo de sangre corre hasta mi blusa, la sangre de los dos. Como si me hubiese chupado el alma, se retira fijándome de ojos, me sonríe y se deja conducir sin rozar el suelo, completamente en el aire, como un papalote su bata aletea en el corredor.

Violete me cura con alcohol y me obliga a darle una muestra de sangre. En los cristales me veo pálida, desgreñada, pero lo peor, tengo mojada la braga. Me ha gustado la fuerza de Hordeline, vibran mis ovarios cuando recuerdo los ojos verdosos del loco, posados en los míos. Es la segunda historia que no contaré a nadie, y que me ocurre en menos de cinco horas, en el país cerrado del psiquiátrico.

_ Voy a comer, - anuncio a Violete quien se dispone a acompañarme_ muy bajo pienso: no logro borrarte, no logro borrarme.

0018

El lienzo es enorme, cuando lo estiro no puedo moverme en el apartamento, por lo que decido aglomerar los muebles en la pared de las sombras y extenderlo frente a la fuente de luz de la ventana, lo que no deja de ser un eufemismo pues son las diez y cuarto de la mañana y el primer gesto que realizo es encender la luz.

Qué porquería de listones, las astillas de la madera me han mutilado los dedos que he inmovilizado con papel sanitario y pasta de diente, al menos no sangro sobre la tela.

Tengo un serio problema de caída súbita de la memoria. No sé en qué año de los noventa empapelé los muros, si fue por el bajo coste del papel en esa época o por la moda. Lo cierto es que he convertido este cuarto en una casita rusa. Las paredes disparejas muestran tres tonalidades. En la cocina es naranja con morteros dorados repartidos con simetría pero sé ve de lo lejos que fue empapelado amateur. En la sala va de los azules al amarillo, estoy segura que buscaba claridad en el absurdo.

Lo peor es el conflicto, desde que llegué de la isla, con la pausa de tres años en Madrid, hasta ayer mismo, he escrito y dibujado en la superficie. No existe un milímetro de papel de muro donde mi letra pequeña no formé un nido de palabras. Arrancarlo sería tirar mi obra literaria de dos décadas; desprenderlo y guardarlo sería enfrentarme a manuscritos incompletos, manchados por el humo del cigarrillo, la grasa de la cocina, el tiempo, casi todos horadados por un pegamento de mala calidad y por mí nerviosismo. Como si me quitara de encima una piel.

Ahí están recuerdos, sobresaltos, los poemas datados, dedicados a mi madre, a mi hija, a los enamorados que me inventé. No puedo comenzar un cuadro en esas condiciones, el papel grita, me distrae la atención, me saca de quicio.

Aprovecho los días feriados para ocuparme del interior, pero no sé qué hacer con este dilema de las paredes manuscritos. Anoche, como si fuese poco, agarre un bic y escribí bien abajo, a la altura de mis ojos, sentada con las piernas cruzadas como un hindú.

No podría traducirlos ni teniendo siete vidas. Para colmo mi gata ha arañado en diferentes lugares y muchos capítulos se deshacen. Están escritos en francés, en español, fueron fluctuaciones de la pluma para mantenerme en el presente. También veo muchas citas, oraciones e imágenes ocres, como las que aparecen en la taza del café. Un metro sesenta y siete de oraciones a lo largo del muro para mi consumo personal, para mí que no tengo país que me reclame o conozca, ni lugar en este mundo.

Los marcos de las puertas no han escapado al desbordamiento de letras, y fichan la talla de mi hija, y de ciertos visitantes. Yo he bajado, en algún momento fui más alta, ahora veo la rayita dos céntimos sobre mis pelos y no me explico la razón, quizás tome la medida en talones. Lavar ese testimonio es perder la crónica del crecimiento de mi hija y de mi descenso a los infiernos.

Le estoy dando vueltas a este asunto mientras clavo los listones y los fijo con cola blanca. En la tarde, si recupero el uso de los dedos, tendrán la tela. La prepararé con cola de conejo y blanco España, por ahora me largo al trabajo, se me han ido tres días en lecturas murales.

Me dice el director en la puerta que "cualquiera puede hacer el trabajo que hago con los autistas". La asignación de una semana se ha extendido y voy para un mes donde puedo mostrar un centenar de cartones con trazos atormentados. No me ha caído en el grupo ningún genio autista que dibuje un plano, la ciudad, o las catedrales, solo garabatos acuchillados por golpes de crayolas.

Ando muy orgullosa con la carpeta. Violete conoce el trabajo que pasé para que se sentaran todos, nada más entrar y se dedicaban a pintar, hasta los que convulsionaban de manos, se han reposado en la actividad. Los padres están contentos, me han pedido obras para enmarcarlas en la casa, pero el director considera que por el bien de los autistas deben ensayar la música, abrirse a los sonidos, experimentar. "Las artes plásticas sirven un tiempo- afirma-pero no tenemos un Picasso en el grupo, pasemos a otra manifestación artística, de los resultados dependen las ayudas que recibamos de mecenas ».

Ah, caigo, soy parte de un proyecto de subvenciones y un jurado científico evalúa mis resultados como si fuese una paciente de la que se espera mejoría. No protesto, me adentro por las callejuelas maldiciendo, cruzo a mis alumnas iniciales que me dan besos y se alteran de alegría. Hoy no estoy para afecciones y charlas superficiales, así que las esquivo. Voy a despedirme con una clase magistral, pondré música, la que me ayuda a pintar, bailaré delante del grupo de autistas y enseñaré quien soy: un ser prisionero de este mundo de afuera, completamente perdida en sus normas.

En la tarde cambiaré de edificio, veamos qué puedo hacer con los esquizofrénicos.

Pero nada pasa como previsto. El desespero colectivo es el mismo del primer día en que llegué al curso. Están huidizos, errantes. No creo que conozcan que parto, pero choca la tristeza presente. Volodia no ha venido, la madre logró, siguiendo mis consejos, inscribirlo en una institución privada, un colegio para ricos donde tiene profesores en cada materia y avanza. Ya escribe correctamente el nombre que le enseñé a tallar con el crayón, y pronuncia palabras. Yo soy la reina, reina Margarita, ha logrado que hasta Violete me llame por el mote. Me cuenta la enfermera que el chico firma con una flor a la que le ha puesto una corona con una enorme piedra preciosa, un rubí rojo, en mi honor.

Margó, soy Margó la reina, no debo acercarme a su nuevo universo, para que borré completamente el aislamiento que vivió en el hospital. "Va para normal", confiesan los médicos, quienes utilizan las pausas para vocear el nombrete que me ha dado Volodia. Se lo permito por la jerarquía, pero a los enfermeros les he lanzado la amenaza de llevarlos a un tribunal laboral. Volodia me ha dejado un hueco tridimensional en el pecho, pero estoy feliz que escape.

Ha ocupado su plaza un adolescente eslavo, porque esto es por plazas, son casos desesperados que no encuentran ubicación, y por ecuaciones incomprensibles se ha determinado que debe existir un sitio para los refugiados del Este. El chico del Este se llama Albertovich Sekula, ha perdido la comunicación y se refugia en el silencio. No llega a los quince pero es altísimo casi dos metros de palma real. Pensé que era un visitante y le rocé la mano al saludar a los parientes que ya conozco. Está sentado en una esquina, aburrido e intrigado por mi nerviosismo.

Como toda mañana, me voy al ritual del café oscuro y el cigarrillo. Sobresalto cuando le siento a mi lado, en el jardín recoge un cabo bastante grande, de esos abandonados por el desespero de Violete ante la cercanía de un doctor. Lo recoge y enciende. Se recuesta al muro y deja escapar bocanadas redondas, cinematográficas. No sé hacer ese truquito de fumada y le miro admirada. Recuerdo que no soy un buen ejemplo y que me costará la expulsión. Me siento en falta desde el incidente con Hordeline, y mantengo una distancia exagerada con los pacientes. Pero ha acabado su cachada y se incorpora al fondo de la clase, donde retoma la pose de aburrido testigo de mi pobre autoridad.

Cada chico se disciplina a su ritmo. Miran a los muros mientras trazan garabatos. Algunos se quejan en el lenguaje que le es propio, con gritos sordos, pero permanecen dibujando, sin levantarse un centímetro. A esto le llaman logro. Médicos de París han descendido para contemplar la escena. Ciegos que dibujan a ciegas, mirando la pintura con el ojo de la palma de la mano, con la extensión de fibras eléctricas del cerebro enrolladas, casándose con los colores.

Huellas dactilares desconocidas, de otra raza. Les he dado a estos alumnos la mecánica de la creación, y me han respondido con la intuición de la creación, en códigos que no descifro porque aún soy una humana encuera, he tarado la telepatía con otros seres, por miedo. De esto pienso evitando que Albertovich me fije de mirada. El está tramando alguna escena en la que soy víctima.

Tiene el mismo desespero que Andrei cuando partíamos a recoger colchonetas en la calle para tener una cama. La vergüenza le obligaba a escupir a cada paso, temeroso de ser descubierto. Pero el fondo de su ojo es violento, el mismo fondo de ojo de mi amante cuando me reclamaba papeles de identidad, como si yo pudiera adoptarle y casándome no solo darle la nacionalidad, también parirle en otra dimensión.

Andrei era el esclavo blanco que pintaba mansiones, el símbolo de menos. Menos hombre, menos legal que cualquier imbécil con documentación. Se atrofiaba con la desigualdad que sufría en un mundo donde basta aparecer en un programa de tele realidad y hacer el show o mostrar las nalgas para ocupar la atención.

Esta época es como un baile en el salón de los pasos perdidos, donde todos han mezclado los zapatos, se han desgarrado las ropas pero los bailarines siguen moviéndose agotados, sudorosos, divididos. Caen al piso en un sopor delirante, cuando entran los políticos y los obligan a repetir el gesto, a pagar precios descomunales por participar en el show y nadie escapa, domesticado, drogado, desesperado, sin salvación.

Andrei ha beneficiado de demasiadas aberraciones. Estuvo por Kiev en casa de su abuela. Conoció el rudo invierno, la sopa de patatas, el vodka; y el idioma ruso. Mochila al hombre pasó fronteras entre el ladrido de los perros y los soldados de las garitas entre Hungría, Austria, Italia, Francia, hasta el Paseo de la Habana, en Madrid, donde durmió, después de semanas bajo llovizna, en un hostal para mendigos. Siempre en silencio para no delatarse, como este nuevo alumno, acechando mis gestos.

Cuando conocí a Andrei, en el dos mil seis, llevaba tres años flotando de un cuartucho a otro, de una vieja que le diera un plato por besos, a la millonaria que le prometía fortunas pero desaparecía cuando usaba su cuerpo. La isla de Cuba donde fue niño flotaba como un castigo, parodiaba la famosa libertad que alcanzaría en el extranjero. Es solo un muchacho desesperado que se golpea el cráneo con las manos, sin conseguir reabrir el hueco que le hicieron en el accidente y por donde no sale la energía retenida bajo capas de náufrago.

Quiere ser español, ser de la Madre patria y ambas palabras le perturban. Su madre a mitad de ser de una u otra nacionalidad; a mitad de ser mujer y madre; y Patria, la que nunca ha tenido porque le ha tocado ser el desplazado, el inadaptado, el ausente de derechos, el que no vale nada para los aduaneros, los controladores de la sociedad.

Ese verano madrileño, pedían en la tv que no abandonaran a los animales con la ola de calor. Un perro, lleva una vida de perro, me decía cuando desfilaban en la pantalla los códigos y recetas de medicamentos. Tras verificar el número del establecimiento, la clave, la licencia de los doctores, las drogas que se infiltraban en el servicio legal de sanidad, en la informática, inventaba como salvar a Andrei.

Si tenía dudas verificaba la firma del médico; el anzuelo para detectar contrabandistas eran las ordenanzas, me adentraba como una detective de la mediocridad a contar las insulinas, los anti depresores. Todo era de cuidado, curar podía ser un escondite de bandidos, pero para esos casos tenía al jefe vigilándome, yo que vivía con un jovenzuelo del este, indocumentado y que a todas luces fumaba porros.

En aquel sótano donde trabajábamos diez personas a ritmo desenfrenado, tapa, tapa números, entra datos, bajo el ruido de los escaneadores situados al fondo de la pieza y donde ocho personas, los brazos repletos de ligas, entraban al sistema informático las cabronas recetas que debíamos verificar.

Una cadena extendida hasta los cargadores que luego devolvían al almacén subterráneo la vacuidad de papeles donde estaban cancerosos, asmáticos procesados como posibles estafadores de la seguridad social. Yo era una mujer tirándome los pelos bajo cifras que no ofrecen información humana.

La reiteración puntual, las voces que piden el lote nueve mil, los que reclaman ayuda para descifrar entre el tres y el ocho, el uno y el siete antes de validar. Otra receta macabra, en la degradación cerebral de prisioneros pagados a seiscientos euros. Ocho horas, de tres a once bajo la tierra de Madrid registrando dígitos en el cerebro de una central que a nadie interesa, mientras un ejército de jefes cuenta y califica las pulsaciones, doscientas cincuenta como mínimo por minuto. Empleados eficientes, bajo cancerberos prestos a enseñar el arte de los dedos a mi mano izquierda, el anti-erotismo de desconectar de la realidad, el desapego al sol.

No veía, ya no veía, había pasado mil papeluchos. Era la digitalizadora, la grabadora de ceros y estaba a prueba de autismos, pensando en la pastilla que podría tomar cuando regresara a casa y me entrara la angustia de perder a mi novio, los paseos, el verano. La crisis que sonaba cuando me cargaba de números, el ataque de histeria, los temblores que podían darme en público, si pensaba, si pensaba un instante antes de que llegaran los quince minutos de pausa. La crisis que soportaba por tener tres meses de fichas de pago y con ellas poder alquilar un cuarto, a nuestro nombre.

Lo logré, y ahora sentada en el fondo de un pasillo, fumo un cigarro, aburrida como Albertovich, huérfanos de suerte, esperando. Algo prepara este chico, algo quiere, quizás seguirme al fondo del jardín para recoger tabaco. Quiero gritar, « lárgate, estas cuerdo, ellos no saben lo que es la soga en el cuello, el pasadizo para ser declarado normal, ven a mis brazos ». Pero no puedo, es un niño desconectado que no soporta, que no puede con tanta indiferencia.

La hora, es la hora del almuerzo, recojo el laptop y parto a la cantina. No he tenido el coraje de decir adiós a mis alumnos, de nada valdría, de nada valen los adioses. Cuando me dejaron fuera de mi isla no pude despedirme, cuando murieron mis abuelos no pude verlos, cuando Andrei me expulsó de Madrid no deseo seguir en amistad. Los autistas se han pasado de la ceremonia de despedida, ellos solo aceptan pasajeros en tránsito, que no les desbaraten la ruta.

He regresado a casa sin poner atención al tránsito. La puerta del apartamento está entreabierta. Me asusto, olvidé, otra vez, cerrar la puerta al partir al trabajo. El corredor huele a herrumbre, a amasijo de maletas podridas, si tuviera fuerzas botaría hasta la cama. Tanta letrilla, parrafada en el papel de muros me viola los ojos. Con tanta lección de memoria en la pared, mis hombros se inclinan. Es tanta la carga que mojo una esponja y comienzo a desprender esa piel de piedra, de canto, de guarida, donde estuve emboquillada como una loba herida. Desconectada frente a la pared, entono un salmo.

0019

Encontré el parque después de abandonar la Calle de Alcalá tras regresar por el puente sobre la autopista, que se encuentra al lado de la Plaza de toros. Me perdí en el mercado, en realidad me perdí de goce mirando tiendas, autos, gasolineras antiguas, edificios arbolados, estrenando la profesión de gata. Donde fuera dejaba una marca para regresar y emprender un nuevo camino a partir de ese lugar.

La inmensidad es vertiginosa pero mi cerebro se adaptaba rápidamente a las avenidas, al correteo de los turistas que desayunaban en los asientos a la sombra. Fue mi primer objetivo en Madrid, apropiarme de las barriadas, estrenar emociones. Tanta belleza me hacía pensar que podía morir. En cualquier momento me muero, me voy a morir en Madrid, le machacaba a Andrei, quien, ajeno a los esfuerzos que realizaba contra el encierro brutal que había sufrido mi cuerpo, lo tomaba a la ligera, o se molestaba y me lanzaba una frase ácida.

El camino a le Havre se cerraba, era como una ciudad dentro de una caja de piedras que se convertía en polvo, y en la que quedaba mi hija. Sacarla de ese lugar, me repetía, y la única forma era vencer las crisis de pánico, establecerme con mi pareja y trabajar, por lo que contaba como una autista las paradas de Metro, si me bajaba en Sol, en el siguiente paseo lo haría en la Gran Vía. Un metro, metro a metro ganar confianza en el pie.

El metro me empujaba a la trastienda de los miedos. Bajar las escaleras de cualquier estación aceleraba mi corazón, palidecía y por nada del muro me despegaba de las paredes. Siempre evitaba descender a la tierra, hasta que me adapté, sin forzarme, a mi ritmo, acompañada de una botella de agua, y de monito –monito, llevándome como una niña amorosa. Madrid me paría mientras arrancaba la tripa que me ataba a una matriz dolorosa, triste, pudibunda, al norte de Francia y su extensa ciudad de locos, comparable a la Casa de los muertos de Dostoievski.

El Metro y Madrid me curaban borrando el gris del norte, la desesperación de meses bajo llovizna, las cuentas no saldadas del exilio. "A la mierda los franceses, sus achaques, sus manías, su brutalidad, su violencia, su gestualidad, sus palabrerías huecas».

Pero no era fácil, el metro me tetanizaba y provocaba temblores a tal punto que adoptaba tics: una pulsera con cuentas azules en la mano izquierda, enlazarme los zapatos antes de llegar al andén, pasarme la mano por el pelo, tomar agua, respirar dos veces, darme la espalda y soltar el aire tres veces. Los minutos eran pesados, y me preguntaba cómo se adaptaban los indios latinoamericanos que cruzaba en los andenes.

La maravilla en la boca de la salida, imantada por la luz cálida de la ciudad que me bendecía de nombre, me abrigaba como si fuese la turista, errante de su propio cuerpo. La ciudad me aportaba tranquilidad y sexo, siempre el sexo al caminar como les dije apretando el ano y parando los senos. Posesión y demonios de los vagones, sacudidas en las curvas, y de nuevo la acera con la procesión que libera hormonas, válvulas que sacuden adrenalina. Sexo de pasear sin rumbo, felicidad que aprendía, cada partícula de mi ser en función de ganar la batalla.

Estaba tan agradecida de Andrei por invitarme a Madrid que no prestaba atención a su ausencia. Cada vez que efectuaba un trayecto, vecina de la crisis, me relajaba y disfrutaba pronunciando su nombre. Le llamaba mentalmente, a cada instante, quería que viera mi progreso, que me admirara, estaba recuperando mi integralidad y como una masa energética movía las piezas que estorbaban, colocaba en plaza los órganos y nada podía arrebatarme la alegría.

Bojeaba los edificios, las manzanas, delimitaba mi entrada en el mundo sin necesidad de apuntar direcciones. Un balcón o el color de las fachadas me indicaban cuando debía descansar y cuando emprender el regreso. Andrei y Madrid se unieron sin que me diera cuenta. Cada paso que daba era un hilo que entretejía el paisaje a sus piernas, agradecida como una huérfana.

Mi cuerpo solicitaba un reposo soleado. A diez minutos de las Ventas, en la esquina del parque arbolado, bendecía a este hombre y me aprestaba a comer un bocata. El estaba en la reconstrucción de una casa y mi libre jornada terminaba a las dos en que debía partir al trabajo, a teclear números.

El suelo del parque es de arena y polvo seco, ni los perros vienen a mear en ese desierto madrileño. Pero allí decidí escribir, sorprendida de que la pluma marchara. En una mano agarraba el pan con mayonesa y jamón ibérico, mientras un rayo de sol corría por la libreta e intentaba cegarme. La decisión más importante era si cambiaba de tabla, si iba al asiento de la sombra con sus cagadas de pájaros o me quedaba. En ese instante decidí escribir. Me quedo, con buena voluntad el sol irá a joder a otros.

Le estoy cogiendo odio al viejo farmacéutico de la calle Sambara. Ayer me cobró los medicamentos y me devolverá el dinero si le aporto las ordenanzas en regla, es decir como empadronada en la ciudad. Me subí en una antigua pesa a la entrada de la botica y en dos o tres segundos ajustando contrapesos me soltó a la cara que tenía setenta y un kilos con no recuerdo cuántas onzas. No es cierto, apenas llego a sesenta y seis. Por suerte pude verificar en un comercio de Alcalá o me hubiese suicidado.

Este es otro aspecto que desconoce Andrei, he comenzado a rodearme de conocidos y tengo una larga lista de comerciantes que me saludan, hasta la patrona de un bar me ofrece café para charlar al amanecer, cuando nadie ha invadido la barra, antes de las once, la hora del desayuno por acá. Tengo un amigo poeta cubano que de lejos parece el ser mas apático y serio de la tierra, con quien me tiendo a mirar los jovenzuelos; como es homosexual, hemos llegado a la conclusión de que no nos gusta el mismo tipo de hombres. "Tú con los flacos que yo escojo los osos, chica, que se te pase ese enamoramiento que nos vamos a encanallar en Lavapiés"

En el trabajo me sucede lo mismo, tengo el don de atraer amigos. Sé las barriadas donde puedo encontrar a los colombianos, con sus puestos repletos de latas de frijoles negros, sus dulces de guayaba, tamales, la comida que me hace falta para mantener la tripa. Estoy segura que si permanezco un rato, alguien se acercará y conversaremos de nada y de todo.

El viento desplaza un plástico negro sobre un charco y creo que es mi gato Wiczy, perdido en el bosque de la Normandía por la pareja que se encargaba. No me curo de su ausencia, en algún lugar deambula o muere sin mí. Solo una persona que haya estado prisionera en un pueblucho francés semejante a una tumba en cemento bruto, puede entender como disfruto el momento, después de dos décadas, me autorizo a sentarme en un parque y dejarme acariciar por el sol.

Me como unas galletas pegajosas Orea, que forman una capa de chocolate en la lengua. Con el espejo mágico dorado que me regaló mi hija, veo las imperfecciones de mis poros y la costra negra de las galletas. Arranco la página de ayer y procedo a limpiarme los dientes. Si no está escrita que sirva para algo. Cuando caigo en el diente postizo, el anti estético que me colocó el dentista de la Avenida de Graville en Le Havre, a quien no he matado porque partí. Qué horror de diente. Me ha dejado entre el implante y la encía, el manchón negro de la raíz del diente desvitalizado, el cual sigue oscureciéndose y me impide reír. Hasta cuando escapas de aquellos lares te ves obligada a desempercudir la ropa, a arreglar, como puedas, el desgaste.

Cuando tenga dinero me haré una sonrisa de capital y trabajaré en el Reina Sofía, o en la televisión española, repleta de animadoras viejas, gordas, arrugadas, tontas y llenas de mimos, quienes ganan altos salarios y no tienen vergüenza en hablar sandeces. Tengo título y, comentaban por la isla, que mucho talento, pero carezco de cremas, y sobre todo tengo los dientes pésimos desde mi infancia cubana y el doble de una capa para aguaceros reteniendo lo que soy.

Me persiguen los desastres, desde hace tres meses no utilizo la cuenta del banco francés y el código es erróneo. Mi decisión de arruinarme comprando una crema de colágeno quedó en el intento. Hice el ridículo, como una ladrona de cartas, temblaba al tapar el código, me equivoqué tres veces. Algo tendrá que pasar para que realice una operación de compra, sonriendo, sin ataques de nervios

Hoy estoy en el mini desierto de un parque madrileño y es una victoria contra la adversidad. Espero que el dentista ecuatoriano que pone prótesis ilegales, el casero donde vivimos, pare el burén sobre otro paciente desdentado, para regresar. Recibo un mensaje texto, no trabajaremos esta tarde porque no han organizado el nuevo lote de recetas, y me entra una contentura que miro en todas las direcciones y pongo los pies sobre el banco. Relajada como una masa de pan, pensando en mi chiquito, a quien llamo y me responde que me prepare pues a las cinco iremos al osteópata un amigo suyo que se pone loco al masajear a mi novio, y me cobra cincuenta euros para que reencuentre la memoria de mis huesos.

No me gusta la idea, para nada, hubiese preferido caminar la ciudad hasta El Greco. Para colmo, un señor se sienta a mi mesa, donde he sacado despreocupadamente mi caja de cigarros. Me pide un fortuna. Si supiera como los tengo contados. El hombre me ha arruinado las volutas, pero le doy tabaco, siempre hay un desgraciado más miserable para apuntalarme el exilio.

Tengo miedo de fumarme otro cigarrillo, peligrosas viejas pasean sus perros y alguna puede pedirme cigarrillos, consejos, una dirección o platicar aburrida sobre el calor. Este calor me lo comería solita, que derrita el granizo en mis riñones.

Un anciano trisonómico se pasea de la mano del padre y me mira de lejos. Babea como un niño, me observa y trasmite mensajes espirituales a mis dedos. Ya no me contraigo, solo los músculos del cuello y de la espalda están en nudos. El resto es fláccido, incluidos los kilos de grasa que me regaló el farmacéutico. Quizás de la vuelta al parque, para estirarme, dos kilómetros o tres y gastaré el jamón, la mayonesa y esta anciana e intacta depresión que no quiere dejarme.

Busco un apartamento. La bobera se me va pasado. Estoy entre seres imperfectos, más o menos igual que yo en cuanto a normalidad. En el norte mi hija tiene las entrañas inflamadas con la maldita enfermedad de Cron; en el Caribe mi madre se enfrenta a la masculopatía y puede quedarse ciega. Estoy casi sana, sin baterías en el portable, libre hasta el lunes que regreso al trabajo con mi javita de pastillas. He regresado a mi raza.

0020

19 de noviembre del 2007, domingo. La angustia dentro de mí. La angustia extermina. La fría rigidez paraliza mi cuello y el lado izquierdo de la cabeza. En oleadas se apodera de la frente, golpea, marea, estaca la columna vertebral hasta las asentaderas. Será un alivio vivir sin ella. Un día caeré del andén del metro y no estará más hijeputeándome. Es demasiado fuerte para que podamos hacer un pacto de no agresión.

Vivo en un segundo piso, ya no es el cuarto de la Habana, ni el primero de Le Havre. Mi gato Wiczy sigue siendo el ser que más he querido después de mi hija. Ahora y como siempre busco atrofiarme No pinto, escribo, leo, ni entiendo. Andrei continúa despreciando mi charla, y le oculto por las que paso, cómo me las arreglo sin fines de semana, puentes y horas vacías en la ciudad desconocida, donde no acabo de ubicar el norte y el sur, y se extiende como una roseta, pétalo a pétalo en barrios ovoides, plazas redondas, calles escondidas. Sus amigos me han dado un de lado memorable, no existo, no me incluyen en las conversaciones telefónicas e invitaciones donde escucho hablan de bares, chupitos, cenas afuera. A todo el mundo le cuadra que me ausente las noches.

El osteópata ha previsto encuentros semanales con Andrei, quien se calla la cita, me entero por terceros o discusiones que vuelan a mis oídos. No he querido acomplejarme pero me duele. A lo mejor, si estoy menos tensa, me aceptan, lo que si no puedo es quitarme la edad. Soy mayor que Andrei.

El rechazo es absoluto, aunque aprovecho el menor encuentro para establecer conocimiento, Andrei prefiere que me mantenga alejada de sus conocidos y me niega el teléfono. He contraído una deuda con el banco Santander de quinientos euros, pero tenemos el codiciado apartamento en el centro, en la calle Velarde 10, y por el cual pagamos quinientos al mes, superior a mi salario por destrozarme los ojos en la validación de recetas médicas.

Andrei remarca que soy la mujer que le permite tener ese apartamento porque como no posee papeles nadie le alquila, mientras destroza billetes de veinte para demostrar su desapego al dinero. No ha dejado de decirme que mi salario le impide tener los veinte y un euros que necesita por jornada. Nada puedo hacer, cuando me duermo fuma mariguana.

Hoy constaté que me visto mal y la ecuatoriana que limpia el piso de la entrada, se avergüenza al mirarme. Pero nada puedo hacer, me han dejado por cuenta propia y con los deberes de abastecer la caja. Deseo tener una familia en España o que me adopte cualquier paseante de perros. Soy bastante aseada y no tiene que sacarme a mear. Alguien que comente a mi jovenzuelo que comienza a ser criminal la forma en que me trata.

La angustia crece cuando me ducho, cuando me miro. Las malas palabras que Andrei me lanza si enseño la nariz forman ojales en mi cintura. Me llevo los agujeros al trabajo, me laceran las humillaciones, hasta cuando callo Andrei la forma; me convierto en una uña enorme que teclea dígitos.

 La angustia es constante, no se desprende ni en los puentes, si no fuera porque Le Havre es la muerte y no tengo para regresar, ya hubiese desaparecido. Es feo ser el objeto de las burlas y odios de la humanidad. Con cincuenta euros me hubiese refugiado en una chabela de gitanos, pero no los tengo. Me he reducido a figurina de santería, repleta de alfileres; doy vueltas todo el tiempo, en el mismo lugar, de la cocina al cuarto, sin posibilidad de explorar otras barriadas, como si colgara de una camita infantil, girando con la música infernal que idiotiza a los bebes.

No sé qué inventar con esta enfermedad y me da igual. Estoy a punto de gritar que no puedo más cuando me arrodillo, me enrosco en el piso de la cocina. No soporto la desesperación que me afloja las piernas y monta a mi frente, obnubilando cualquier razonamiento.

 No puedo hablar, la taquicardia se confunde con el traqueteo del camión de la basura, me voy poniendo fría. Las oleadas químicas enrojecen mis orejas, no puedo escapar de la crisis, como no puedo convencer a Andrei que soy un ser humano. El piensa que quiero dar lastima. No me importa lo que piense.

 He cumplido mi trato, vislumbré la tranquilidad de los sanos, tuve momentos de completa calma, me hice independiente, trabajo, mantengo una casa y ahora ha regresado esta candela, ahora que trabajo y tenemos techo. Estoy en falta, dependiente de que llegue a casa, de una palabra de amor. Amor en azul sobre un papel, me basta que pose sus ojos en los míos, me hable, pero llegará pasada la medianoche escupiendo al verme.

Esto es como un suicidio, regresar a Le Havre será aceptar mi muerte, y quiero más: quiero el instante donde supe que es posible vivir, que la existencia te arropa cuando deseas salvarte; me ofusco, se fue a bolina la historia de pareja, regresa la condena, me está desterrando el hombre que amo, sin que sepa las razones, sin que entienda mi culpa.

Mi hija vendrá a fines de año, estoy tirando para que se acerque la fecha, pues me he metido en otra prisión y el cancerbero se muestra sin piedad.

Estoy repitiéndome, repitiendo el cuadro. El óleo de la muchacha de pelos azules, de grandes ojos dice « Quiéreme ». Cuando la pinté, dejé caer en su pecho una pincelada roja entre turbulencias negras como si fuesen fantasmas, vidas anteriores. Todo el terreno, alrededor de la figura está minado por el oleo diluido. Si vuelvo a Le Havre lo venderé para exorcizar este demonio.

Es domingo y suenan las campanas, pero en realidad escribo desde el campanario, la angustia golpea mi sien, el monstruo quiere salir, todos los monstruos que albergo, bestias de desolación, rapiñas desesperadas, animales sin calma, aves sin amor apretándose, apretándome el pensamiento, mientras escribo en un castellano sin luz, medieval.

Estoy aprendiendo, aplicándome en el ejercicio de vivir; el cadáver poderoso que me impide ser, se traspapela en Andrei, quien saca tijeras y cuchillos, corta uno a uno mis retoños. Al menos, si no engordara sería pasable la agonía.

Solo recuerdo el antes, cuando andaba por la isla despreocupada. La tempestad inacabada de Francia, y la foto envejecida tras seis meses en Madrid, donde Andrei me incita a desaparecer. La muerta frágil, esquivando a quienes te asaltan "un chupito, quieres un chupito gratis", como el odio, el no reconocimiento, la ilegalidad, la maestría sádica de mi amante.

Las damas que he pintado puedan reconocer que estoy viviendo mis muertes. En primer plano del boceto, he dejado estertores, formas primarias; en el segundo coloreé los testimonios, las historias, los fracasos. Andrei no quiere saber nada de esa mierda que pinto. "Mierda", ha dicho mierda, y la hoja con los dibujos de damas cae al piso.

Hoy no puedo moverme hasta los pinceles, la vista se nubla y contemplo el cielo de Madrid. Puedo parar todo si salto por la ventana, si me dejo caer en los rieles, me desangro en la bañera, me cuelgo en la escalera, estoy muy delicada con el desamor que me impone Andrei. No puedo librar la batalla de la muerte, no tengo fuerzas.

Me recuesto sobre los cartones, sobre los tubos y los frascos de tinta china que se derraman como avispas, y manchan el piso del lento suicidio humano.

0021

He tenido una horrible pesadilla, visitaba pasillos de hospitales, descendía a catacumbas hasta que me adentraba en la podredumbre de un desembocadero, en un matadero de reses. Caminaba con dificultad en el agua sanguinolenta, perseguida por moscas que sobrevolaban con sobrepeso. Iba atada a un cuadro con marco dorado, en el lienzo estaba pintada mi mano, de forma hiperrealista.

La mano era enorme, a tal punto que podía refugiarme en la palma y perderme en las líneas como si fuese el plano de una ciudad. Desperté con convulsiones y dolores en el omóplato de tanto tirar el óleo que se trababa en los vericuetos, en los techos, en las tuberías de las alcantarillas.

Lo peor fue cuando pude abandonar aquella atrocidad de mano pintada. Me zafe el bulto, pero caí con la ligereza del algodón en la masa viscosa y verde y de me vi, entrando de cabeza por mi propia boca hacia el interior. El esófago estaba congestionado de papeles, una real papelera con máquina trituradora, lamas afiladas de papel que me cortaban el paso, me herían.

Me deslizaba como el cuadro, a merced de sacudidas, por el estrecho conducto que se abría en forma de arcada, para cerrarse inmediatamente en túnel oscuro. Más abajo, en la úvula, aprecié un campanario de letras, y fui propulsada en un río de sangre y sedimentos hacia el tripero. Cientos de veces repetí el viaje, sin que pudiera detenerme u orientar el itinerario.

Desfilaban los órganos repletos de oraciones, frases, nombres, fechas; solo el corazón estaba rojo. En el sobresalía una A, impuesta por un hierro al rojo vivo, una A con bordes negros de quemadura a lo largo y ancho de la pera, latiendo al unísono.

Cuando llegué a los pies estaba en tal estado de náusea que tomé impulso, me aferré a un balón de oxígeno con aprensión, sé que son ausencias de líquido, simples bolas de aire, respiraderos que contienen la memoria de la matriz de las madres, y su función es recorrer el cuerpo millones, millares de veces mientras se van cargando de los gases de la tristeza hasta que no pueden atravesar los ventrículos y estallan el corazón en mil fragmentos.

Dejé pasar cientos de balones, a ciegas tentando su estructura, adivinando si era aire de amores, de abandonos. Rocé el mayor, donde se había fusionado una compleja rosa de burbujas, y un escalofrío me paralizó: era el de mi muerte, el balón mayor alardeaba de tragadero de penas, de acompañar a una sobreviviente.

Atrapé un balón escurridizo, su color azulino me recordaba la inocencia y me extrañé de poseer esas partículas en mis conductos. Juguetón se acercó a mi mano, como una oveja o un recién nacido, que cree aún que puede extraer del fondo a los caídos. Entonces me dejé importar por los conductos. Mi cerebro pedía agilizar el paso, pero me detenía a descifrar mensajes, inquieta por no poder anotar las enseñanzas que me había tragado, el código que encerraba y seguro me ayudaría a salir de mis extensos letargos, mis ideas a la nada, mi espuma, la baba de mentón que calla, y asume las derrotas.

Al abrir los ojos estaba completamente deshidratada y el cuarto repleto de figuras traslucidas que se desplazaban. Entendí que eran las muertes que me habían llevado a esa cama donde sola me comía el almohadón sin entender por qué nadie se acordaba, nadie me había detenido en la loca carrera.

Una niña plasma, del mismo color de la burbuja que me rescató, azulina, me murmuró "haz respetado demasiado, a veces hay que ser violenta e impedir que se marchen los otros". No he querido imponerme- le confesé llorosa- "entonces viene cualquiera y te toma la plaza" enfatizó antes de desaparecer junto a la muchedumbre que sermoneaba confusión en la pieza.

Durante minutos me rasqué la cara, tratando de desprenderme la piel mojada de mocos, lagañas, vellos desprendidos, pestañas y la vejez perniciosa que amoldaba una careta de señorita pretenciosa, trabada en la ética, la moral, la decencia en un mundo cruel, donde el bandido chupa la yugular y afloja cuando el espectáculo le provoca erecciones.

Algunas figuras permanecían en los pies de la cama y me acerqué. Eran mis abuelos muertos, que en nombre de mi genética esperaban que les siguiera. Estaba tan cansada del desamor de Andrei que me encerré en sus brazos. Abuelo me acarició el pelo como cuando era pequeña; abuela me arregló la camiseta ahuecada, tejía a la aguja, con el zurcido nombraba a todas las mujeres de mi raza.

Las gaviotas reventaban la paz del amanecer en Le Havre y me importaba poco, acompañada por quienes nunca supieron quién era, pero les bastaba que existiera para tener un objetivo. Hubiese partido con los que me esperaban, pero mi amigo gay, David, muerto en circunstancias poco meritorias en un bullicio hospital público madrileño, con ironía me sacó de la somnolencia: "¿qué pasa, has perdido la daga de tanto tomar pastillas?" Me tiró de la cama y me obligó a tomar una ducha. Qué pesadilla.

Temblaba cuando traspasé la puerta del Pabellón para los esquizofrénicos. Como en el anterior cambio de taller, no me habían preparado un programa, pero sí una larga lista de recomendaciones, órdenes, reglamentos médicos, advertencias para en caso de que la situación me abrumara.

Para mi sorpresa, el pasillo me adentraba en una biblioteca, que seguía los desniveles del muro. Mujeres y hombres en la treintena leían en butacas, arropados con camisolas de dormir. Algunos escogían tomos y me saludaron al pasar. Pensé que me había equivocado de recinto y se trataba del albergue para jóvenes psiquiatras que realizan el doctorado práctico en instituciones, hasta que me detuve frente a una mesa que obstruía completamente el pasillo, donde una enfermera, con gorra blanca con la cruz roja suiza, me esperaba.

La señorita parecía sacada de una fotografía de post guerra, mitad mujer fatal, fetichista de las medias de seda; mitad aventurera, con exceso de polvos en los cachetes y las cejas delimitadas por una raya de lápiz de un negro profundo. Me dijo de sentarme con el pretexto de completar un contrato que me estaba destinado para ejercer en exposiciones. No entendí por qué me preguntó los idiomas que hablaba. Luego me deseo mucha suerte y me dejo en el atoro, entre el pasillo, el librero y la puerta de salida, sin acceso a los salones donde suponía iba a impartir mis clases de pintura.

La enfermera se levantó, estiró los pliegues de su almidonada saya, me anunció con voz ronca «esto es complejo», plantó la silla en el reducido espacio de entrada, volvió talones y desapareció en la fuerte luz que penetraba por una ventana del ángulo opuesto.

Mi primera reacción fue la de esperar, pero pasados veinte minutos en el corredor, observé como los médicos salían con sigilo hacia el exterior y se perdían entre los arbustos. Les seguí para pedir información. Llegué a un muro completamente arañado por cuchillos, con restos de pintura roja. Temerosa decidí regresar cuando vi que entraban por una pequeña puerta al presentido salón de mi taller. El trillo les evitaba pasar frente a las dependencias de la administración, desembocaba en la puerta de servicio de los bomberos.

La luz de los ventanales me obnubiló durante segundos hasta que pude adaptarme y me vi en medio de la congregación de enfermos. Desde las ventanas contemplaban la zona industrial de Le Havre, con su columna de humos y tanquetas de petróleo. A lo lejos, un carguero tocaba sirenas para entrar al puerto. Logré escucharla, como si el nerviosismo me hubiese despertado capacidades, hasta entonces desconocidas.

Se me acercó un hombre de cincuenta o sesenta años, con espejuelos de intelectual y estetoscopio en forma de corbata. Si no fuera por la afelpada camisola a cuadros, hubiese pensado que se trataba del psiquiatra jefe de ese departamento. Le esquivé y comencé desplazarme entre la veintena de personas, que conscientes, pensé, que algo raro sucedía, me ocultaban o cerraban el paso, obstaculizando al hombre que persistía en tocarme.

La situación se hubiese eternizado, pero dos enfermeros de pijama verde empezaron a desmochar la concentración que me rodeaba, hasta sacarme, sin rozar el piso, a la oficina del jefe del pabellón, donde precisamente estaba sentado el hombre mayor de la bata a cuadros quien me explicó que era bienvenida

Me fue señalando los pacientes por su nombre, y estos hacían señales de aceptación, hasta que fuimos interrumpidos por alaridos y el corretaje del personal médico hacia un corredor, sin que obtuviera explicaciones de los presentes, solo sonrisas, y en algunos casos, miradas vidriosas por muchas lecturas o pastillas cura caballos.

Me senté en una silla apartada y estaba por huir cuando en la puerta apareció Albertovich, el eslavo de la residencia de autistas, tirado a fuerza por enfermeros. Aullaba como un lobo al que van a capar y se paró en seco cuando me reconoció. Ni una palabra, ni un gesto, sorprendiendo a los cuidadores, que aflojaron la presión que ejercían en los antebrazos.

Albertovich cayó de rodillas, arrastrándose hacia mí, las manos en forma de plegaria. Cuando arribó a menos de un metro se postró besándome las botas húmedas por la llovizna. En esa posición puso los brazos en cruz; me dirigió una mirada amorosa, sin equívoco amorosa, que mojó los pantalones a los presentes, y provocó erecciones en más de un cercano, víctima de la vibración sexual que trasmitía desde el suelo resbaladizo.

Doña Claire, mi analista, trata de descifrar por qué atrapo a tantos hombres perversos o desquiciados. No hemos podido determinar las causas pues ando en la defensa de una teoría: prefiero que me hagan daño a establecer relaciones con honestos y ponderados señores, con quienes, una simple, conversación me desploma las alas. Pero eso pertenece al mundo exterior, en este soy demasiado peligrosa, como si me hubiese colocado una antena parabólica que emite radiaciones y atrae a cuánto galvanizado se encuentre en celo. Soy consciente y he tratado de parecerme a las viejas enfermeras, a una bibliotecaria con coriza, pero el efecto es el mismo, vienen buscando madre, consuelo o sabiduría. Andrei, por ejemplo, me tomó por la mona de servicio hasta que encontró a la madrileña con recursos que le mantiene.

Los cuidadores alzan a Albertovich y se dirigen a las duchas. Cada cambio de departamento implica pasar por el baño, la purificación de una patología para entrar en otra mayor o menor, según la escala del sufrimiento. Desde donde estoy sentada, veo su cuerpo de adolescente. Desnudo entra en la bañera de aguas verdes, sin quitarme la mirada se deja pasar el guante enjabonado, mirándome, empalado como un cabrón sátiro, el enorme sexo erguido y desafiando la boca de las enfermeras.

No puedo cambiar de plaza, pues implica atravesar la muchedumbre y los corredores sola, y tengo orden de jamás intentarlo cuando el personal se encuentra ocupado en un tratamiento urgente. No sé si desviar la mirada, si lo tomará como una ofensa, el caso es que permanezco hipnotizada junto a las enfermeras y pacientes, contemplando ese cuerpo, su sexo, hasta que tiene un orgasmo ruidoso, como un suspiro con eco, con jadeos y se sienta en el borde del lavatorio, se deja secar y vestir con bata de felpa larga, avala dos pastillas que se apuran en depositar en su boca. Luego bebé un vaso de leche y se deja conducir mansamente por un corredor, donde escucho el ruido de puertas que abren y cierran, el taconeo de las enfermeras, y la salida jocosa de los cuidadores que jaranean como deportistas en los gimnasios, sudorosos como si hubiesen efectuado planchas, tracciones y cuclillas.

Parece que amamanto un letargo, uno de esos letargos en que paso horas jugando en la computadora, rompiendo balones, contando al derecho y al revés; pero me recupero del susto, estoy frente a una fila de hospitalizados que toma medicamentos que distribuye la enfermera tras una puerta, cortada por la mitad para que sirva de ventanilla ambulatoria.

Toman el medicamento y regresan a la misma posición que ocupaban, como si hubiesen dejado un olor, o un cabo de hilo que les pudiese adentrar, otra vez, en la historia cortada por los servicios curativos.

Ninguna ciudad se detiene por los parpadeos de la angustia. Esta ciudadela tampoco, aunque parecen todos calmados, una corriente energética precisa que estamos en zona de alto voltaje. La misma ruidosa corriente que circula por Madrid los fines de semana. Miles de jóvenes marchan hacia un destino oculto. Un sentido enigmático les mueve, se muestran solidarios, beben y fuman desperdigando frases en un castellano fatal, sin estructura gramatical definida, sin que pueda, como ahora, precisar a qué se refieren, de quién comentan, quién es el que habla.

Cualquier frase que dijera para espantar el frío madrileño, en las noches brumosas de diciembre, no me acercaba a los nativos. Iba de extranjera, con la ruina del mundo francés que no conquisté, ni comprendí y sin un puto euro. La clave de esta marcha hospitalera me es extraña, pero todos ellos están en acuerdo para ejecutarla, para que me sume a la población enajenada. Estar pero no ser de ninguna plaza, jugar roles que escapan cuando ya no sirves al otro, enganchada en deberes que no piden, ofreciendo lo que detestan, taruga oportuna, frazada de piso consumida.

Una vez estuve en perfecto acuerdo con la plaza de mi pecho. Mentalmente viajé a Islandia y caminé entre rocas, hasta encontrar la salida al círculo polar ártico. Cada elemento escondido al simple ojo humano, estaba vivo y en movimiento para garantizar mi permanencia en los acantilados de hielo azul.

 Cuando sentí frío aparecieron rollos de heno, prendida a las paja ajusté los zapatos todo terreno con los que estuve veinte años dando vueltas en el interior de los glaciares, túneles en el hielo milenario que se derretían por momentos dando paso a salidas cambiantes. Si necesitaba comer, caían frutas a mis pies, restos de oso, cabezas mordisqueadas de lobos; si necesitaba beber, las gotas de la condensación que provocaba mi bufanda rellenaban el cuenco de la mano hasta que pude llegar a Madrid, y ponerme en una marcha sin rumbo fijo por los bares y sentarme como la diosa de las nieves en el suelo de los parques, a tomar el brebaje que pasaba de mano a mano, pactando con la ebriedad.

Como un rebaño tirando del mismo cigarrillo con olor a yerba de montaña, a pastizal árabe. Bebiendo Mau,   testimonio de mi sed ruda, de mi ventisca apagada. Abriendo las narinas, tocándome el pelo como en un sueño, mirando a Andrei que sonreía angelicalmente, completamente en el viaje de los humos. Ojos rojos, orejas, dientes, que se mueven a merced de una vibración rara.

La Plaza Dos de Mayo es mi lavadero, donde purifico frustraciones, me importa poco la ropa, y adquiero la cadencia del gavilán de parque, revoloteando el porro, sin agresividad. En la barata bohemia, postrada en testigo de lo que sé voy a escribir, demorando el gesto para que no acabe el instante en que monto el tapiz con Andrei y visito los ángeles de los tejados o perfecciono el azul que deslumbrará a los madrileños al amanecer.

Yo miro, soy la mirona del universo, ajena a las químicas de mi sangre, tan peligrosas como las barras de hachís, o el polvo de la coca; relajada me dejo adoptar por cualquiera, porque nada dura, nada es eterno. Pero se acabo ese tiempo, viajé, no en la mente, regresé a la humareda de la zona industrial que ennegrece el horizonte normando.

Apesto a mujer rota frente a pacientes enmariguanados, quienes sonríen. ¿Qué carajo hago aquí? Los locos han aprendido a cargar con un laboratorio experimental en el cerebro, con toneladas de frenos y medicamentos para conducirlos por el buen camino, pero se desmayarían si conocieran que una gota de mi sangre les supera.

_Venga, me dice el doctor jefe, le enseñaré dónde desarrollará su taller.

_Vale, le respondo en español, y él sonríe.

_Con ese acento aseguras el viaje- responde.

0022

Es la modulación de su voz la que me hace levantarme centímetros del suelo, levitar. No he muerto del ridículo, le he escondido en mi vientre para protegerme de la intemperie, de la crisis que azota Europa, mientras él anda de recién casado con la primera tonta que pagó papeles y a quien me menciona _ según dice_ convirtiéndome en cómplice, en torturadora. Ella no es mi enemiga en la infinita miseria del desamor.

No soy un peligro, estoy a miles de kilómetros, pero la mala leche, los deseos de destruirme sobrevuelen tejados, propulsados por el sadismo que conozco en mi ex. El sabe donde tengo el hilo quebrado porque fue precisamente del que tiro para que me cayera.

Repite que cree en mí, que no ha amado a otra, que me piensa. Y como este cuerpo no tiene descanso en su soledad, me ato a su voz, relleno páginas, me aplico en lienzos, lo sigo incubando. De todas formas no tengo opción, me es indiferente la vida, a quien también le soy indiferente en este lugar donde nada pasa, nada estremece.

Andrei es mi rareza, el nido, la flor recompuesta, la figura que repito en los cuadros, el príncipe violeta, el Bubowki aturdido en un porro, él inmaterial que no deseo que escape.

De esto pienso, mientras empleo material médico para estirar la tela y fijarla al marco. Las pinzas saltan cuando un pliegue se impone y debo levantar una a una las presillas y puntillas pequeñas y recomenzar en el centro. He perdido la tarde, es la tercera vez que abandono el lienzo y me fumo un cigarro, desesperada. La tercera que me pierdo leyendo las anotaciones del muro, por lo que decido proseguir arrancando el papel, meto uña en una perforación - sin dudas quise fijar un cuadro- , arranco la primera tira, a mi gran sorpresa se deprende desde el techo la banda de papel pues la cola ha soportado demasiado y en grumos esparce su polvillo.

Retomo la esponja y voy mojando y despegando el papel pero recapacito, debo sacar la basura porque entre el agua y el pisoteo que he armado, se repagan las bandas al suelo y no hay forma de abrir una brecha.

Pintar una casa es un acto de extrema violencia. Durante días encerrada, desplazo la geografía. Una mujer que diga, "yo asumo, cambio el color", es de temer. Hay que preparar los más mínimos detalles para la desestructuración, y guardar fuerzas para después acomodar lo que quede del destrozo.

Muchas casas en la Normandía huelen a biblioteca, están empapeladas y han sido calentadas al fuego durante inviernos. Si evitamos el olor a queso, tras el espesor de muros, hallamos leyendas.

Empecé por la cocina, la he decapado, puesta al desnudo, tras quitar seis papeles diferentes: amarillo, con florecitas, con tazas y platicos a relieve, blanco muy manchado y una belleza de Liz, seguro que de un azul muy vivo. Cada capa de papel tiene cuerpo, espalda para proteger el muro, y pegamento.

Quito los escritos y veo como las uñas se pegan a la cal. Se conoce la superficie pero poco el muro, el espacio sólido que te protege del frío y de la intemperie, la estructura donde duermes y piensas.

El papel es la cara que te ve en el transcurso de los años, la que se acuerda de aquel desayuno donde Andrei derramó la leche. Es la pantalla de un cine imaginado. Detrás de esa capa, se acumula la historia.

Quitar la primera capa de papel, parece tarea de tontos, si no fuera porque el testimonio se pega a los dedos. Aparecen en la segunda piel números, alguien ha medido la superficie; en la tercera encuentro frases; en la cuarta un árabe, rumano, checo, polonés-debe ser un exiliado para ejercer en los muros ajenos-, escribió iniciales, dejó un mensaje a alguien de su patria, a su novia lejana, al amigo, el perro, al vecino.

Sigo a golpes de cuchillo, rapadora y agua; llego al último papel que no ofrece resistencia, es casi muro, casi arena de tiempo, y se deshace en mis manos, me ofrece los poros de piedra.

Como un libro maltratado yace en el suelo el papel de muro; los papeles acumulados en charco de agua engomada. Es inútil tratar de rescatarlos, paso brochazos inusuales, instintos salvajes; lo que me ha costado horas desprender, se abraza a mis pies, debo gratar mosaicos, arrancarle nuevamente el alma.

Cuando encierro los papeles en una bolsa, todo ha cambiado. He arrebatado la costra de textos. Cansada, limpio pecados. Todo lo que venga tendrá cara nueva. Hay que arañar muros en busca de consuelo.

He pasado del desaliento al lamento de haber comenzado; pero ahora tengo que olvidar el papel y pintar, que es un arte masculino, establecido con normas anti- feminidad.

Ser pintora de cuadros me resulta de poco mérito para pintar una pared. Nunca he entendido las normas de los pintores de edificio, no hay razones para quitar los tomacorrientes, cuando pueden sostener cualquier color. No vivo en la época en que era importantísimo para el bombero saber, inmediatamente, donde estaba la prisa. Lo de repartir un color uniforme a cada pared es también de machos; un degradado de azules hace de un muro el cielo.

Muchos objetos del apartamento se han deteriorado de forma intencionada, la tacita con el asa rota de una mañana de dos en la mesa, el plato de Maripinta, la metepuñetas, se ha manchado y partirá al basurero. He bajado de peso, me he desinflado. Desprender mis muros personales de lamentaciones, manuscritos de pared, me ha agotado.

Todo ha cambiado, las tripas, la mirada. Ahora puedo pasar al lienzo. Detesto las horas, estas horas en que preparo un gran formato y debo ocuparme de la carpintería. Temo buscar el cansancio para retardar el instante del lienzo por lo que decido comer, como bestia en cautiverio, dos latas de atún y tomo café aguado en cantidades industriales.

Cada nuevo cuadro es una procesión, un acto de exorcismo. Cerca de mi nacimiento explotó un polvorín en las cercanías de casa y mi madre estuvo a punto de perderme, por eso me llamo Grace, que para ella es milagro. Puede que sea el motivo de mis temblores, a lo largo de mi vida he padecido de crisis de angustia, he vivido como un feto nadando en el líquido, atragantada por el cordón umbilical, sorda bajo los latidos del corazón de mi madre. Solo cuando pinto deja de existir el mundo y las crisis.

En cada cuadro, comienzo por traficar negruras y creo que mi mami inventó la explosión para que no le echara la culpa a la herencia y olvidara que siempre contemplé a mis padres infelices, ahogados en trabajos, desesperados.

Hace poco, estuve en una conferencia del Hospital donde escuché que la felicidad era hereditaria, estrechamente ligada al gene 5HTT, quien se encarga de trasmitir la serotonina al estrafalario aparato humano enroscado en la cadena del ADN. Contaban los especialistas que se puede leer la plenitud en un escaneo del cerebro. Proyectaron varios videos donde aparecían manchas naranjas, rojas y azules que mostraban las emociones positivas en el hemisferio izquierdo; del mismo modo se desataba el color de las sensaciones negativas, pero en el lado derecho.

En la muestra, me impresionó un filme sobre los monjes budistas que practican la meditación, quienes tienen el lóbulo frontal izquierdo muy activo; lóbulo que determina la zona de la alegría. Concluyeron que eran más felices que el resto de la populación.

Creo que pongo música cuando pinto, para teñirme mi natura enfermiza, la famosa zona en el parietal que sirve de orientación y asociación de las percepciones, la que está escombrada.

La reunión científica terminó con voluntarios que visionaban imágenes mientras se proyectaba su actividad cerebral en una enorme pantalla, entre los aplausos del personal médico presente. Estuve a punto de pasar por la prueba, pero quiso mi duende que se cayera la conexión en el momento en que me habían prácticamente amarrado a la camilla.

Fui objeto de observación como representante del público no científico, pero estuve dos semanas sacudiéndome las neuronas y expulsando por la nariz un moquero gris, entre coágulos de sangre. Tal fue el susto de desvestirme y colocarme la bata de las pruebas, delante de los colegas del psiquiátrico, quienes piensan como Andrei, que hago teatro y es una pérdida de tiempo dedicarme al arte.

Apenas tiro gris con la brocha, que resurge mi ex. Debe haber preparado su llamada telefónica,-pienso- pues me monta como un cometa cuando confiesa que cree en mí. « Me equivoqué, tenías razón en todo ». Me asusta su ira. Estoy muy añeja para entregar la confianza nuevamente, mi hija tuvo que recogerme con una cucharita, aspirar partículas con un cuentagotas y con el cuadro que recién comienzo, preparo el enterramiento de Andrei.

Pero que deliciosa es su fonética, persuasiva cuando quiere perdón, ahora que no me interesa nada, que tuve que matarme para existir sin él. Mi amante huele a hierbas, a alcohol, lo siento en la línea telefónica. Cuelgo sin pronunciar palabra. Cuánto desperdicio. Cuánta sensación de incoherencia.

Por hoy basta de rumiar, de clavar marcos, me ducharé. A la cama después que saqué los sacos con el papel de muro repleto de letras imposibles. Mañana me presento al grupo de esquizofrénicos. Estoy eufórica, como en la víspera de mis viajes en tren Paris -San Martín. Los trenes de noche, los trenes cama me sacuden mientras diseñan el paisaje y yo veo las cosas pequeñas, más que mi hija, quien tiene la sabiduría de desacralizar mis boberas de amante perdido.

Me siento vieja, verde como la flor de la mariguana que seca Andrei en el balcón. Me siento muerta.

Me están saliendo alas y duelen las que caen. He tenido una semana de nubes. No cesa de llover. Antes, la lluvia me consolaba, ahora cae en torrentes sobre el lienzo donde pinto una larga cabellera a una pálida reina.

Quizás la reina mire como parten mis alas junto a los restos de pintura, en la sala de baño; se disuelven las plumas, los colores, enrumban el metro de cañerías, donde me friego, como si me bendijera   o   recitara   mantras.
Pongo los pies en tierra, averiada de pintar esta ciudad gris y fea, con sus aceras desniveladas, cagadas por los perros y habitantes contaminados de camembert y zona industrial. Me mutilaré los ojos, no hay arreglo, Le Havre y yo estamos divorciados.

Hace años que colecciono tarots. Coloco las cartas sobre la madera y leo. Cae la torre sobre el carruaje de los viajes, mientras Madame Bovary saca un guante, se despide. Nada calma mi mal genio, nada. Andrei tiene los ojos más de amor que he visto en mi vida. Le tenía reservada una recogida de uvas en Montmartre, pero ha caído la escarcha. Ninguna capa de pintura logra borrar su figura en el lienzo, que espero seque.

Debe ser grata la brisa de New Orleans, deben estar fumando papiros en cualquier parte. Un hombre, desde la radio, me regala blues azulados. Grato una A sobre la tela, quedamos el pincel y yo. Hay urgencia, o me salgo de aquí o maldeciré el próximo verano. En el estado de putrefacción al cual he llegado, temo que si me detengo en la esquina me meen los perros o cualquier vagabundo me regalé un cigarro.

Tengo una finca en Facebook con muchos rostros. Me han aceptado muchísimos que me ignoraban. Calmaré el juego, he puesto voluntad, no he sido atroz, ni cínica en ningún comentario. Aumentan los intelectuales que me escriben al correo y les da pena o no quieren ser reconocidos como visitantes del muro.

Mi amigo, "monito, monito" está de acuerdo conmigo, con este frío no habrá buena cosecha de mangos.

Todo parece programado por mi computadora repleta de virus, que con una excelente memoria escancia algoritmos apasionados. Tengo un lector secreto con el que fantaseo insomnios y el hombre de mi vida "todavía" no se ha enterado. Voy a pintar, tengo deseos de desvestirme, de enseñar naturaleza

Trato de explicar cómo trabajaremos en el taller de pintura, pero se ha plantado, frente a mí y el grupo, un treintañero que discursa, desde hace una hora, sobre el verdadero problema que afecta el Arte. Según su teoría somos víctimas de falsos horarios, de la utilización de usos defectuosos. Me ha pedido el psiquiatra jefe del pabellón que no entre en los universos paralelos de los pacientes, pero no sé cómo convertirme en cabecilla de tropa y robar la atención.

_Wateber -cuenta- Wateber es mi nombre, no arremeto a cabezazos contra los muros porque desconozco que esconden detrás. No soy como esta partida de tarados.

_Muy sabia apreciación, respondo, entregando las cartulinas que la mayoría toma, como si se tratase de un juego o yo fuera la payasa de servicio que desmantelarán en breve. No me equivoco, han preparado una carpeta con recortes de cuadros famosos y comienza el cuestionario.

_ ¿Sabes cuándo se realizó este cuadro? ¿Por qué Fragonard puso a la muchacha en el columpio? ¿Crees que Klimt sirva para hacer bellas cortinas de baño? ¿Tapiès era gago y por eso solo pintaba porquerías sobre fondos amarillos?

No hay respeto por las épocas, los estilos, los pintores desfilan en el interrogatorio. No creo que exista buenas o malas respuestas pues este hombre que se ha ligado a dos camaradas de cuarto, quienes sirven de auxiliares y tratan de medir mi cultura frente a un interrogatorio.

El resto de la clase se divierte. Las carcajadas deben escucharse en la portería y para colmo, algunos sacan pitillos de tabaco negro y fuman como entendidos en la materia. Estoy obligada a ejercer autoridad, pero no he llegado a superar este problema, dice mi analista, Madame Claire. Abandono cuando me ejercen violencia o imponen palabra fuerte. No lo hago por cobarde, pero detesto modificar las voluntades. El caso es que he perdido el control, y tengo los ojos como claraboyas abiertas.

_Los buenos pintores no dan clases, es tarea de mediocres repetir lo que se puede aprender en un libro o en internet – deja caer una chica con trenzas que remontan y amacha al centro de su cráneo, de forma absurda.

_Muéstrame tu talento, riposto, pero se va al jardín, y comienza a sacar bragas que esconde en el sostenedor. Desde la puerta me inquiere desafiante: ¿qué pintas, qué estas pintando ahora mismo?

Me dan deseos de contestarle que solo trato de entretener a anormales y contengo la cólera; me ubico en el centro de la pieza y pido que extiendan las manos porque haremos rotaciones para calentar la muñeca.

Se ponen en círculo a estirar dedos, a levantar los hombros, practicas que han usado durante mucho tiempo para relajarse y consideran aprobadas en su universo. Algunos canturrean cuando se escucha un llanto que me hiela la sangre. Es la chica contestona que se ha tirado al suelo y se queja de que no presto atención a su caso.

Me había agredido y preferí ignorarla, lo cual ha provocado una grave crisis de angustia. Manifiesta que morirá por mi falta, que profesora así no merece su presencia. La sacan del grupo con poco disimulo;   un atlético enfermero deshace el nudo del pañuelo donde la mujer ha escondido el tratamiento de por lo menos seis semanas.

Los presentes afirman que es gravísimo, ha llegado al fondo y ahora tendrá que recomenzar el ajuste de las dosis. Media hora comentan el incidente. Wateber no me quita de ojos y finalmente calma al grupo. Me da la mano y confiesa « eres bastante inteligente pero eso no sirve de nada »

Entre los pacientes tengo a los llamados « enfermos de día », quienes regresan a dormir a albergues cercanos a la institución o a casa de familiares. Uno de ellos alerta que si continúan alborotados, voy a perder el trabajo. Yo no hubiese podido expresarme más claro, pero hasta ese momento no había pensado.

El doctor jefe pasa con su levita a cuadros inglesa y provoca el revuelo. Aumentan las murmuraciones:

_Es un tachador de nombres. A la gente que sonríe mucho le hace una mancha sobre el apellido, lo pone en una lista que guarda bajo llave, si puede lo denuncia. A mí me echó a los sicarios porque quería escaparme. Sabes, me ninguneo. No sabes las noches que no duermo.

_Fíjate _ murmura otro_ tiene la barriga enorme. Nos aplastaría si no fuera porque necesita aplausos para mover las orejas. Le pagan por espantar las moscas del comedor.

_ Moscones y mosquitos evitan seguirle el paso – reafirma una mujer mayor, que hasta ese momento estaba escondida en la biblioteca del corredor. Se acerca hasta rozar mi cara y suelta «no me pidas que te despierte cuando andas lejos, me paso el día buscando tus espejuelos».

Es incómodo este ejercicio si todo el mundo habla lo que le da la gana. No encuentro el equilibrio, pero es solo un problema psicológico, allá afuera también discuten durante horas sin escuchar o entender lo que dice el otro.

_¿Tú crees que se pueden hacer dibujitos cuando tenemos tantas cosas que resolver? Me escupe un hombre.

_Oiga, si no le gusta pintar váyase a rascar a casa de su madre _ pronuncio muy bajo, pero lo suficientemente preciso como para que se establezca el silencio absoluto. Quizás tenga razón, le aseguro, pero la que manda en este taller te expulsa. Arriba, váyase a su cuarto. Los enfermeros arrinconan al hombre en el pasillo, quien comienza a pedirme de regresar y sigue escupiendo en mi dirección.

Tengo la moral por tierra, a punto de aceptar que regrese; los enfermeros me hacen seña con la cabeza. No puedo aceptarlo en el grupo o pierdo la autoridad.

No creo que soporte otra jornada en este universo. Pero aparece el deus machine, director de Hospital y me pone la mano en el hombro, como quien va a regañar a una paciente.

Venga me pide mientras me empuja a su despacho, obstruyendo la puerta de salida. En ese preciso momento me doy cuenta que no he dudado, pero puede que sea otro loco disfrazado que me tiene de conejillo de Indias. Y efectivamente, doy en la esencia. « Por el bien de los pacientes. », me ordena permanecer después del almuerzo e inaugurar un Taller de cuentos. "Apláquelos con la literatura, hará grabaciones que me entregará personalmente al final de cada sesión. Ninguna otra persona puede estar al corriente" No entiendo el pedido, pero su voz es amenazante, y estoy a punto de solicitar la baja del centro.

Se ha sentado en el despacho y me sonríe, inclina la cabeza, me mira por encima de los espejuelos. Yo estoy sentada en la silla que utilizan los enfermos y espero nuevas órdenes pero él sigue callado, hasta que se levanta bonachón y me fijo en su barriga, en su corpulencia, en que mueve las orejas como el elefante que me han descrito.

« Por hoy ha sido suficiente, hablaremos más en la próxima consulta, Grace Dediox. »

Me saca con palmaditas en la espalda como si matara insectos y me deja plantada en medio del salón, donde han estructurado un restaurante. Me entretiene la tropa de enfermos delante de una bandeja plástica en la que reposa la sopa de vegetales, el pescado frito y el arroz, como si estuviesen de escenografía de una diva: una manzana roja, al centro, que parece esconder el veneno que transformara la especie en ratas o monos saltadores.

Yo agarro una manzana y me voy a pasear por la ciudad, hasta las tres de la tarde. No puedo entrar a casa con el reguero de papeles, ni quiero permanecer más de cinco segundos en un lugar cerrado. Aire, mucho aire. Soy Grace Dediox , quien teje, cose y hace nudillos para atarse.

0024

Existe conexión entre la depresión crónica que arrastro y los objetos de la casa. Desde hace mucho trabajo en instalaciones sobre la acumulación de objetos caseros y la fragilidad de la existencia. Constituyen la base de mi creación plástica. Cuando entré a casa olí la tristeza. Me cayó encima la sensación de oscuridad, tanto por la falta de luz, como por las energías turbias que se desplazan en el corredor, chocando con los miles de tarecos sin uso, empapados de polvo y de recuerdos.

En un cofre, que fue vendido en un juego para niños, dentro de los componentes de un barco pirata, tiro, es la palabra correcta, las facturas y la correspondencia oficial. Es obligatorio en Francia atesorar constancias de los últimos diez años y basta que destruyas un papelucho para que se convierta por conjuro estatal en necesario para obtener una ayuda o solicitar un acta.

El hecho de obtener la nacionalidad en Francia, me obliga a resguardar como la biblia ancianas atestaciones de mi nacimiento en la isla, tan amarillosas y deterioradas que puedo ensuciarme los dedos con la ruindad de las hojas. Por masoquismo he guardado el crayón pinta- labios que traje en aquella época, del que no queda un solo pigmento utilizable y se derrite en una grasa carmelita y maloliente. También escondo los billetes de avión de hace veinte años, como si no quisiera olvidar el susto al viaje.

Están activos, estorban. Proyecto eliminarlos, por lo que visiono un pasillo claro, luminoso que me conduce al marco de mi cuadro, con su tela suspendida entre listones, por el milagro de puntillas enanas. Me lavo las manos, como si viniese de un exterior contaminado, y me siento en el piso a idear los gestos que me permitirán estirar la tela de forma correcta, tensa, regular, absoluta.

Tengo fijado neurológicamente que para pintar debo recondenarme con arreglar la casa, limpiar las mesas, sacar la ropa de los armarios. No puedo explicar este procedimiento de poner obstáculos, antes de llegar al momento de creación.

Me acojo al ritual pero hago en breve: saco de basura a la mano, introduzco todo lo que choca en los ojos, hasta detenerme en un sombrero de paja con una cinta de cuentas rosadas que pertenece a mi hija. Es muy difícil tirar todo, de golpe desprenderme, limpiar el camino.

Finalmente dejo que el cuerpo se ocupe de la tela y, sin poner el cerebro en lo que realizo, tardo una hora en plantar el lienzo y darme por satisfecha. Aplico una capa de blanco de España con cola de conejo para la base y me siento drogada e insegura con el olor a cola del diablo.

He comprado latas de atún para evitar la cocina y me como dos, con cebolla y manzanas. Tengo deseos de pensar en el cuadro, pero sé que no marcha. Me siento y boceto en el papel, la pintura no soporta que le impongan caprichos intelectuales. La técnica pasa por infinitos filtros, la estructura de una pintura se apoya en cápsulas de espacio muy adentradas en la corteza cerebral; los colores, la luz, la visión se impone e implora humildad al artista. La experiencia me dice que de todas formas reinventaré la propuesta y procesaré, una y otra vez, las bases de algo nuevo.

Pero a la vez exige que abandone cualquier madera de salvación, y me deje hundir en la trama desconocida. Soy la mano atada a un fluido sabio, intacto en su precoz maltrato del ego. Si no me he aligerado de expectativas, mancharé como una puerca en celo, pretenderé llevar las riendas pero solo abortaré manido, pisotearé el lienzo, me afrontaré al demonio de seducir, de que sea bonito y guste.

No estoy preparada y decido salir, pasearme frente al Mar de la Mancha. Hay tempestad y las olas invaden el pontón de brumas. Para pintar no se puede hacer otra cosa que pintar; no es como escribir que hay que hacer otra cosa que pasarse el santo en la biblioteca _aunque suene perfecta la idea de pasárselo entre libros

Para pintar hay que vivir cabeza al muro, sin escape, darle al cuerpo su merecimiento, quien es siempre muy agradecido. Olvidar la cabeza; la mente es puntilla selectiva, blasfema histérica, instala su "remember to you". Grace de Dediox quiere que el salitre sea su aliado, pintar con partículas que destrocen mentiras.

Al regreso, la reina Margó pone el enorme lienzo en el pasillo de la entrada y pinta la sala. Descorcha los muros, los restos de papelillo caen sin esfuerzo. Hasta donde puede, la hiere el hierro escondido. Hierro de puntillas oxidadas, de antiguos vacíos y colgaderas. Quiere desaparecer el ADN enfermizo de esta casa, quiere un corte de cirujano rabioso sobre su inteligencia, un final desconcertante resumido en un cuadro.

Pero sigue sin estar preparada, los días se confunden, y vuelve frente al Mar de la Mancha, hay tempestad y las olas desbordan en el pontón de brumas. Vuelve frente al mar cientos de veces, hasta que la furia monte, anegue los sentidos y pueda dejar de ser, siendo testigo de las formas que nacen sobre el blanco.

Siempre he sentido señales en el cuerpo que me obligan a reconocer que integro principios cuánticos, los cuales pueden llevarme a realizar una pieza deslumbrante, pero al final me derrota la obra. Terminada, me enfrento a un lapsus donde apenas hablé con un humano, presté atención a mis manos, a las greñas, o a mi alimentación. Como si siempre me extraviase en un resquicio exclusivamente reservado a mi persona y del que regreso tras borrar completamente los pasos.

La pieza terminada, encontraba un comprador quien me apartaba a jamás del momento donde podía enseñarla en prueba de que había vivido meses en estado secundario. El tiempo de trabajo desaparecía por encanto. Los bocetos, las especulaciones, la acumulación de objetos que me impedían caminar dentro del apartamento, por el bien de algo impreciso que pujaba por nacer, se borraba. Como cocino, pinto, escribo y duermo en la misma pieza, excluyo a los visitantes, los únicos testigos que pudieran relatar al mundo que era pobre, pero grataba constantemente, sin pausas.

Estoy convencida que los seres humanos cuando se desplazan dejan sustancias químicas que alteran mi creación, por eso evito a los observadores; solo recibo en caso mayor. Permito el comprador, la venta me abastecerá de frutas frescas y nuevos materiales de pintura. Pero cuando el intruso parte, quemo incienso, pongo vasos de agua, flores, velas y no logro concentrarme durante una semana.

También me afecta mucho que me compren un cuadro con la pintura fresca; soy incapaz de enseñar trabajos si no he abandonado una temática y he comenzado un rumbo diferente. Tanto temo que es una constante. En todas las épocas he sido sorprendida por adiestrados compradores que mueven cartones hasta descubrir el tesoro. Mi deseo es abofetearlos, pero la falta de dinero me hace ceder. Detesto al sujeto durante un tiempo y no respondo a llamadas, y menos acepto la imprescindible necesidad del comprador de invitarme a cenar para mostrarme el lugar de su casa o de la oficina donde ha colocado el dibujo.

La suerte de esta región es que puedo ignorarlos, y sobre todo, residir lejos de la comunidad creadora de mi tierra natal, donde el macho, el socio y el putativo pierde el tiempo en poner pie, e instalar una arbitraria escala de valores. Nunca me han mencionado en revistas donde se auto-elogian, y cuando muera ninguna de las piezas formará parte de colecciones resguardadas por el patrimonio de un museo o de la nación.

Hubiese sido en todos los casos un freno a mi delirio, y me hubiese visto en fotos con pose de quinceañera, respondiendo tonterías, vendiéndome como una putilla a un sector humano que desprecio: los que se aplanan por un nombre. Prefiero esta complicidad con desconocidos y el afecto que me ofrecen en la virtualidad personas que remarcan que me escondo. Para ellos misterio. Para mí pudor, no confesión de los errores.

Oculto el infortunio, desaliento a los que se empeñan en imitar mi destino y a los famosos que, sin concurrencia, se arruinan repitiendo el mismo procedimiento hasta el final. Imagino el instante, cuando se presentan delante de la comisión de dioses y caen en « mierda, qué cantidad de puertas pasaron sin que arriesgara nada, por qué no pinté realmente lo que me daba la gana?». Como soy un ejemplo de error magistral, puedo estar equivocada en todo, pero es el principio básico que me sustenta

Estoy segura que si hubiesen dejado sus egos, sus obras serían distintas. No veo gracia en repetir lo que llaman estilo, ese aprisionamiento de la forma para que te reconozcan. El estilo es una caja de muerto firmada, para la posteridad, el sometimiento a la ley del mercado; en ocasiones tumba o monumento, pero solo en raras excepciones, para los súper talentos. Quizás es por eso que son famosos, porque de alguna forma se dejaron amaestrar o solo tenían un arroyuelo interno, no osaban nadar a contracorriente, no se arriesgaron a desencantar.

Yo no tengo talento, solo trabajo en crecer. Cuando pinto, celebro a quienes me silencian, les alabo por cómplices de mi desventura. No sé si he escogido un camino o el camino me adentró en la escasez y la pobreza. Las obras que me rodean no constituyen belleza, ni felicidad. La felicidad es sentir amor y ser amada, tengo pocos dones en la materia y demasiada angustia arañando los trazos. He podido realizar un cuarto de lo pensado, mi mérito recae en sobrevivir.

Por mí que se mueran todos los coleccionadores, los galeristas y los críticos de arte, los maldigo en secreto, pero de ellos vivo.

Cuando me siento bajo la influencia de un profundo rechazo social, me confieso a la analista que trata de calmarme: « No, Usted no es una asesina, es la pérdida de la plaza social la que le hace mal »

En frías habitaciones de ricos, he abandonado cientos de retratos de Andrei, pero conservo tantos que puedo apreciarle en situaciones que su mente no puede imaginar. Nadie podrá arrebatarme esa riqueza, las horas en que fui escogiendo pigmentos, con finos pinceles, mancha a mancha hasta depositar un lago en sus ojos.

He reproducido al infinito el mismo rostro, hasta encontrar su semejante en el mundo real. Su madre es un accidente cuántico, una fábrica circunstancial para darle cuerpo, él andaba en mi cabeza desde comienzo de los tiempos. Hasta la maldad es mi herencia, la suma de mis frustraciones, golpes y fantasmas, modificados, petulantes. Su aporte es la rebeldia ami creación.

¿Qué puede hacer Andrei con esta nueva mujer que me compra su retrato, que cae en babas de admiración ante el cuadro donde le he creado? Es un superficial personajillo que rastrea el arte para colarse bajo el paraguas de la artista. Él es un necesitado de documentos.

Me contenta imaginar a la pareja cuando adquiere reproducciones baratas, en subsuelos estériles. Soy presa de hilaridad si pienso que cuando ella no desee que le venda otro de los cuadros donde he pintado a Andrei, comenzará la destrucción de esa relación. Del arte también se cansan las coleccionistas.

Mi muso ha descendido a la mundanidad, a la copia. Andrei piensa que estoy realizando el enorme formato que me ocupa, por encargo de su esposa, pero yo pinto su muerte. No acostumbro a repetirme en un tema ruinoso, solo he cometido el pecado de venderlo como el Hombre de mis pinturas. No creo que tenga precio la tela donde le desfiguro, le carcomo la piel con capas sucesivas de aceite, donde le raspo el sexo y riego un rojo bermellón semejante a sangre contaminada por la putrefacción de la matanza. Tal vez este pintando mi muerte, la sombra de lo que nunca fue, un lapsus de creencia envuelto en el zurrón de un feto.

Me obligué a estudiar técnica pictural, a aplicarme para que su ojo fuera del verde opaco donde los otoños se acumulan; el poro fuera abismo con capas aguadas de aceituna; sus largas piernas desafiaran al Greco; sus nalgas compactas dejaran entrever el músculo, la estancia de una terminal de trenes, donde en cualquier momento partiría un convoy a mis entrañas. Estuve empeñada en la maestría, si perfeccionaba hasta el más ínfimo detalle, nos abrazaría el destino.

Toda la vida en la tarea, todo me ha sido duro y ahora, que he perdido la obra de mi vida, me acuesto en el suelo, a contemplar la superficie blanca, cada vez más blanca a medida que se seca la base de polvos de España con cola de conejo, y me duermo. Apenas unos minutos, hasta en el sueño repaso fragmentos de Andrei que debo retomar con un pincel fino, pero son las cuatro, y llegaré tarde a la consulta de Mme. Claire.

La puerta del consultorio, siempre rota, está a diez minutos; salgo corriendo, los pantalones de trabajo remangados, despeinada. Desde el momento en que recordé la cita, me comenzó a doler la espalda, el riñón izquierdo me da latigazos y tengo la cintura mala. Qué desastre, qué desesperación e incapacidad de romper a patadas esa puerta blanca de psicoanalista, de clavarla a mi espalda y decir no vuelvo. Si tratamos de que recupere la creencia o la capacidad de amar, estamos en error, no pienso terminar con un viejo que se estimule la próstata cada cuatro semanas tratando de encontrar una protuberancia, o un cáncer.

Mme. Claire es bien gentil pero viaja demasiado seguido, me deja en inmensos huecos. No es mi madre, ni mi amiga, no me dice nada; si discutiera, si me empujara contra el muro, pero nada, escribe su novelita de mi inadaptación, y esto dura.

Tengo la impresión que si le cuento lo que pinto, cesará la fuerza que me ha trasmitido Andrei con su llamada. Tengo el presentimiento que dejo en ese lugar donde van tantos desgraciados lo mejorcito de mi estilo, « le malheur* » y estoy en rabias, se lo digo y sonríe.

*Le malheur, infelicidad en francés.

0026

Creo, realmente creo que llegó el momento de realizar el cuadro. Ha pasado un mes desde la llamada de Andrei, exactamente setenta páginas, dos poemas largos, un centímetro de más en la papada, tres noches donde pensé que me invadían espectros, cuatro visitas a la analista, cientos de dibujos realizados con mis pacientes de diversas patologías psiquiátricas, un suicidio, la completa destrucción del papel de pared con su cuaderno íntimo, un paquete de facturas sin pagar, diez post en el blog confesando a medias el ridículo de este gran amor, numerosas cartas de amigas que quieren sacarme del hueco, donde incluyo a una magnetizadora marroquí. Me he vaciado, la pena es un hilo de baba que se desliza de mis labios y cae en el piso; una baba viscosa que arrastro, me tira a tierra, y no se detiene aunque apriete los dientes.

Ha pasado la muerte, se llevó a quienes fuimos; ni un instante de gloria en la oficina de un odioso controlador que pide pasaportes, papeles, tatuajes de ser un humano legal. Un campo de girasoles se ha acostado por un rayo, se muestra dividido por una zanja de hojas quemadas. Lo que antes fuera luz del horizonte se ha suavizado, por la aduana que le une a la tierra no trascenderá la divinidad.

No habrá nunca más Andrei, aunque pinte flores hasta que me convierta en pistilo cargado de polen y pueda fecundar el universo.

Impregno un pincel de negro, el negro de los agujeros. Un último retrato, el último cuadro con Andrei. No puedo sentarme, estoy parada y rebotan universos en mi cara, tal es la energía que me permite erguirme frente a la nada. Una bestia sin cabeza que se lanza a las brumas blancas del lienzo.

El amor en la nariz, el exceso de amor fétido, me impide desabrochar las clavículas y meterme en el marco. Me marea el desamor pero voy precavida, no tendré dos oportunidades de acabar la obra. Los materiales cuestan caros y, lo peor, cada vez que intento fijar una estocada al retrato, mi corazón es presa de latigazos. Me doblo de dolor, un dolor que parte de la mano asesina a la planta de los pies y no me queda otro remedio que pensar en política porque es ajena a la acción del brazo, y se suaviza con la ira y frustración hacia mi patria, ese maldito concepto que ampara a mis padres ancianos, a hermanos con quienes debo retomar contacto. Una isla improvisada, donde algunos hacen performances bajo proyectores, piden espectáculos, primeras planas; donde han puesto de fetiche a una flaca que quiere viajar, y manda una familia diabólica que se come el alma.

La repugnancia en los ojos me impide mover el pie izquierdo, pero debo ir completa, trazar la despedida de Andrei como si fuese un tótem. Pienso en generalidades, la política siempre es una farsa. Haré teatro para irle borrando. No puedo cambiar la obtusa división en dos bandos, diestra y siniestra. He vivido y padecido en ambas absurdidades. La correlación entre el bien y el mal se ha perdido. El mal habla de crisis y de monedas virtuales, de sobrevivientes, cansados de carencias. Manejan riquezas y a hombres misteriosos que se entretienen en organizar redadas, en manipular el desorden. Yo manejaré esas leyes arbitrarias, donde deba iluminar pondré sombras, y la perspectiva irá a pasear en el serpenteo horizontal de una lombriz de tierra.

Es hora de que nazca un sistema humanista, o seguiremos siendo una baraja de tipos encaprichados. Mucho, muchísimo he dedicado a pelearme con los poderes hasta que silencié la batalla, derrotada por la estupidez. Siento los aires de guerra que anteceden a las catástrofes, quizás dentro de poco se carezca de pan, o mi mente entre en pausa.

"La mentira se eleva a fundamento del orden mundial", afirmaba Kafka en boca de Joseph K. Me molesta haber perdido, no he realizado la obra y me enjuago la boca con un té que pastorea entre los libros, sin fecha de extinción.

Me he ido alejando de toda esa barahúnda, poseída por el demonio del trazo, ya no me pertenezco. He deslizado el pincel sobre una ciudad tendida en una colina, los tejados rojos con sus chimeneas contrastan con los tejados grises normandos. La muñeca de mi mano sigue el discurso interior, sin que posea control de las angustias que desfilan en el chorro de tinta que dejo caer, para darle cabida a los ángeles y sus secretos.

El resultado es trágico. La tinta china se ha apoderado del centro del cuadro y ofrece una multitud de seres sobre barcos que huyen o exploran la superficie del lienzo. De un tiro largo paso sobre ellos la esponja que absorbe el derrame y configura un cielo embrujado. Las figuras persisten, y veo el desfile por los cuartos siniestros del Hospital psiquiátrico, la comunidad en pijamas, pendiente de mi venida para contarme, de igual a igual, las pesadillas.

Tengo sueño, un sueño pesado que inclina mi cabeza y me hace tontear, son las seis y media de la mañana y me ducho. Tomo café para tamborilear hasta el mediodía y salgo sin ocuparme de bajar la basura. Dos paquetes malolientes por las latas de atún, un verdadero tufillo de puerto, al cerrar el apartamento, se infiltra en el corredor. Los vecinos deben pensar que me acuesto con un pescador, o que he matado al pez rojo, que lo he sacrificado a los santos de la isla, en lo que ellos llaman vudú, cosas de negros.

Al llegar al hospital, los doctores están alterados, han pasado una noche difícil por la presencia del diablo. El delirio de un paciente ve a los médicos con colas y pelos en la frente, masacrando en la enfermería. Un enfermo ha creado la psicosis general.

El doctor que ordenó la hospitalización del hombre y su traslado al cuarto sombrío de observación, se lamenta de no haberle inyectado una fuerte dosis de Sinogán. El enfermero le liga los brazos con una llave de yudo; caigo que no he visto las famosas camisolas de fuerza y preguntó. Me dicen que están prohibidas; me entra la duda, desconozco si las camisolas con correas calman mejor que estas técnicas de sofocación, límites con maltrato.

El hombre no deja de gritar obscenidades, de excomulgar y los curiosos se agitan como si se tratara de un profeta. Es una crisis psicótica, me aclara la enfermera, repartiendo dosis de pastillas en un afán desesperado por aislar al grupo del recién llegado.

Una paciente solloza y cae en estado catártico, reza con los ojos en blanco, de rodillas, sangra por la nariz. Otro se le acerca, con la intención de golpearla, no soporta las lágrimas, aúlla "basta de miseria religiosa ». Aquí también se dividen en dos bandos: los creyentes con catarsis bíblicas y los pragmáticos con profundo rechazo a que mencionen a un Dios.

Psicosis Post-ictal, me aclara el Director cuando se planta en medio de la sala, y establece el silencio. Su presencia me molesta, pienso en mi autoritario padre que desciende de un pedestal para observar a militares y funcionarios de Cuba, quienes decretan que puedo decir en cada momento, so castigo. Pienso en Andrei y me sacude la niña desestabilizada que nunca he dejado de ser.

Callara o me hiciera transparente, llegaba al cuartico madrileño, con el hambre que da la cercanía de las tres de la tarde y me enfrentaba a unos ojos de desprecio, a la voz que me deseaba la muerte, a un desconocido iracundo, poseído por entes oscuros, quien recitaba un mantra de odio.

« No me hables a no ser del tiempo. No mereces escuchar música. Me das asco. Siempre te he dicho mentiras, inocente. No deseo verte la cara, ni regresar a casa. Eres estúpida, no me interesas ni para obtener los papeles, te utilicé para alquilar este techo... »

Luego rompía un muro, tiraba un objeto, daba un puñetazo a la puerta del baño que cedía con su falsa madera, crujiendo mi suerte. ¿Qué había pasado, dónde estaba el chico amable que me hacía la corte, dónde estaba yo?

« Échatela, le queda poco- decía al primer venido que se cruzara en nuestra acera y me veo, como ahora, extendiendo la mano, en el fondo del vértigo, preguntando: « ¿cuándo me dijiste que no me amabas estabas colérico? Sin respuesta, teléfono en la mano responde a una chica a quien le dice: « llámame cuando quieras, iré a arreglarte esa cortina del baño ».

Me quedaba ciega, paralítica, le tomaba la mano para caminar por el océano de Plaza Castilla. Al vaivén de deflagraciones químicas, mano en la mano que me rechaza, llegamos a la parada del ómnibus y me siento a su lado, cierro bien su mano, rezo para que me clave un puñal o acabe de darme con una pala, me entierre y se acabe la sofocación.

Termino por ponerme los zapatos ahuecados y salir a buscar un albergue para mujeres. No tengo dinero para desaparecer, y me tomo dos pastillas, tres o cuatro, da igual, estoy revuelta, nada apacigua este mal, me relleno de pan con chorizo y ronco en el sofá, expulso el aire que me envenena.

Afuera, en la calle Velarde y en todo Fuencarral, las parejas se besan. Han pasado siglos en dos años y resuena, otra vez, su llamada, dice que no ha dejado de amarme, que aprendió a amarme casado por papeles con una tonta. ¿Por qué reaparece? Me pide, otra vez, que visione al Doctor Wayne para que aprenda a borrar el pasado y me proyecte en la felicidad. ¿Qué felicidad?

_Gracia, Gracia Dediox, me sacude el jefe del hospital.

Me veo paciente entre pacientes. La agitación de los enfermeros me sacude el pelo. Quiero defenestrar a mi asesino, le asestó tijeretazos en la ropa, comienzo a comérmelo vivo, delante de mis colegas de trabajo, que solo observan que estoy a punto de desmayar.

Esa es mi esquizofrenia, mi obsesión con el maldito que se vendió profeta. El estruendo que me impide renunciar a esta historia porque me quedo sin nada, sin Madrid y sin proyecto de vida, condenada entre psicóticos y extranjeros a perecer de aburrimiento.

Me miro en la cristalería de las ventanas y no me reconozco, he envejecido, la cara se me cae de vergüenza. Corro al baño de la clínica y vomito, no puedo peinarme, el cabello se ha electrizado; no puedo mirarme porque los ojos se han perdido en el tragante del lavabo.

Naima, yo soy Naima escucho a mi espalda, es la paciente que sollozaba, quien se compone frente al espejo_Le nombro frente al espejo, me aclara, para que venga en la noche. I am that, J am_

Pienso que delira « aiamdataiam ». También lo repito y salgo a la sala donde me excusan de impartir clases durante la jornada.

« No es recomendable ». Los esfuerzos del equipo han sido inútiles, la calma se ha esfumado y aunque los pacientes andan somnolientos, han despertado los mundos paralelos, donde me es imposible llegar cuando tengo miedo. Estoy temblando, el zorro invierno se cuela en mi cuerpo.

Me voy a casa, al inevitable encuentro semanal con Madame Claire. Soy incapaz de escribir una oración, de tirar un brochazo. Tengo la tarde, pero no pinto, me siento frente al PC, pongo el cerebro en pausa y juego.

0027

Manicomio es la palabra que había olvidado. Los doctores cacarean sobre el interno de ayer, y el tratamiento de caballo que tuvieron que aplicar al paciente psicótico, para sedarle. Como si mi intromisión en el hospital fuese el centro del problema, me sugieren varios métodos científicos para desarrollar el taller, a los que no presto atención porque no he tenido tiempo de tomar café, y estoy en hiperglucemia.

El equipo interdisciplinario evalúa y decide que realizaré un "abordaje ambulatorio" Erraré por las salas captando alumnos, los sentaré y trabajaré con ellos. Una doctora parisina, evidentemente muy aplicada en la técnica de impresionar a la concurrencia, explica lo contrario, debo abordar a los pacientes del hospital de día porque no tengo un seguro que me garantice la integridad en el servicio.

Creo que usa palabras despectivas, o pone en duda mi fuerza para enfrentarme a los enfermos. Con eufemismos me llama ignorante, pero no protesto; su discurso y la falta de azúcar me tienen en estado bordelinde, si abro la boca notarán mi acento intraducible, estoy en recuperación y mi re-socialización a la comunidad civilizada dista espacios astrales, si es que decido aceptar a los franceses.

La creación del taller y su funcionamiento agota a la psiquiatra, quien balbucea: « los dispositivos para el tratamiento anterior y posterior a la internación deben favorecer los vínculos de la persona internada con sus familiares y allegados, con el entorno laboral y social, garantizando su atención integral."

El director que no se deja apuntar en la fila de los últimos, se siente acuchillado por la lectura, le contesta iracundo: « se aplica desde hace mucho en este establecimiento, si no lo ha remarcado ». La mujer se levanta, se ajusta los espejuelos y parte dando trastazos en las mesas.

En el pasillo grita a una enfermera y pone contra al muro a la tal Nimia, quien solloza. Desde mi posición no escucho la conversación, pero veo su figura acorralando a la chica, me taladra su susurro de abeja, hasta que comienza el llanto y los enfermeros corren a asolar a la muchacha que convulsiona.

Miro a la doctora con desprecio, esta mujer viene de violar la dignidad de la interna, no ha respetado su espacio vital. La doctora a me devuelve el odio y se sienta como si nada hubiese pasado, exhibiendo el self control como una bandera desplegada sobre la cabeza de los paisanos. Monito-monito se aparece a su espalda y como siempre rasca de dientes, esboza una mueca que prefiero tomar por sonrisa.

De la reunión he sacado que debo hacer lo que pueda, no tendré ayuda porque el personal médico está ocupado con los casos duros, y mi carrera de profesora de arte es un paseo en la avenida del infierno.

Me apresto a trabajar, recorro el salón en busca de alumnos. Veo a un joven con cara de intelectual, no atino a diferenciar si es paciente o estudiante en medicina.

Es finalmente un paciente despersonalizado tras un pijama crema empercudido quien me aborda y pide le muestre dónde trabajar. Vamos a una mesa apartada y saco los materiales. Sin que le oriente dibuja figuras desproporcionadas, hombres y mujeres con el rostro rayado por la bic, brazos y piernas larguísimos, cabezas pequeñas, algunas solo un punto, sobre hombros cuadrados, de los que cuelgan pulpos que extienden los tentáculos como serpentinas de un carnaval macabro.

Cuando termina, declara, « no lo firmo para no buscarme problemas, fui agredido en este lugar. Tres psiquiatras me cuestionaban y por detrás me pegaban manotazos, luego me inyectaron, me aislaron en una celda peor que un baño público y finalmente me llevaron a otro lugar enmanillado. Por el dolor que me ocasionaban, quedé inconsciente. Sácame de aquí».

Levanto los ojos y veo a la doctora "Cruela", quien me observa con rayos X, me siento vulnerable. Le afirmo al muchacho que no tengo potestad para liberarle, pero hablaré de su caso al director. El hombrecito me cierra la mano y me afirma que « la crisis pasó, estoy mejor pero si hablo me meto en peligro ». Luego desaparece, se mezcla en la comunidad que comienza a tomar plaza para el almuerzo.

Como es viernes decido comerme un bocadillo en casa. La crueldad toma forma en mi interior. Les veo en la fila, como si fuese un campo de concentración, pendientes de la bandeja, donde una sopa aguada, un pedazo de pan y un cuarto de pollo seco se posa sobre un puré de papas deshidratadas que apesta a producto de conservación.

Me adentro en el verdor de las alamedas y visito al director a quien cuento el caso del chico. El psiquiatra me escucha pero sigue anotando mi queja, como si fuese una paciente más. Luego levanta los ojos sobre los espejuelos y refunfuña: « Su internación puede durar un mes o varios años».

_ ¿De qué depende?

Del personal de servicio fustiga_ Aún no ha pasado frente a la comisión que determinará en que servicio lo situamos.

_Lo más lógico sería explicarle cómo será su tratamiento, con qué actividades cuenta el Servicio, que le muestren las instalaciones, que le presenten compañeros de infortunio, se le asigne un tutor que lo acompañe, que le expliquen las reglas de convivencia…

_Sí, lo más lógico, pero aquí trabajamos con la ilógica, no pida peras al olmo.

Me callo y salgo definitivamente de ese muro de burocracia. Me ha seguido la doctorcilla parisina, quien, sin esperar a que abandone la dirección, pregunta en mi espalda « ¿Y a esta qué le preocupa?»

Me dan deseos de regresar y ponerla en su lugar, pero padezco de hambre como patología. No he superado las carencias que sufrí en mi país natal, y evito broncas con la autoridad. Aprieto el paso y engullo dos caramelos que siempre tengo en el bolsillo.

Voy a pintar, siento que pintaré una manzana. La voy a situar en el lado izquierdo, será jugosa, y conservará una hoja, un adorno romántico en el prado normando. Voy a quemar algunos libros sobre este universo de « al lado », donde tengo plaza, todas esas páginas, esos elogios a la demencia, son piltrafas ajenas a este mundo de enajenación

0028

Hace exactamente veinte años que atravesé la frontera de la sociedad hacia el campo de los alineados. Me llevaron en un carro de la policía, por decisión de un juez que no hablaba una palabra de español, supe que iba en camino del hospital, _ pensé que me curarían la pierna herida o la boca inflamada por los golpes del alcohólico francés donde pernoctaba.

Las esposas me apretaban las manos, pero me sentía salvada al alejarme de la prisión, de aquella célula de dos metros cuadrados con olor a orine, bajo el ensordecedor estruendo de los que esperaban juicio, o "desgrasarse", que es como los franceses llaman a salir de la borrachera.

No sabía que perdía el derecho a criar a mi hija, cualquier derecho a buscar un trabajo, y menos que abandonaba la escritura. No existe acto más parecido a la esquizofrenia que novelar personajes, vivir en su piel para pespuntear un personaje creíble. Detallar escenarios inexistentes, lanzarme en rejuegos de mente, plasmar en un libro los flash ocasionados por la perturbación genética que padezco, me ha propulsado a meter el pie en terrenos movedizos, ponerme a escribir, agravaría considerablemente mi caso, retardaría mi reincorporación a los normales.

Para poder recuperar a mi hija sacrifiqué las letras, con un martillo las machaqué en una bañera y dejé correr el agua. Llena de heroicidad desaparecí todas las plumas con tinta negra, con las azules no atino a emborronar una cuartilla y acepté toneladas de drogas para olvidar la ruptura de lo que, hasta ese momento, daba significado a mi existencia.

No me interrogaron en el Psiquiátrico, pues entraba por orden judicial, lo cual les permitía sedarme hasta que perdiera noción de quién era y controlar mis acciones. La ausencia total de familia les daba carta para experimentar píldoras y rendir servicios a laboratorios farmacéuticos. De todas formas, estaban convencidos que no escaparía mientras tuviera a mi hija en rumbo incierto. Tanto preguntaba por ella, que lo tomaron como una obsesión.

Estaba decidida mi suerte, en lo adelante no me creerían que fui encerrada en un granero, que vi las flamas del fuego y escapé con la niña. Entraba al proyecto terapéutico de quienes han perdido los pedales y siguen dando pie en una bicicleta que no avanza, sometida a la contracorriente de ventiladores potentes.

Era la paciente sorteada de un departamento a otro, en busca de una sección que conviniera a la supuesta patología que decidieran los médicos, con tal de que permaneciese en un cuarto y no fuese peligrosa para la sociedad.

Por suerte, en dos décadas el personal ha cambiado de sitio, nadie me reconoce, ni consultan los archivos donde se supone tengo problemas de lenguaje, cuando no entiendo el idioma en que me piden elementales respuestas de coordinación.

Una paciente problemática, delincuente, sin que se precisara si había degollado un carnero, fumado marihuana o prendido fuego a una mansión, como era el caso, cuyo dueño aprovechaba para tocar ganancias del seguro. No saldría hasta contra-orden del Tribunal, engrosaba la larga lista de chicas del Este que llegan a Francia y son remitidas a estas instituciones por maridos, amigos, amantes que las entierran en vida, ante un rechazo.

Un doctor bajito y de ojos azules me solicitó en su pabellón, pues yo tenía el rostro bronceado. El desconocimiento de la lengua francesa, le ahorraría descifrar ese mal por el que me castigaban a borrarme de entre los humanos. Me cambió por un psicótico y tres adictos a la droga. En ningún caso debía relacionarme con otros asignados a permanecer hospitalizados por juicios pendientes.

Sin embargo, no tenía miedo, pensaba fotografiar, conocer en carne propia la abundante literatura sobre la locura. Qué lejos estaba de la realidad. Comencé el exilio en un manicomio; después de abandonar la isla con sus desgracias mentales, esto sería un paseo por el jardín, una experiencia.

Corrían los rumores sobre mi caso. Mi característica es que no me quejaba. Pasé por el baño y las pruebas de laboratorio, donde bajo sedantes me toquetearon los senos, pero lo oculté, el personal se regía por leyes que desconocía, no estaba al tanto de la dictadura de la razón, y quería salir de aquella pesadilla.

Como zombis, los despiadados enfermeros distribuyen drogas, encierran, golpean; hay que ser realmente tarado para semejarse a esa banda de abusadores que controla gesto, acción durante veinte y cuatro horas, cortando cualquier ramita de verdor que anuncie salida.

Mi primera entrevista de admisión la realicé pasada una semana, delante de tres personas: psiquiatra, enfermera y estudiante. Mientras me interrogaban, asomaban la cara otros doctores, lo que me hacía sentirme monstruosa. Recuerdo que desee tocar la mano del doctor de ojos azules, gesto que significaba "ayúdame, no entiendo nada". Y me rechazó, con cara de desprecio, para que jamás intentara acercarme a su radio corporal. El instante marcó el surgimiento de la Aduana, el punto exacto donde me catalogaban como loca.

Fue entonces que me encerré en el silencio, desde aquello, cuando alguien ejerce fuerza psicológica me doblego, me enrosco como una oveja y me pongo en espera de un ángel, de un muerto, de Mazaneta de las pelotas para que me ayude.

Cualquier persona con sentido común supone que llegué al hospital en plena crisis bordelinde. Aguanté provocaciones, para no quedarme sin techo. Me agarró por sorpresa que quisieran hacerme pasar por una incendiaria para obtener dinero. Era el peor escenario que hubiese leído en una novela negra, el coagulo de maldad con patas de un perverso.

Pasé el interrogatorio cuasi-policial, plagado de preguntas dudosas, que interpretaba con agilidad de cerdo, dando respuestas arbitrarias, distantes del sentido que esperaban. Luego, sin que me explicaran en qué consistía la prueba, me llevaron a la fuerza a un cuarto aledaño donde me engancharon a una máquina, con cientos de cables pegados en mi cabeza.

Pensé en los electroshocks cuando comenzaron a irradiarme con luces desde una pantalla que no quería mirar, y observaba porque dos enfermeros me aguantaban los pies, tras ligarme los brazos con correas.

Supe, no hace tanto que fue un electroencefalógrafo, pero mi cerebro repitió que había sido víctima de electrochoques. Nunca he podido recuperar, como si las luces, el aparato me hubiese lobotomizado la energía vital. De tiempo en tiempo me sobrevienen pánicos; me escondo en casa, miro el verano, me prohíbo caminar por plazas que no haya conquistado metro a metro, respirando fuerte, semanas y semanas hasta llegar a recorrerlas como un continente extenso. Técnica que hube de aplicar en Madrid, comportándome como la tarada que ha sido violada de la mente.

Me disfrazaron de judía, con un piyama a flores desteñidas, mal oliente, enorme, con el que deambulaba por el corredor sin atreverme a salir a los jardines. Tal era el espanto a cruzarme con la mirada de un loco, o ser agredida, como si quisiera no contraer esa enfermedad, como si fuese contagiosa, o ya lo poseyera y pudiera desatarse sin prevenirme.

Ninguna respuesta convencía a los doctores que meritaba la hospitalización, pero necesitaban guardarme, y optaron por la remisión de las entrevistas, Tuve muchas, siempre poniendo en duda respuestas anteriores de las que no tenía consciencia. No escuchaba voces, No, no había sido la que metí el fuego. No, nunca antes había estado en un lugar como aquel. Pero no sé si era lo que preguntaban y si pronunciaba correctamente. Desde entonces pregunto, después de cada frase lo mismo: « ¿entendiste? » y provoco la hilaridad con mi insistencia ¿sí? ¿No? Hasta monito-monito se tira en el piso de las carcajadas y mueve la cabeza afirmando o negando al antojo, para perturbarme, para mostrar el ridículo de las dudas menores.

El infinito poder del Estado psiquiátrico se alzó en mi suerte. No dependía de un dictador que me otorgara visa de salida, estaba en manos de "Nadies" que no hablan español, desconocen que Cuba es una isla del Caribe con muchas semejanzas a su trabajo de control. Oprimían, vejaban, imponían tratamientos, se consultaban entre ellos, sin que nadie pudiera obtener una explicación de cuándo terminaría el calvario, cuándo regresarían a casa, cuándo o cómo poner stop al arbitrario bamboleo de visitantes, estudiantes que buscaban una especialidad, psiquiatras en intercambios de tesis que desfilaban, catalogaban, ponían cartelitos a los internos, como en un zoológico.

En poco tiempo me convertí en la atracción del hospital, las sustancias que avalaba me alejaban de cualquier agresividad y mi desdicha era enorme, tan palpable, que mis compañeros de desgracia, me advertían lo que podía hacer para ganarme una hora frente al televisor, o dos horas de paseo entre alamedas.

Me informaban derechos por buena conducta que captaba, como si la diferencia del idioma no fuese un impedimento y hablásemos por conexiones telepáticas. Supe que podía pedir, pasadas las tres semanas, que me trajeran a la niña. Debía portarme como una drogada que sigue las consignas, que bajaba la cabeza delante de absurdos como ducharme con agua fría, desnudarme delante de enfermeros que reían de las viejas y establecían grupos de jóvenes entre las que me encontraba, para enjabonarnos las orejas en la oscuridad de una sala común, a puertas cerradas, entre gemidos de chicas que soltaban en la libido la premura de un cuerpo envenenado de químicas.

Como un fantasma aprendí a deslizarme bajo el lavabo colectivo, a esperar que se calmaran los ardores, a encender un cigarrillo bajo el sistema anti fuego y desatar la alarma, que me permitía regresar al cuarto sombrío, encerrarme.

Nada me protegía, la cama, la mesita y la silla estaban atadas al piso; no podía tener bolígrafos y la fosforera de contrabando me fue rápidamente decomisada por la denuncia de estos enfermeros violadores. No dejaba de verlos como policías que poseían las llaves de los calabozos. Como no me prestaba al sexo, me ponían bajo candado durante horas y debía hacer pipi en el lavamanos, o dar salticos, tomar agua del grifo con gusto a cloro, y calmarme, llenarme de paciencia hasta que escuchara el cerrojo y se aparecieran con pastillas o me llevaran a comer aquella papilla del demonio, que bajaba entre arqueadas, para que no me acusaran también de falta de apetito, de anorexia, dado el esqueleto en el que me había convertido.

Sobre todo aprendí que no debía protestar, gritaran lo que gritaran; cambiar de habitación, asearme, comer, medicamentarme, a todo sí, de buena gana, para ver a mi hija. Era capaz de tragarme la humillación en cucharadas. Nunca he perdido ese hábito, portarme bien es mi única salvación.

Me golpeara Andrei, me rebajara, podía contar con mi complicidad. En la ciudad de Madrid, era un ser abstracto, no sabían de mi existencia. El podía desearme la muerte, yo había escapado de la ciudad que sin cesar me llevaba al hospital psiquiátrico, donde había pasado quince años de exilio. Podían desorejarme, deslenguarme, estaba acostumbrada a la demencia que me habían inoculado.

Pero tuve que escapar de Madrid con la cara marcada por los destinos errados. ¿Cuándo volveré a casa? ¿Dónde quedó la isla que me autorizaba a ser anormal? ¿Por qué regreso a mi terapeuta si ella tampoco me habla? ¿Cuándo podré darme el alta, errar como la más débil?

Todo es pasado. Si logro domar la furia, cerraré el círculo, podré partir, o morir, o ambas cosas que son lo mismo.

Eso pienso tirando brocha sobre el lienzo, dejándome habitar por el aguarrás. Quiero oler a terebintina, a óleo Prusia, amarillo Van Gogh, jamás a los olores que reconozco en los pacientes. La grasa ruinosa en las patologías severas, las gardenias encerradas en bibliotecas para las depresiones; el carbón con ajo para las neurosis; el almizcle, el sudor en los incestos. Olores familiares que aprendí en el hospital y me retuercen los sentidos cuando quedan en la salita de espera de mi doctora, a quien le cuento mi don de olores, y sonríe, sin anotar, otro delirio, otra manifestación enfermiza de mis sentidos.

Mi olor concreto, un olor a mar infectado de peces pequeños que huyen de un enorme anfibio metálico, de la cabeza a la cola erizado de púas, que abre la boca, expulsa tintas fétidas en la acción, que me persigue siempre que me descuido y con voz sorda profiere: « si vuelves a caer en la clínica, será para siempre ».

Tal es el miedo que me despierto en madrugadas, convulsiono, y decido pedir que me internen. Pero son crisis aisladas, las paso en mi cama, observando el techo, echando una mirada al cuadro que toma forma.

Parece una mujer dormida con el vientre abierto, pero de cerca es el universo donde los cuerdos maldicen y gobiernan los locos.

0029

La escarcha se ha posado en la ventana de la cocina y decido ponerme botas de montaña porque en la acera resbalan y observo el titubeo de quienes temen caer. Es visible el desequilibrio que provoca en los cerebros la posibilidad de fractura.

Los paseantes de perros abrazan la correa y tiran como si toda la ley de gravedad reposara en un hilo atado a otro animal. Algunas señoras arrastran la mano sobre los muros y van dejando una traza de mugre llorosa, caen gotas y se forman dibujos prehistóricos, un Altamira glacial.

Me he quedado tanto tiempo en la ventana que mi cuerpo ha formado un vaho en el cristal, la monotipia de humedad aumenta la tristeza que provoca mi imagen flus. Me pongo a cocinar lentejas con chorizo, gordos de puerco, cebolla, pimienta, ajo y especies, porque el bocata, la latica de atún, la ensaladita o la manzana, con este cabrón frío, no me sostienen.

Soy una vergüenza en Francia. Solo tomo vino con un plato de quesos, Mientras más fuerte es un queso azul, más deseos tengo de engullir quesos. Puedo acompañarlos regiamente, avalar media botella de vino barato, de golpe, y pasar terribles borracheras, nauseabunda del gusto dulzón que remonta a mis labios.

Soy realmente una whiskera, o solo tomo cerveza Corona, las otras marcas me saben a orine procesado, a no ser la Mau, que me es simpática.

No puedo tomar un trago porque dentro de una hora estaré en el Taller para esquizofrénicos y mi cuerpo, este maldito cuerpo zarandeado por la neurosis es capaz de generar químicas a destiempo, un sorbo puede provocarme un coma etílico, o tumbarme. Mi sangre contaminada por pánicos se estremece, de forma inconsciente he asociado la posibilidad de un trago y el aparente estado de borrachera de los pasantes, en desequilibrio por las aceras heladas. Pero decido bajar al café de Momo I y comprar tabaco negro, papelillos, saborear el humo y apaciguar los estados de ánimo.

En todos los bares proponen el típico trago del invierno: vino caliente. Momo I no escapa a la regla, va de mesa en mesa con una jarra humeante. Apenas comienza el día y las mejillas de los consumidores exhiben el color violeta de la matriz, tras un parto complicado.

No puedo tomar ese vino regalado, pero la esposa de Momo insiste porque me ve pálida, « tienes que protegerte » y me sirve en una taza de café. Me llevo a los labios el brebaje humeante, me atrevo con un buche, pero es tomar y correr al baño. Este trago es uno de los mejores laxativos que conozco.

Heme doblada de dolor en la tasa del baño y el vino limpiándome el estómago, las lentejas, el frío siberiano que se pasa del vino y pide amante, un buen amante tipo ruso, dos metros, ochenta de espalda, voraz, limite hambriento, relamiéndome en las sábanas. El vino me ha dado una calentura en los ovarios que decido pasarme la mano y relajar las tensiones.

Hago todas las monadas que veo hacer, pero no resultan. He despertado violentamente mi libido y no encuentro a nadie para concluir el asunto, por lo que resuelvo la picazón con mis medios, instalándome en la falta.

Escucho el canturreo de la vendedora de castañas. Parapetada frente a un tanque de aluminio en el cual ha depositado brazas, saca los frutos del fuego, rodeada de vagabundos que aprovechan el calor. No he aprendido a cascarlas, para lo único que me sirven es para calentarme las manos. Al regresar del bar le he comprado un cucurucho, ya están frías y le meto un martillazo, acompañado de la misma frustración que masturbarme, falla la técnica, la inspiración.

Me trago mi deseo. He pensado en Andrei. Me ponía acalorada, de lejos sentía como se contraía mi vagina, pero él permanecía detrás del porro, fornicando humo. Le encantaba sentirme mendiga, que claudicara si entrechocaba los dedos.

Me compré hace mucho un aparato rompe castañas, que suena a lo que es, rompe cojones, los que deseaba mordisquear cuando él dormía a mi lado, apretando las bolas con un horrible calzón verde sintético, de militar que no se presta a la batalla., pero se me ha extraviado el aparatico. Sin embargo, el recuerdo de su cuerpo permanece, me hace perra de bosques, leña húmeda que no prende fuego.

El timbiriche de necesarios a la cocina es enorme, para cortar queso, abrir ostras, cortar el foie - gras, remover la ensalada, atrapar las entradas, las cucharitas para el azúcar, los vasitos con porta hojas para el té se acumulan en la gaveta del indelicado armatoste donde he establecido el punto cocina.

El bazar francés de jodiendas es de buen gusto, pero en definitiva, cuando ando apurada como hoy, solo utilizo el abre latas, el cuchillo o el martillo. Acabo pues a martillazos las castañas horneadas que quedan sobre la mesa, le echo una mirada al cuadro y me largo de este encierro. Presiento que el karma complicado que arrastro de la isla, me juega trastadas frente a cualquier pensamiento de comida o de sexo.

Frente al manicomio, encuentro tres patrullas de policía y mi primera reacción es volver a casa, pero recapacito, tengo papeles en regla, estoy frente a mi trabajo y solo me he comido un plato de lentejas, tomado un sorbo de vino caliente, defecado como un animal herido en las tripas y me he masturbado mal, pecando de unir en el recuerdo el deseo a la mierda.

Las avenidas están ocupadas como si hubiese ocurrido un golpe de estado. Evidente, no han tumbado al director, porque lo veo que marcha rodeado del equipo y varios soldados quienes se agitan para tomar la delantera en una operación que no comprendo, hasta que giro y doy con el paseo para los internos de esquizofrenia, donde un carro funerario yace plantado, puertas abiertas que se quejan con el airecillo helado.

Con extremo profesionalismo, escucho la orden de que metan chaleco químico a los pacientes, que ninguno abandone su recinto. El poder es perceptible sobre los privados de libertad que se agitan en las ventanas del pabellón, desde donde lanzan zapatos. Se debaten, apenas veo las camisas blancas, una mano. Nada es casual, responde perfectamente al aparato ideológico del Hospital, de cualquier dictadura.

Voy a enterarme en breve de quién es el muerto, temo lo peor. Leí que un enfermo mental había degollado a una enfermera en una institución del sur. Nadie orienta al personal que se aglomera detrás de un cordón de policías, sin poder pasar a las dependencias donde ejercen. Estoy plantada en medio de la desolación, junto a un féretro vacío, un carro funerario abandonado entre gritos que se van apagando, dando paso a la sordina de pasos apurados.

El viernes pasado, cuando me iba; tuve visiones al abandonar el edificio. En realidad no vi nada, pero tuve la necesidad, la urgencia de terminar una conversación, de saber « algo ». Luego me fui de esa frialdad, cerré PC y mente para aquel enjambre que no se detiene los fines de semana, aquella prisión de sublevados que bulle cada domingo, cuando el personal es escaso y se aplica la inyección que tumba, la llave en el cerrojo, el castigo de la soledad.

La desorganización del hospital es palpable, los militares han tomado el sitio y ningún doctor interviene, por lo que decido acercarme a la dirección. Están reunidos, el olor a cigarrillos me impide respirar. Detrás de tazas de café, parapetados en espera de una orden, chocados, garabatean en hojas, o posan para un cuadro del limbo.

Edgar ha muerto _me dice la doctora parisina, invitándome a tomar plaza a su lado_ No tengo la menor idea de quién me habla, pero reacciono por inercia, obedezco ante cualquier autoridad. Tengo miedo de esta mujer que asusta por la súbita amabilidad. Me cuenta que « Edgar sufría de trastorno bipolar y atravesaba una crisis». Estoy convencida que me utiliza como psicóloga y desea que la escuche.

« La última semana le bajé la medicación porque lo veía muy "dormido". Comenzó a pedirme la fecha de salida, a que contara detalles de su enfermedad, a proclamar que le maltrataban, a desequilibrarse y el viernes, poco después que terminaste la clase de dibujo, se fue del hospital sin que nadie se lo impidiera, se escapó ».

_Edgar, ¿quién es Edgar?

_El chico que dibujo contigo, tu único alumno.

Me ha dejado en una pieza, descompuesta. Tengo presente su dibujo con los rostros acribillados de líneas de Vic. Inconsolable, a punto de llorar, me pide el trabajo. Lo he conservado porque expresaba con fuerza descomunal la atmósfera de quien ha sido privado de libertad. De alguna forma he sentido orgullo de que sea en mi taller donde nació esa obra, digna de aparecer en una exposición.

La doctora me lo arrebata, y su expresión cambia repentinamente, sonríe maliciosa, se alborota y agita el dibujo, como si fuese la prueba de un crimen. Monito-monito, mi gran amigo íntimo, salta de la ventana a la biblioteca, se agita y emite sonidos de desespero, chillidos que me ponen los pelos de punta. Sé que tengo los ojos desorbitados por este desenfreno de mi enigmático compañero, está poniéndome en alerta, algo malo sucederá en breve.

En las dos horas que siguen, escucho teorías descabelladas sobre los trazos de pluma, mezcladas al reporte del personal del hospital, que informa a un comisario cada detalle del recorrido del difunto paciente _siempre insisten en que el viernes estudiaba en mi taller_ para establecer la cronología del difunto.

Una enfermera afirma que lo vio por última vez conmigo. Tengo a un oficial incriminándome con la mirada. A punto de convocarme como cómplice de la desaparición, se aparecen tres mujeres de la limpieza quienes confirman que no fui la última persona, después Edgar andaba por las alamedas, y estuvo a la hora de la comida, en la sala central, donde pueden cenar los pacientes que hayan recibido la autorización de vestirse- _es decir, sin obligación de pijama. Lo recuerdan porque no recibieron notificación de que comería bajo ese régimen, aunque pudieron ofrecerle un plato con los restos del almuerzo. Todas afirman que apenas comió y se mostró calmado, límite somnoliento.

Finalmente, llegan a la conclusión de que se fugó a las nueve de la noche, hora del cierre de puertas. Nadie denunció su ausencia. Las enfermeras afirman que cerraron la habitación, pero no registraron si estaba en el interior de la pieza, pues « se hizo de forma mecánica por los gritos de Adria, la chica que siempre llora, además el fin de semana somos pocos en el servicio ».

El director pregunta quién realizó la repartición de medicamentos a medianoche. Silencio absoluto, hasta que del fondo de la sala se escucha a una estudiante que confiesa que había medicamentado a las ocho, después de recoger el comedor, pues por el frío los pacientes se caían de sueño frente al televisor.

El sábado nadie lo vio, ni señaló su desaparición. El domingo fue la ausencia de personal por catarros, anginas, y gastroenteritis propias del invierno. El caso es que la doctora parisina comenta « era tan calladito que no se remarcaba. La profesora de pintura _ argumenta señalándome con el dedo_ fue la última persona con quien habló». Acaba de matar una bandada de pájaros. De un golpe desvía que estuvo de guardia el fin de semana, salta los rumores de que pasó el tiempo encerrada con un estudiante de psiquiatría, con quien mantiene relaciones sexuales bajo el nombre de Tesis de doctorado, y me echa encima a los policías, al director y a la hermana del muerto que entra dando un escándalo y la interrumpe, en el preciso momento en que enarbola el dibujo de Edgar sobre la cabeza, como una bandera de mi mal comportamiento al no informarle de esta creación, donde se aprecia de forma evidente la cólera y la posibilidad de agredirse.

Me he quedado fría. Su intervención ha sido tan descarada, que el director interrumpe el pleno y se marcha con los familiares a su oficina.

« ¿Cómo es que no avisan a los familiares que se fugó? Lo visité el viernes al mediodía y le prometí llevarlo a casa, no encontré ningún doctor que pudiera autorizar su salida y hoy regreso a buscarlo y me comunican, como si fuera de poca importancia, que se fugó esa noche; que no hubo búsqueda y que fue encontrado ahogado en el Puerto.

«Mi hermano no llevaba documentos, por lo que su cuerpo fue catalogado como el de un vagabundo desconocido, por casualidad lo identificó una muchacha que había estudiado con él y trabaja en la morgue. En general los pacientes no llevan identificación y las familias que no los han rayado de la lista de vivos, sufrimos la misma desinformación, la misma ausencia de respuestas cuando preguntamos por la gravedad de un caso.

«Si un paciente escapa y sucede algo, nunca más, nadie, vuelve a saber de él, para "sacárselos de encima", los envíen a una fosa común en menos de veinte y cuatro horas y se acaba el cuento. Pero yo estoy presente cada día.

«Su psiquiatra estaba de guardia, no es capaz de darme una respuesta, no estaba en su puesto cuando solicité permiso para que fuera a casa. Lo único que podía hacer, me mando a decir con el portero, era escribir una nota al director. ¿Quién es el loco en todo esto? _ grita la mujer desesperada en el corredor, sin obedecer a la invitación de sentarse en la oficina.

«Esta es la nota que le traía, señor director, lee la mujer entre sollozos: Señor Director: Me dirijo a Ud. a fin de comunicarle ciertas irregularidades que impidieron el viernes último que pudiera obtener la autorización para llevar a mi hermano Edgar Colombier a casa, dada su tranquilidad bajo tratamiento. Mi hermano ingresó, hace un mes, porque estaba alicaído por una ruptura amorosa, Siempre ha sido un hombre melancólico, que no ha querido integrarse a la moda de cambia parejas, de los divorcios, o de las relaciones fortuitas. Fue atendido por la doctora Simona Anglé, quien le llevó, unas semanas más tarde, al Servicio de esquizofrenia, pues formaba parte de una tesis que ella escribía en ese momento y quería tenerlo cerca.

Estando bajo el cuidado de dicho servicio se le ha negado a mi hermano la posibilidad de dialogar con otros doctores, se me ha impedido visitarle en horas oficiales y conocer la patología por la cual se encierra.

El motivo de esta carta es expresar mi disconformidad y denunciar las irregularidades, a fin de recibir una respuesta por parte del Hospital y puntualizar la responsabilidad en el hecho de cada persona y/o sector involucrado»

Pero ahora es muy tarde, está muerto, ustedes me privaron del derecho a ayudar a mi hermano. He entrado y salido del hospital sin ser advertida por ningún personal de seguridad, sin mostrar permiso o identificación alguna. Podía habérmelo llevado, no sé qué locura me obliga a darles razones, a pedir permiso. Quizás hayan sido todas las absurdidades que fichan en la barrera de entrada, amenazas para aislarnos del mundo de los locos, a renunciar definitivamente a tenderles una mano y recordarles que afuera se les quiere. ¿Cómo es posible que el personal que se encuentra a la entrada del hospital vea entrar y salir a cualquier hombre sin hacer ningún tipo de cuestionamiento o pedir que exhiba dicho permiso para saber si puede o no realmente salir del hospital? ¿Cómo pueden saber si es un paciente con autorización o un visitante, qué clase de fisionomistas tan entrenados poseen en este lugar? Exijo una explicación decente y comprobar la responsabilidad de cada persona que dejó que esto sucediera. Lamentable, no me parece correcto que nadie se haga cargo de contarme qué pasó y su médica se ampare en que la última persona en hablarle ha sido su profesora de dibujo, a quien vi tras cristales, trabajando con él, a quien no pude informarle que nadie me daba el permiso de salida.»

Las preguntas de la mujer se superponen a las respuestas de la doctora parisina. Acabo de enterarme oficialmente de su nombre. Salomé Anglé, tras su guardapolvo blanco, con una mesa de por medio, se reserva el derecho a atender su teléfono celular y de elevar el dibujo de Edgar frente a los gritos de la hermana. Estoy segura que no va a discutir y la mediación del Hospital se hará mediante abogados. Los doctores, insensibles a esta mujer que cae de rodillas, interrumpen la reunión y salen indiferentes a terminar el café y un cigarrillo, al aire libre. Como si no vieran perretas a lo largo de sus carreras.

La mujer me busca de ojos y no puedo esquivarla. Me pide que le cuente las últimas palabras de Edgar. Pero no puedo, estoy tartamudeando y nos interrumpe un enfermero quien me pide me presente urgente ante el jefe de personal.

Por el bien de los pacientes, repite el hombre, vas a regresar a trabajar con enfermos en tránsito, con los externos. Por el bien del Hospital queda absolutamente prohibida cualquier comunicación con los familiares de Edgar Colombier, o el personal médico del pabellón dedicado a los esquizofrénicos.

Si los abogados o policías consideran necesario, me solicitarán información, en la que debo ser breve, limitarme a que no soy doctora, desconozco la situación del paciente y no estoy al corriente de nada.

_De acuerdo _susurro _ y salgo bajo la mirada de la doctora Simona Anglé, quien se ha montado un moño a los años cuarenta y se ha cambiado los espejuelos por unos de montura gruesa. Aún con el dibujo en la mano asegura que su diagnóstico fue bueno, que el suicidio no se debe, en ningún caso, al desorden en los horarios, o a una sobredosis de medicamentos.

En los pasillos se habla de maltrato, de ética, de sexo y descuido, Un asunto complicado _ repiten- _ dualidad de objetivos, por un lado el enfermo mental, víctima de su pasado, de lo que le tocó vivir, de la sociedad, de su genética heredada, al cual hay que "ayudar" para poder aumentar su calidad de vida, para poder tratarlo como un sujeto que sufre. Por otro lado, el peligro que representa para la sociedad. Muchos entran al Hospital acompañados por la Policía, que espera calmarlo, apartarlo de la sociedad. Los locos, los delincuentes, todos las personas que no se amolden a estas sociedades disciplinadas tienen la espada sobre su cabeza. Si los aparatos de represión no pueden dominar a estos entes, los encierran a la fuerza.

En las prisiones es menos escandaloso porque jurídicamente un condenado es un delincuente, culpable, responsable, "sano" y tiene conciencia de lo que hizo, de la criminalidad del acto. Esto hace que el sujeto se responsabilice, y no sea víctima de su patología. Aunque esto no quiere decir que sea sano psicológicamente. Pero aquí, nadie tiene tiempo de enfrentarse a su problema o falta.

«Los médicos no estamos formados para esto _ repite el jardinero_ Me entero con Violete que fue quien sacó a Edgar de la caja y lo subió al cuarto, mientras los técnicos funerarios deambulaban esperando las ropas del difunto.

«Los pacientes no pueden andar transportando muertos» _afirma el hombre que es regañado por la policía mientras un doctor explica que es un ex interno, en condiciones de efectuar labores durante la jornada.

_ Esto es increíble, afirma el oficial, hasta el portero ha sido loco. ¿Qué clase de lugar es este infierno?

_Me parece que están dejando fuera a los profesionales de la salud con verdadera vocación,   la locura no es sencilla – responde un hombre vestido de pijama, quien ha estado todo el tiempo en la reunión y ha escapado al control de las pastillas.

-Yo estuve en una clínica privada en París _cuenta con aires de científico_ con diez y siete años y sufrí la seducción de un psiquiatra, esposo de la dueña de la institución. Cuando salí de allí, llegamos a acostarnos porque realmente no me valoraba como persona y no sabía que él usaba el poder psicológico que tenía sobre mí. Me abandonó y sentí mucho dolor porque había una injusticia en todo aquello. No tenía cómo denunciar. Pasó hace muchos años y aún no olvido. Él era dueño de una de las crisis más difíciles de mi vida, confesar mi homosexualidad a la familia.

El guardia le toma el brazo y lo arrastra hacia la enfermería, mascullando «qué clase de pájaro»

_Tendremos que declarar en el Tribunal? _preguntan con insistencia_ mientras Simoné Anglé prosigue imponiendo normas: «Cualquier psiquiatra con dos dedos de frente sabe que los diagnósticos de guardia son presuntivos. Los síndromes de excitación psicomotriz, pueden arribar a la descompensación psicótica, a un intento de suicidio, y en ningún caso pueden acusar al especialista que lo recibe. Trabajamos con mucha presión de los familiares que quieren internarlo porque no pueden manejar al enfermo. Más del 80% de las internaciones son por orden judicial y sin criterios de internación, pero si nos negamos, debemos declarar en tribunales por "desacato". Si buscan a un responsable de la muerte de Edgar es la justicia y la sociedad misma, no los psiquiatras. Yo hice lo mejor que pude mi trabajo. Estaba excitado y con riesgo para sí mismo y para terceros hasta que la medicación lo volvió manso. Le di medicación para anular las alucinaciones, gracias a los anti psicóticos se acabó su tortura. En esta época, los enamoramientos absolutos están en franca decadencia, se disfrazan bajo trastornos mentales».

Poco a poco voy dejando el grupo, parece que arrastro toneladas de piedras en los pies. Entro a la ciudad resbalando en las aceras, con el pecho oprimido por la sensación de haber abandonado a un Hombre, que solo pedía le devolvieran la humanidad.

Como si estuviera frente a los aduaneros de la Habana, me siento cuestionada y amenazada. El poder siempre actúa expulsando y maltratando a quien lo cuestiona. Tengo experiencia, me expulsaron de mi país, y estuve ingresada. Soy una paciente crónica por la larga estadía bajo la dictadura y la pobreza, que me impedían arribar a las respuestas exactas para defender mi capacidad como cuerda.   Obtuve el alta del hospital tras un proceso de imposición de mansedumbre. Lo que era mi fuerza para sobrevivir, fue estorbo. Me dejaron salir bajo riesgo, la psicoterapia de grupo no correspondía a mi dominio del idioma, y se sentían anonadados sin referencias de la familia.

La estrategia fue negociar mi alta. Callar cuando me pisoteaban; pasar desapercibida, bajar la cabeza cuando un hombre me golpeara, someterme a meses junto a un yonqui, no arriesgarme a escribir disparates para los normales, desaparecer en la masa, no ser.

La cabeza se ha desprendido de mis hombres. Un dolor agudo remonta a la frente y lanza latigazos; la columna vertebral, a punto de quebrarme. Tapo "Dictadura, locura", en el buscador de Google y caigo sobre el caso de Cao Maobing.

Era electricista, había desafiado a la dictadura comunista organizando una huelga en la fábrica de sedas , sabía que tarde o temprano pagaría por ello. La furgoneta policial lo llevó al Hospital Psiquiátrico nº 4 de la ciudad de Yancheng, en la provincia de Jiangsu. Los médicos ataron a Cao a un camastro y durante los siguientes siete meses lo trataron con electroshocks y medicamentos suministrados a la fuerza. El Hospital Psiquiátrico de Yancheng forma parte del más secreto y desconocido sistema de represión del Partido Comunista Chino y es sólo uno entre las decenas de centros donde el Gobierno encierra a disidentes, líderes religiosos, dirigentes sindicales y opositores.

Desde 1987, y sin el conocimiento de Occidente o de la Asociación Mundial de Psiquiatría, los líderes chinos han creado una red de hospitales mentales clandestina bautizada con el nombre de Ankang («paz y salud»).

Las pequeñas habitaciones del centro están situadas a ambos lados de un estrecho pasillo en el que no se alcanza a ver el final. A través de cada enrejado se puede distinguir la figura de hombres atados de pies y manos a camas metálicas. Si continúa la marcha, se llega a un edificio contiguo y a una oficina que ofrece la primera pista sobre quién dirige el lugar. «Secretario del Comité del Partido Comunista», dice el cartel que cuelga de la puerta. Los psiquiátricos públicos chinos están divididos en dos grupos: los Ankang, administrados por el temido Departamento de Seguridad Pública y supuestamente creados para criminales especialmente peligrosos; y los centros del Departamento de Sanidad, como éste de Guangdong.

«Nada se hace sin el consentimiento del Partido, nosotros sólo obedecemos órdenes», se justifican los médicos. «No sabemos lo que ocurre ahí dentro, en la habitación confidencial, nadie lo sabe», dice el doctor. Cada cuarto tiene entre cinco y seis pacientes, la mayoría atados de pies y manos a camas metálicas. «Pueden ser peligrosos, por eso los tenemos así. No pueden hablar porque están sedados», asegura una joven enfermera. Lo normal es que pacientes sanos y otros que no lo están compartan habitación en los psiquiátricos utilizados para internar a disidentes.

El Gobierno chino ha elaborado una serie de textos donde describen patologías no reconocidas en ningún otro país del mundo, pero que son de obligatorio estudio para los estudiantes de psiquiatría forense destinados a trabajar en hospitales Ankang. «Ilusiones reformistas», «monomanía política», «exceso religioso», «alucinaciones reformistas» o «interés desmedido en modas extranjeras» forman parte de los síntomas achacados a personas que se manifiestan contra el Gobierno regularmente o tratan de organizar asociaciones o grupos independientes. Los hospitales pueden tener hasta 2.000 pacientes, de los cuales la gran mayoría son realmente enfermos mentales que han cometido crímenes que van desde el asesinato múltiple a la violación.

Documentos oficiales, demuestran que los «delincuentes políticos» son clasificados y tratados dentro del grupo formado por los pacientes «más peligrosos».

La Enciclopedia de la Seguridad Pública, un manual de la policía china, incluye entre ellos a quienes «gritan lemas reaccionarios, escriben pancartas o cartas reaccionarias, realizan discursos antigubernamentales en público o expresan opiniones sobre asuntos domésticos o internacionales de importancia».

La terminología médica y los tratamientos en los centros Ankang son una copia de los que la URSS aplicó durante décadas en sus Hospitales Psiquiátricos Especiales, denunciados por primera vez en la prensa occidental en los años 70. En 1983, debido a la fuerte presión internacional, la asociación de psiquiatría rusa fue expulsada de la Asociación Mundial de Psiquiatría tras quedar probado que cientos de personas estaban siendo falsamente diagnosticadas de esquizofrenia y confinadas indefinidamente. Me siento con suerte, y sigo leyendo: "Cuando Yao Guifang, la mujer del contestatario electricista Cao, pudo visitar a su marido, apenas reconoció al hombre que tenía enfrente. 'No sé por cuánto tiempo podré mantener el juicio', aseguró el desvalido Cao, quien relató a su esposa que vivía encerrado en una pequeña habitación con 20 enfermos mentales y recibía constantes inyecciones que le llevaban a perder el sentido.

Una huelga de hambre, la negativa de sus familiares a reconocer su supuesta enfermedad y la publicidad de su caso en la prensa occidental lograron que las autoridades chinas liberaran a Cao. El Departamento de Seguridad Pública del Partido Comunista presiona sistemáticamente a las familias de los detenidos para que firmen documentos corroborando los diagnósticos de incapacidad mental.

En el Ankang de la ciudad de Shanghái permanece recluido Wang Miaogen, un opositor del Gobierno que no tiene a nadie que interceda por él. Su diagnóstico: «maniaco político». La policía lo encerró en abril del 1993, para evitar que se manifestara contra la dictadura china durante los Juegos Asiáticos que se debían celebrar en mayo de ese año.

«No tiene familia porque es huérfano. Sabemos que no está enfermo, fuimos a la policía a interesarnos por él», relata un compañero de Wang. «En una ocasión dos amigos de nuestro grupo fueron encerrados en el psiquiátrico por movilizarse para lograr su libertad. Sabemos que Wang está muy mal, hace tiempo que no tenemos noticias de él, pero todos tenemos miedo de hablar. Por favor, no vuelva a llamar». El castigo psiquiátrico en China comenzó nada más llegar los comunistas al poder en 1949, pero se extendió sobre todo durante la caza de brujas organizada a raíz de la Revolución Cultural de Mao (1966-1976). Los archivos del hospital nº 7 de la ciudad de Hangzhou demuestran que, hasta 1979, el 54% de los pacientes chinos había sido ingresado por llevar a cabo «acciones y discursos antisociales».

En 1979, China comenzó a abrir su economía al mundo. Deng Xiaoping anunció que «hacerse rico era glorioso»; y el contraste es cada vez mayor entre un Partido de viejos revolucionarios empeñados en mantener a sus 1.300 millones de compatriotas bajo la dictadura. El desequilibrio social es creciente. Cerca de 900 millones de campesinos continúan malviviendo en el campo mientras las ciudades de la costa este del país progresan y las desigualdades hacen cada vez más difícil mantener la estabilidad. Los psiquiátricos para disidentes forman parte de un complejo sistema de control orwelliano que tiene como pilares los más de mil campos de trabajos forzados distribuidos por todo el país. Sus inquilinos, proceden de grupos que han sabido aglutinar el descontento de quienes no se han beneficiado de las últimas dos décadas de cambios. Es el caso de la secta Falun Gong. «El modelo de represión psiquiátrica se ha extendido a los disidentes religiosos y sus seguidores están siendo internados en psiquiátricos regulares. No hay suficientes Ankang para ellos.

Los Hospitales elaboran programas de «reprogramación del pensamiento» en los que los seguidores de Falun Gong son obligados a ver vídeos con las supuestas atrocidades cometidas por sus compañeros durante doce horas al día. La admisión de la culpa ante cámaras de vídeo, la denuncia de otros miembros de Falun Gong, el castigo corporal y el estudio de la ideología maoísta forman parte de un tratamiento destinado a «lavar el cerebro» de los detenidos, según testimonios de quienes han abandonado los hospitales.»*

Controlo como puedo los temblores. Vengo de descender mi cuarta tila, y pienso en estos hombres de un país tan lejano, y en los muertos por abandonó del psiquiátrico de la Habana**He encontrado plaza en el mundo que me estaba destinado, uniendo el destiempo salí de la locura, para entrar en la infamia; de la posible sanción por frágil, a la fragilidad de haber sido domesticada. Pero estoy viva, tengo fuerzas para contar, y tecleo sin detenerme, como una máquina que destupe alcantarillas, esperando la salida. Una simple puerta que da a un prado donde respiro romerillos entre las personas que amo.

Hoy dejé de ser paciente, dejé de ser la muerta, soy la testigo de un pabellón cerrado con una cinta amarilla, similar a la que utilizan las autoridades para delimitar la escena de un crimen. Soy quien atestigua el dolor de los distintos, de los separados de la sociedad, porque me queda poco para ser libre y puedo permitírmelo.

*Eric Eckholm , en el New York Times
**enero, del 2010 31 pacientes del Hospital Psiquiátrico de la Habana —popularmente llamado Mazorra, fallecieron de hambre y frío. Los trabajadores del Hospital habrían desviado hacia el mercado negro una buena parte de los alimentos y recursos que les eran destinados.

0030

Estoy de baja, para que los familiares del muerto no me hagan preguntas. La doctora parisina insiste: "el personal no médico oculta pruebas, no alerta del peligro en los dibujos de los pacientes."

Me concedieron siete días pagados, bajo la sugerencia indelicada de Simone Anglé. Según su visión del mundo, me ha castigado, porque ella, fuera del hospital donde se acuesta con el muchacho al que le tutora la tesis, cultiva el vacío, y deambula errática entre cajones que no ha abierto y le recuerdan su vida en la capital. Adicta a las terapias, mantiene siete procesos y a un abogado, quien se desplaza por la región persiguiendo a cuantos han tratado los males Anglé.

Los curadores con piedras, los que ofrecen baños de juventud con uvas machacadas, los buscadores de agua con gajos en forma de Y, los druidas que aplican cataplasmas de yerbas, según las tradiciones celtas, los masajistas de aceites extraídos de purísimas plantas de las márgenes del Sena, y los magnetizadores son perseguidos por esta mujer que no logra determinar su mal.

Es conocida del Jefe de la policía que la recibe semanalmente, y se limita a archivar los extensos informes donde detalla estafas de videntes, a quienes califica de secta de delincuentes. Los jueces no desean tenerla en la audiencia pues pasa por alto a los abogados, interrumpe y grita sin ley.

En el campo normando ha corrido la noticia de su presencia en los parajes, y, siendo el País de Caux reputado por la abundancia de brujas, se ha creado un amuleto especial para ahuyentarla.

La información sobre el «espanta Anglé» ha llegado a Simona, quien no tiene pruebas para denunciar, pero cuenta con cincuenta y ocho nombres en una lista negra, a quienes envía emisarios disfrazados de dolencias para tenderles trampas.

De nada valen los consejos de doctores havreses, quienes le han puesto al corriente de las prácticas paganas y la profunda creencia en la magia por parte de los normandos.

Maleada por la cruzada, apenas le quedan unos euros para pagar facturas y ocuparse del joven amante, en quien invierte capital, aplicándose inyecciones de botox que compra ilegalmente a colegas. Se ha filtrado que tiene un estudio donde clava con alfileres las noticias en que están implicados sus supuestos rivales. Me ha contado Violete que aparezco en varias fotos, y que Anglé aprovecha cualquier acontecimiento para acusarme de ejercer la pintura y la poesía para encantar a personas vulnerables.

Se ha colocado esta mujer en la oreja del director, quien no tiene necesidad de salir de su despacho, hasta puede ausentarse, porque a diario recibe el parte de quienes llegan tarde, se van antes de hora o desacatan el menor acápite del reglamento del hospital.

Simone Anglé me clava con alfileres al estante del jefe, y, si realmente el mal tiene poderes, me lanza miradas que pudieran provocarme una hemorragia interna, pero la ignoro y el director marca suave: « por el bien de los pacientes, toma las vacaciones acumuladas y vuelve el jueves. »

Le hago caso, me encantan las vacaciones, me importa poco pasar por una desequilibrada frente a la acumulación de complicaciones de locos. No he ocultado mi contrariedad ante los sucesos. No he dicho una palabra, pero mi gestualidad ofende la falsedad del equipo que anda en la negación; nada ha pasado. Ha muerto mi alumno y me contento de ir mesa a mesa a escuchar a personajes convencidos de que son perseguidos, o asistidos por el diablo.

"Dios está en tus ojos, reina" _me dice un crónico.

Ando como una ambulancia de guardia, dedicándome a proteger, rota en las esquinas. Me he reinventado tanto, que he preferido escribir, al menos, en las novelas, mis desgracias encuentran un final glorioso o me alivian.

Desgraciadamente me aportan poco dinero para huir de estos lares del norte, donde no me interesa ser loba, ni acercarme a los elementos. Estoy de naturaleza hasta el coyote. Qué se fastidien las tempestades de la Mancha, quiero estar con semejantes, respirar contaminado, enfadarme por el tránsito de una gran ciudad. Sé que debo poner distancia, no entregarme completamente a la multitud, a nadie, no ser la amante perfecta, la muda, pero quiero, realmente quiero cubrirme de pecados, dormir con alguien.

Con la pintura he pagado la mesa y la educación de mi hija, pero las facturas me mantienen en terreno resbaladizo. Las artes visuales han entrado en la decadencia y el bochorno que provoca la acumulación de «famosas obras» del llamado Arte contemporáneo; miles de tarecos instalados en el «concepto», se ríen a carcajadas de la inteligencia humana.

Mercancía para snobs que imponen estilo, vestuario, marketing, cáscaras de crónicas sociales de un estruendoso aparataje exclusivo para fanáticos de la respetabilidad contemporánea. A quienes digo, "cuando eres la norma, pasaste a obsoleto", crueldad constante, pero básica en el Arte.

El Arte contemporáneo 'conceptual' nos ha sacado del estancamiento estético, pero rema sin salir del lugar, opaca a miles de creadores. La energía debe, por gracia de los tiempos, reventar y mostrar nuevas opciones.

Franz Kafka decía «A partir de cierto punto, no hay retorno. Ese es el punto que hay que alcanzar» La susodicha promoción entró en escena con el desbarajuste de millonarios en males de sensaciones, quienes compraron a precios astronómicos patos de goma, perros que mean, esbozos a tirar en la cubeta después de hacer las necesidades, videos que repiten hasta el colapso cerebral la pixelización aguda de un agujero, o como en mi caso, porque no soy ajena a la corriente, la macropixelización de los poros.

Con el derecho de existir, nadie lo niega, desbarataron el trabajo sistemático y de paso se cargaron los pinceles, el buril y hasta el trapo para el aguarrás, para decir que vale la chorrada tapada con una lata de cal, el accidente; la vagancia extrema.

He pasado de la sublimación macabra, sangre por los cuatro costados, cuerpos mutilados y mórbida presencia, a la condición humana, el vandalismo político, la piratería de banqueros, la inmolación de la esperanza.

Punto de no retorno hacia el que convergen las energías planetarias, de la humanidad en desequilibrio.

Lo bello me irrita cuando es frívola insinuación de una pretendida moral, hasta el pigmento bien casado con su equivalente y frugal luz, puesto de decoración, insulta la honestidad que precisa el arte. Lo hermoso va más allá, ruega atención, por natura del movimiento interior que nos hace inclinar el ego, para admirar lo que estremece.

Ese es el panorama, el punto alcanzado por los cortadores de lianas sintéticas para escalar al cielo póstumo de la mediocridad. Los alumnos que tengo en el hospital _ sin formación académica, pero con verdades, tipos apuestos en el arte del olvido_ hacen oficio de barrenderos de tanto tareco que apuñala los sentidos, de tanta performance acidulada por el show barato y la perspectiva inmediata de la fama. Al menos, mis locos imponen energía bruta, sostienen la búsqueda, se arriesgan.

Puedo parecer reaccionaria, provocar un exceso de bilis en los parapetados en este juego conceptual, pero si tumbas al primero se caen como barajas

En fin, chorrada universal donde solo breves casos merecen permanecer en las salas del futuro. Los cajones antiguos, que hoy llamamos museos, están invadidos de lo añejo, pululantes de especialistas en compras para faranduleros, chapuceros, repetidores de calcomanías y sucursales comerciales.

Nunca sabremos donde estuvimos situados, donde estuvimos como raza, y quién podía mover los hologramas humanos. Estamos sobre un río desbordado, a merced de mercenarios. Nos han empachado tanto con la idea de la igualdad que olvidan la aceptación de la desigualdad , es en esa diferencia que crecemos.

Ya no quiero ninguna plaza, aunque inventé la formula astral de la permanencia poética, soy persona no existente. Puedo tirar jarros de agua sobre la tierra, que a nadie mojo. La anti-epopeya actual destruirá lo que hasta ahora se conoce como humanidad.

He pintado, me ocupo de las emociones, dónde nos llevan, de qué nos sacan, qué nos dejan. ¿Qué puede importarme la doctora Simone Anglé, si cree que mi papel en el Hospital psiquiátrico es innecesario? ¿Qué no tengo plaza? , como si fuera ella quien me certificara un lugar. He atravesado la locura, la indigencia, la erosiva soledad. Estoy tan llena de huecos que el salitre me traspasa y de mí no puede sacar ni polvillo. Kafka lo puede confirmar con su frase, estoy en el punto donde no hay marcha atrás.

Una semana de libertad impuesta es poca cosa para la cantidad de proyectos comenzados que no podré acabar ni en tres vidas.

Me enfrento al lienzo, la tela comienza a habitarme. Espero que fluya hasta mi mano la esencia y pueda terminar una obra inmensa, que asuste y llame la atención, o tendré que superar a Pierro Manzoni, dedicarme a vender, en latas, «Miedo de artista». Como él vendió su mierda, yo venderé pánicos.

Están destruyendo las mentes que proyectan mundos futuros. No quiero estar sana, quiero errar. Mi cabeza merece Corona. Y fría.

0031

«El hombre que ha caído no tiene porque hacerse exigencias» Andrés Caicedo, anoto con esfuerzo en letras minúsculas, en las varillas que sostienen el lienzo. Me machaca doña Claire con esta región extraña, me ha rogado que frecuente a los habitantes, que les dé otra oportunidad.

Me esfuerzo, hasta sonrío deseando buen día a los havreses, quienes se conforman con bajar la cabeza, con aire contrariado esconden el susto que vengo de darles. Los labios plegados, el paso bobalicón mientras se escurren y conversan del fenómeno en la esquina, vuelvo a mirarlos, están a una cuadra de distancia intercambiando frases de un vacío inusual, exaltados por detalles ínfimos. Preguntan lo que se sabe y responden ambigüedades amarillas, como el papel de muro decadente que vengo de tirar. He infringido las reglas, he sonreído con un Bonjour sonoro. Ahora debo esperar que se cansen de vigilarme para volver a casa, para que no sepan la dirección exacta. Me voy a matar el tiempo, al café cercano.

Qué feos son los nativos del norte de Francia. Es una tara después de incestos y mutaciones entre familias. La historia de Europa en el abanico normando: mendigos, sifilíticos, alcohólicos, prostitutas, raquíticos, obesos se han dado cita en el café de Patrick. Han pedido una botella de pastis y toman el alcohol de anís puro. Bromean de la vieja que arrastra las alpargatas felpudas, las medias a media pierna recogiendo las venas. El bosquecillo azul de venas se esconde en el doble manto. Ha pedido una jarra de agua y la mezcla en el trago, se convierte en blanco de risillas, pero reparte un olor dulzón.

En la puerta se ha parapetado un hombre armario. Su rostro no abre ninguna gaveta. En la acera esperan que escoja mesa para entrar sin molestarle. Le Havre detenido en su furia cuando observa el resultado de la lotería. Tres números han salido y en tres ha fallado. Con brusquedad escupe a la barra y desaparece en el agujero de la puerta donde se apiñan esperando que tome una decisión, mientras comentan del aguacero que inunda Crauqueville y el estado de los trabajos en la calle.

Se me pega a la mesa Janine, y me dice que no se acuesta con el marido pero lo vigila. Si enciende la tv, si busca trabajo, si mira a la calle, come demasiado o se baña antes de salir. Se ha roto el brazo de inclinarse en el balcón cuando su marido limpia el carro. Hoy no va a comprar el pan, "no puedo seguir manteniendo a un vago".

El marido levanta el puño y farfulla. El puzol está complicado y yo en el medio dejo que me paguen el café. Dos o tres palabras de una banalidad escalofriante les hacen saltar de sus casillas. Se levantan y me dicen que van a "fregar la cocina, pero antes deben sacar al perro" .Con el despiste entiendo que van a fregar al perro y sacar la cocina y suelto una carcajada.

Mi posición en el bar es envidiable, protegida del viento, tras los cristales me ejerzo en simpatizar, pero se acerca una muchacha triste con un abrigo negro donde caen sus pelos rubios, grasosos. Se sienta, bebe el vaso de agua que ha dejado mi vecina sobre la mesa y parte. Diez minutos después me doy cuenta que se llevó mi fosforera y salgo a reclamarla, no debe andar lejos.

La encuentro en el parque de la Iglesia de Santa María. Llora sin cesar de moquear. Los vecinos pasan sin detenerse y yo espero a que se le pase un poco para que me devuelva lo mío, tengo ganas de fumar. Le extiendo un pañuelo en papel, intento sentarme a su lado pero sus ojos se fijan, me recorre de la cabeza a los pies y se marcha sin una palabra. Recojo el pañuelo de papel y lo deposito en el basurero de la acera del frente. Está lloviendo, tanto que los carros se entrechocan en la calle por la falta de visibilidad. No puedo moverme del alero, aunque estoy empapada prefiero esperar bajo el campanario de la iglesia.

0032

Hoy he visitado los comentarios en mi blog. Largos, insultantes, cansones. Mi reinado ha provocado ronchas y me acusan de tener súbditos, de querer dominar y dirigir a no sé qué grupo. Cualquier palabra que ponga en Facebook ha sido pervertida y mal interpretada por algunos de mi lista de conocidos. Pienso en la ausencia de aristocracia en los escritores y me pongo psicodélica y de una vulgaridad que afecta al populacho. Voy a la configuración y borro cien nombres, quienes no comentan y denuncian mensajes para que cierren páginas.

Los elimino, sentada con la laptop frente a la casa donde vivió Balzac, el ojo punteando al río donde se ahogó su hija y me entretengo en observar las oscuras aguas de la Sena; el pedregoso camino que bordea el cauce, c los múltiples detalles de la primavera ponen histéricos de contentura a los franceses.

Pero me obsesiona el tema: la nobleza en los creadores, la falta de clase en mis contemporáneos. La vulgaridad en busca de la fama, el capricho de nombrar a un grupo limitado de concurrentes, de elogiar a quienes no hacen sombra. A mí me han eliminado y me hace muy feliz no embarrarme en esas guerrillas y fraudes de ilustres. En realidad no soy nadie, solo la reina.

Toda la exasperación que recibí en los comentarios cae en las aguas, se hunde en la corriente y me recuesto como una princesa sobre las campanillas de mayo, infinitas y complacientes. El cielo clemente empuja los nubarrones hacia el costado donde las vacas se desalteran con los champiñones.

0033

Estoy en doble acción: abrir la puerta con dos sacos a la mano y cuidar el cigarrillo de tabaco negro apagado, que no quiero botar porque escasea el dinero a fines de mes, cuando veo que me han depositado la fosforera con su rasta de sombrero tricolor, envuelta en papel periódico.

Me asusta el descubrimiento y rastreo con los ojos el pasillo, ya saben donde duermo. Entro con sigilo, enciendo una vela y pido que pierdan la razón.

Debía alegrarme si no fuera por las cuarenta libretas de trescientas páginas donde acumulo manuscritos que he ido rasgando para hacer filtros a los cigarros. Anoto que he descubierto el objeto en la puerta, por si me ocurre algo, o me asaltan, antes de sacar los alimentos.

En la calle todas las ventanas están cerradas a doble cristal y nadie pasea el perro. La enfermera de la acera del frente me observa comer un bocata de queso. Llevamos quince minutos sin quitarnos los ojos hasta que se encierra tras la cristalería de la enfermería, semejante a un acuario, a esperar a un infeliz que necesite analizar su sangre.

Debía alegrarme de esta victoria sobre la francesa pero solo atino a escribir, liarme otro cigarrillo y maldecir las veces que he comentado la trama de mis novelas, ayudando a algún chapucero que las publica bajo su nombre, con un sórdido despilfarro de adjetivos.

Tengo entonces un momento de lucidez extrema, dejo de narrar y pinto lo que siento, porque es demasiado enredado salvar documentos del pasado. Cuando suenan a la puerta. Tengo vértigos, llena de temblores me acurruco, las tripas hacen demasiado ruido, como si estuviese borracha me dan arqueadas. Me deslizo agachada y enciendo otra vela que dedico a no sé qué santo de la isla donde nací, y del que he olvidado hasta el nombre.

0034

Constato que no me ha salido otra arruga en la cara, pero el óvalo del rostro sigue cayendo. Cae a partir de la comisura de los labios en la incipiente papada y me deprimo. El doctor me ha anunciado que entro en la menopausia y la palabra me larga a la transparencia. No es como tener ojeras, enojarme, o perder peso. Es nunca tener fines de mes, de treinta a treinta y un día fajándome con las facturas, los manuscritos que se acumulan y contagian esta cara que ya no existe.

0035

Como si tuviese la finca llena de malas hojas, arranco páginas completas y quemo varias libretas. Me parece insuficiente estrujar tanto disléxico texto, escrito bajo calmantes tan fuertes que la propia

Madame Claire no sabe si volveré a ser normal. Estoy arrepentida de este entretenimiento para no pintar. No voy a pasarme la jornada dándole al teclado para olvidar que me esperan los pinceles; me da por apartar los gajos que cuelgan de la enredadera que sembré en la ventana de la cocina.

Tres estudiantes se empujan en la acera, las observo y me gritan:' entrometida'. Se me escapa una rama que cae en la calle, junto a un señor que acaba de aparcar el carro en la zona reservada a las bicicletas.

El hombre suelta todo el desprecio hacia el gajo y me clava estacas con los ojos. Cuando cierro la ventana me siento desamparada, recojo las libretas y las encierro nuevamente en las gavetas. Hace dos horas que estoy frente a la tela imaginando la brocha, sin atinar a calmarme.

0036

La calle me molesta, prefiero no insultar con mi presencia, pero he decidido ir al mar. He bajado la dosis de pastillas, y me contento con drogas que me sacan la febrilidad del cuerpo. Andrei a mi lado, como un cabrón sombrero alicaído me hace sombra en el pensamiento. Le voy a escribir en francés para que no entienda, lo voy a pintar en árabe, al revés.

Han vaciado la ciudad, hasta las cloacas se hunden bajo la pala mecánica, con estrépito saltan cuchillas, viejos ladrillos de cuando la guerra. Los escombros me obligan a pasar entre trincheras y el traqueteo insoportable de maquinarias conducidas por africanos. Los hombres se hablan por señas.

Les veo atareados, pasándose el pan y me da una crisis de angustia, me encierro en mi cabeza, me pongo a llorar cuando regreso a casa donde formo una laguna. Voy a pintar este cuadro donde la luz, el faro, Andrei y mi prisión, se transformen en puñetas verdes. Al fin voy a pintar la rabia.

0037

Me veo en la esquina del manicomio, en un filme en blanco y negro, decapado por momentos. Aplasto una y otra vez la colilla del cigarro y me duele el talón del esfuerzo. Entro a mi nueva plaza: las chicas con depresiones temporales, que saldrán pasados algunos meses.

Volverán a pintar, a contarme hasta el infinito cómo hicieron esfuerzos, cómo amaron, cómo les abandonó aquel que decía querer, cómo se ha casado y vuelve a la carga con un te quiero de una perversidad alucinante.

Se me ponen los ojos de luciérnaga, la voz de Andrei se posa en mi cabeza, como un aura de luz potente. Le niego, me niego y aplico la fórmula de la supervivencia. Dos menos uno es uno, el error es creer que el cálculo da cero.

Pero no puedo calcular el ruido que provoca extrañar a alguien, el silencio de un hoyo, y me refugio en respuestas cuánticas, en visiones cuánticas, películas donde él cae bajo mi arma de amor masivo.

Quedan pocas alumnas que asistieron al suicidio del hombre de la playa, casi todas son nuevas, recién ingresadas. Si tropiezo en la calle con las personas que conozco en Le Havre, casi siempre me viran la cara. Han sido parte de mi taller, y evitan recordar el pasaje por la institución, se confunden con los normales y aplican la mayor severidad a que no escapen indicios del otro mundo donde aprendieron a dibujar.

Solo los psicóticos, las patologías graves continúan a nombrarme reina y se aplican en el besa manos en medio de las calles. No me escondo, pero he tenido que tomar precauciones por la cantidad de fans que poseo en el psiquiátrico.

El Hospital me advirtió que no debo aceptar un café con los pacientes, y de prever una estrategia para que desconozcan dónde habito. La intensidad y profusión de afectos que me dispensan señala que debo acogerme al reglamento pues convivo con irrefrenables pasiones.

Por la fisonomía de la nueva clase, deduzco que en el grupo padecen trastornos alimentarios. Me antecede la reputación de gente buena, que lleva a pasear lejos de la institución, me reciben rostros sonrientes. Excepto dos adolescentes que llegan tarde, arrastrándose en pijamas, con ositos de peluche en las manos, y crianderas sujetando el nombre, posadas en los bolsillos de la blusa como si se les pudiera caer el corazón al inclinarse.

No me van a dejar hacer, lo sé de antemano. Se parapetan desganadas en medio de la sala, bostezan, se hacen las desubicadas, pues realmente aprehenden la hora en que finalice la clase y las llamen al comedor. El temor es que llegue la comida

No hago caso, he aprendido que es la mejor forma para que se acerquen. Pero no marcha, distantes me imponen un vacío que me estremece las manos. He leído que el estómago es un cerebro potente, capaz de retrucar el caballo de la intención. El de las chicas patea, se han puesto verde del desayuno y parten a vomitar. Desde el corredor, las he seguido, escucho como devuelven las pocas onzas que han avalado bajo estricta vigilancia.

La llamada Amanda, me arroja el resto a la figura: « los psiquiatras son malos, desconocen la anorexia, se portan como rocas ».

Afirmo con la cabeza, y respondo: "solo sé pintar, tampoco puedo imaginar la dimensión de tu sufrimiento". Me mira altanera, se levanta la blusa, enseña un esqueleto asexuado, al que han ajustado un catéter. El tubillo del suero gotea silencioso su lágrima.

Eres una bipolar menor refunfuña.

La compañera de vómitos se acerca limpiándose la nariz, y pacta en admiración con la insolente. Es menos delgada, y sostiene a la princesa de la voluntad. Su ideal de muerte con dos patas, vuelve a la carga, se planta entre las mesas y me grita « estas gorda porque te dedicas a parir maridos que no te soportan».

Su poderosa voz resuena en el grupo que se agita, llora por momentos, desbarata cartulinas y comienza a perder el encanto con que se dieron a la tarea de los retratos. Me ocupo de recoger la polaroid y las fotos que han realizado. Los rostros sin maquillaje, tristes, de un amarillo verdoso como si fuesen lechugas que la nevada ha pasmado, me devuelven a la realidad.

Una a una pego las fotografías en el mural de la pared e identifico a los retratados, escribiendo con un marcador los nombres. Mientras mayor es la agitación, más sustancia emite mi cuerpo para que cada gesto sea calmado y proyecte tranquilidad. Le doy la espalda al grupo lo que es poco recomendable, pero no logro disimular los ojos. Los tengo vidriosos de la guerra química que juega mi sistema inmunitario frente a la fragilidad humana.

Trabajaremos a partir de la imagen, harán su propio retrato _ pronuncio en voz baja_ He pensado estirar la temática del taller en fórmulas infinitas, aconsejar que trasladen la foto al carboncillo, colorearlas, rellenar la cabeza con símbolos, pero será otro día, el desánimo se ha amparado de las muchachas.

_¿Cuándo saldremos? Me preguntan a la espalda.

'Muy pronto, he pedido permiso para visitar el museo', respondo y me siento en la última fila, donde silencio. Las chicas contemplan las fotos sin mover un músculo, pero en sus ojos desfilan las arrugas, las ojeras, las traiciones, los abandonos, los incestos. Aúllan en un desierto.

La enfermera aprovecha para repartir pastillas. Es una estudiante de tercer año que no me conoce; a mi lado revisa la lista, y me indaga el nombre. Le contesto, 'Grace, soy Grace Dediox'. Como si ser Grace o reina le dijera cualquier cosa, se pierde tras la cristalería y regresa con un doctor ensimismado en la punta de los zapatos, quien me mira de reojo, y aclara «es la profesora».

La enfermera sonríe avergonzada y regresa al refectorio. Me da una pena inmensa, tanta, que me recuesto prácticamente en la sillita. Se me acerca una paciente de la vieja época, me pone la mano en el hombro, reproduciendo el gesto que hago, de forma inconsciente, al comenzar las operaciones de pintura.

Como si deseara trasmitirme conocimientos técnicos en el manejo de los doctores y enfermeras, comienza a pintarme los cristales de los espejuelos con acuarela de azul veneciano, hasta que me pongo a llorar. Le agradezco el papel que me extiende para que me ponga a dibujar. Acto que silencia a las rebeldes y es imitado por todo el grupo.

Los carros del almuerzo llegan y me retiro al baño, donde las dos anoréxicas, sentadas en el piso mueven la cabeza, aprobando mi presencia, dándome la llave para que habite el tiempo en que debemos aprender de otros pues se nos rompió la esperanza.

0038

Me han autorizado una salida del Taller por trimestre, siempre que la efectúe acompañada de un técnico, sea psicólogo, enfermero, estudiante, guardián o personal de la limpieza. Las chicas que esperan el alta médica no tendrán más opción que conformarse con una escapada.

Aprovecho para proponer un picnic «Un desayuno en la hierba, hablaremos de Edouar Manet y su cuadro", lo cual es inmediatamente rechazado pues el Hospital cree que puedo provocar escándalo en los enfermos.

Paso interrogatorio sobre la obra de Manet, delante de científicos. Es Simona Anglé quien dirige las operaciones anquilosadas y secas. ¿Cómo puedo explicar la presencia de la mujer desnuda en el bosque acompañada de dos hombres? ¿Qué viene de hacer la mujer que se baña en el fondo de la obra? ¿Está segura que esta pieza, con tanta sexualidad y comida no afectará a pacientes de bulimia y anorexia?

No tengo la menor idea de las respuestas que esperan, pero ya he presentado el cuadro al grupo de alumnas, quienes lo han incorporado como motivo de reflexión y lo han incorporado en sus dibujos, poniéndose a la plaza de los personajes.

La doctora parisina se permite interrumpir la lección y arrancar del mural los dibujos relacionados con Manet. La clase queda boca abierta. Simona abandona la pieza moviendo los trabajos en forma de no. De derecha a izquierda sacude dibujos regando las nociones de «horror y pecado».

Llena de paciencia, explico al grupo palabras como tabú, desnudo, sexo, ligereza y goce, partes integrantes de la vida. Improviso, las muchachas me aplauden.

El director acechaba en el corredor, y manotea a Simona. Sé que soy el motivo de la discusión. Luego invade el salón con su descomunal presencia y aprueba la excursión fuera del Hospital, con la condición de que no se hable más de esa pintura, y se coma bocadillos, exclusivamente para almorzar pues necesita desratizar el pabellón, dar una capa de pintura a la entrada, y cambiar las camas metálicas por camas en plástico que protejan a los internos de su propia destrucción.

«Seguirán trabajando los autorretratos en el restaurante comunal -añade- para que los obreros fijen los andamios y los papeles adhesivos que delimitan las zonas a renovar.»

La propuesta de salidas del Taller ha caído como un verdadero paracaídas en su mandato, pues sabe que aparte de él y yo, el personal se niega a asumir este riesgo y trama una huelga general.

En lo adelante me encontraré carente de materiales, un sindicalista se ha encargado de cortar los suministros a mi clase. Pensé que se debía a la pasión por los retratos: el grupo pinta y repinta sin descanso las mejillas, como se corta el pelo o dibuja raíces que les envuelven el rostro en los dibujos, sin contar los trazados que destruyen de forma violenta, impulsados por demonios al enfrentarse a su propia visión.

Simona ha recibido correspondencia de la Comisión internacional de psiquiatría en Boston. El trabajo de autorretratos puede provocar un mejoramiento perceptible de la autoestima de los enfermos. Inmediatamente se acerca a la clase y recoge las obras, como si fuera dueña de los mangos en mi patio.

No puedo protestar, en el mural ha pegado un cartel con letras de cuarenta y ocho puntos donde precisa que realiza una tesis doctoral con la temática. Le conviene mi indiferencia, en realidad pienso en mandarla a recoger piedras en los acantilados y después metérselas en el fondillo. Pero saca lasca de cualquier situación, convence al personal de apoyar las excursiones y de entregarme la cantidad necesaria de colores.

Cree que estoy agradecida y me lanza sonrisas; me acabo de enterar de su manejo por Violete que viene, de tiempo en tiempo, a fumar conmigo y, a veces, se queda dibujando media hora.

Me cuesta muy poco enseñar a las pacientes cómo trazar el óvalo de los ojos, siguiendo el consejo de observar sin quitar la vista de la foto. Dejan que la mano se manifieste y el resultado es extraordinario. Ningún ojo se parece al ojo, pero es esencia de mirar.

El director anda muy entusiasmado y pasa dos o tres veces a vernos con visitantes del cuerpo médico, quienes filman el quehacer. He visto las grabaciones y son desoladoras, hasta cuando sonríen las chicas. No puedo comentar cuando me observo esquivando la cámara, los pelos me cubren medio lado, me descubro tirando las mangas de mi blusa, como si ese gesto nervioso pudiera protegerme de los intrusos.

Me han pedido que almuerce con las pacientes y repita sesión en la tarde, lo cual permite que avancen las obras de renovación. Me aumentarán el salario de diez euros. No estoy convencida que soporte seis horas; con la clase no tengo problemas, pero me atemoriza impartirla delante de tantos especialistas en enfermedades mentales.

Tengo la cuerda tensa en los hombros, si hago un gesto rápido se dispararán flechas o me quebraré a la vista de los mejores psiquiatras de la región. Pero acepto, no tengo opciones, además he avanzado bastante mi cuadro y debo esperar a que sequen las capas de óleo para terminar y barnizarlo. Las horas suplementarias aportarán la paciencia que carezco, domarán la impaciencia por finir.

Se suma otra contrariedad que rompe las habitudes, las marcas de orientación que voy dejando para cumplir mis funciones y ganarme el respeto de los enfermos. Esta tarde compartimos el salón de conferencias-restaurante -taller con un Café filosófico de intelectuales normandos, quienes desean abordar la locura en miles de facetas. Me alegro, no seré el centro de las atenciones.

Piden a mis alumnas de escuchar y manifestarse poco, es opcional la presencia, pero si deciden no hacerlo deben permanecer sentadas en la oficina de los ingresos ya que las camas han sido retiradas, y hasta el atardecer nadie puede cabecear a su antojo.

Marchan somnolientas después del almuerzo y las pastillas del mediodía. Se tira conmigo, en el pasillo de la dirección y esperan a que den las tres, para presentarse a la conferencia. Me cuentan que han entrevisto al filósofo que dirige el debate, es apuesto y muy delgado y se motivan para comentar los enlaces sexuales del personal médico nocturno que se desahoga con guardias repetidas, bajo el silencio de pacientes en mal de amores.

Una nota soleada abre las intervenciones. El director descorre cortinas y muestra la ampliación del comedor hacia un vasto y frío hangar. Ha guardado el secreto y en tiempo record los obreros entregan la llave de lo que será una sala teatro, gracias a la generosidad de mecenas quienes confían en el trabajo artístico como medicamento de los males.

Durante tres días se extenderán los debates. En las mañanas se realizarán conferencias en el local recién inaugurado. En las tardes, en el lugar que estamos, de forma informal, frente a un té o a un café. Todo el personal, enfermos como médicos, puede escuchar.

La televisión ha instalado un camerino y algunas doctoras entregan la cara a maquilladoras y peluqueras profesionales. Estoy tentada de dejarme pintarrajear, aunque no me han pedido hacerlo, me daría placer un masaje facial con este horario intensivo, y tantas horas de espera por medio, pero me abstengo, las chicas no me quitan de ojos, podría provocar la insubordinación de las internas.

Las doctoras estrenan batas nuevas y han abandonado completamente el servicio. A un costado del escenario, me muevo con pacientes de todas las patologías, quienes piensan que puedo entregar credenciales. La entrada es libre pero insisten y no me queda más remedio que organizar un taller urgente donde un chino, hospitalizado desde la inauguración de la clínica, escribe con excelente caligrafía cada nombre sobre tarjetas rosadas y azules, los únicos cartones que me quedan en la reserva.

Violete aporta prendedores plásticos que han dejado de ser útiles en el cambio de culeros, pues las nuevas prendas para enfermos que cierran con tiras adhesivas afelpadas. A medida que el chino escribe, aumenta la tropa de espectadores; como no llega el almuerzo, se destapan las pasiones, y me veo obligada a extender una cinta amarilla que recupero en el almacén , la misma que sirvió en la muerte de Edgar, con la cual establezco una oficina al aire libre.

Un hombre raro, quizás mudo, viene en ayuda del caligráfico. Las primeras credenciales que realiza son un desastre, hasta que atina a meter en línea recta una preciosa letra de imprenta. Cada diez identificaciones, el hombre se levanta, marcha a tientas recostándose a los muros, cabeza baja, y se fuma un cigarro que confecciona con sus manos manchadas de tinta y de tabaco.

El chino ha preparado mi tarjeta y se ocupa de colocármela, en medio de mi desconcierto ante la proximidad del viejo cuerpo oloroso a pomada.

El que teme sufrir ya sufre el temor me suelta en la cara, sonriendo benévolamente lo que me da pánico pues no preciso si es cínico o realmente un estado de bondad.

He trasmitido a la clase la autorización de despatarrarse en el suelo. Al fondo del teatro mi tropa se acomoda sobre cojines y colchas dobladas en cuatro. Han llegado de todas las universidades al evento. Quedan sillas vacías al frente del auditorio, reservadas a las delegaciones de Bélgica y Canadá, quienes han confirmado delegación. En el centro se han sentado los africanos y caribeños, muy exaltados hablan en voz alta, gesticulan, se ríen a carcajadas, lo cual eriza y mantiene en vigilancia a los pacientes.

El filósofo organizador se presenta, la comisura de los labios muestra que todo no pasa como ha ideado; la dimensión que ha adquirido el evento, sin que fuese consultado, le atemoriza. Da la palabra al director del Hospital, quien se felicita por el magno acontecimiento, e inmediatamente abandona el local, como es habitual en su caso, aprovecha las reuniones, los conglomerados para esfumarse por la puerta de servicio y partir a su casa de campo.

El desfile de invitados importantes presenta nombre, país, grado científico, desde la plataforma. Luego se dirigen a la tribuna, rodeada de flores y leen, con rigidez extrema, una breve ponencia. Van por cinco. Las primeras abordan la historia de la locura desde un punto de vista folclórico-literario; son de una banalidad risible.

Cinco extensos textos preñados de comparaciones altruistas rellenan las primeras horas, en que los participantes se dedican a buscar intercambios con centros del extranjero, contratos y propuestas de trabajo.

Hablan de «Locura como sinónimo de libertad y fuente de la filosofía, y el riesgo de producir emanaciones sobre la visión de la sociedad". Como hay consenso, la intervención cae en el olvido, pues nadie participa en el debate.

Es entonces que veo acercarse al micrófono a Philip Chataigne, el paciente que confundí con un doctor el primer día de trabajo. Se ha vestido para la ocasión con un largo abrigo a cuadros, el cual oculta completamente el pantalón del pijama. Deposita una carpeta de manuscritos sobre el atrio, pero habla sin mirar las anotaciones.

«El Elogio de la estulticia o de la tontería es lo que estamos escuchando – dice_ y no se trata del ensayo escrito por Erasmo de Rotterdam en 1509. Estamos en presencia de ponencias que son loas satíricas, discursos solemnes sobre la locura. Realmente sois unos pedantes, carcomidos en el retruécano intelectual. La locura no da placer, no es un lujo, ni una buena frase literaria, es un encierro, la amputación de los sentidos, la muerte de la libido, la exclusión, la total desesperación. Pero no existe locura sin cinco minutos de lucidez, y cuando llega esa tregua te hunde.»

El hombre es interrumpido con violencia por dos enfermeros que lo sacan sin que toque el suelo, bajo la presión que ejercen en las costillas dos brazos de culturista. Monsieur Chataigne sigue ululando frases de Erasmo, modificadas a su creencia:

"Únicamente al público corresponde juzgarme; no obstante, si el amor propio les ciega en exceso, me parece que al hacer el elogio de la locura estáis locos por completo."*1 "Pregunto: criticar la especie humana sin atacar a nadie en particular ¿es morder? ¿No es más bien educar y aconsejar? Por otra parte ¿no me critico yo mismo en muchos aspectos?.."Se puede ser todo lo loco que se quiera con tal de reconocerlo. ¡Cuánta ingratitud veo en los hombres que son mis más fieles seguidores, cuando se avergüenzan ante el mundo de mi nombre hasta el punto de arrojarlo a la faz de otro como grave ofensa! Si alguno desea pasar por sabio, una sonrisa, un aplauso, un movimiento de orejas a manera de asno serán suficientes para hacer creer a los demás que él se halla al tanto de lo que se trata, pese a que en el fondo no entienda cosa alguna."*2

El loco se debate en la alameda y por las persianas veo como le inyectan sobre la ropa y cae como un pollo fulgurado sobre la camilla de socorro que aportan otros enfermeros. Como dice un refrán « muerto el perro, se acaba la rabia».

Continúan el elogio de la necedad, sin hacer caso de las orbitas dañadas por la velocidad de las visiones. El circo de doctores aumenta el desconsuelo de los enfermos, con parrafadas idiotas de una complejidad y pretensión intelectual que resuena en el vacío.

El secretario general del sindicato de enfermeros apoya su intervención en la crisis económica, la falta de personal y de recursos en los manicomios. La doctora parisina, quien no ha olvidado un detalle de su moño y vestuario, toma la palabra, pero va perdiendo la voz a medida que se adentra en conceptos como "humanismo" o "progreso". Apenas se escucha, cuando es interrumpida por el chillido del micrófono que pone los pelos de punta en la sala.

Se concentran los doctores en lo bueno de salir en la televisión y en los fondos que obtendrán si se toma al Hospital como referencia para ciencias humanas paralelas. El organizador teme que degenere el evento en una serie de discursos apocalípticos e impone un moderador.

Un hombre dinámico se ofrece desde un lateral y toma asiento en medio de la tribuna. Reconozco que pertenece a mi grupo de pacientes esquizofrénicos, pero callo, pues por el momento guarda silencio y utiliza un bolígrafo en forma de censor para señalar a los intervinientes.

« La Humanidad presente no tiene idea de una edad futura » _sentencia, cortando la palabra a una larga perorata sobre el diagnóstico de las perturbaciones relacionales, el estrés, y la desafortunada interacción de las familias que crean la base filosófica de numerosos individuos perdidos en la locura.

«Nunca encontrarán a un loco solo, la locura es amorosa de los infinitos _discursa el paciente ante el silencio general-_ algunos episodios de las relaciones humanas son tan traumáticos que derivan en depresiones crónicas, debilitamiento del sistema inmunitario y fatiga cardíaca. Si la sociedad, la familia, o el entorno desechan a los enfermos como un mal, no existe sanación posible. Si los presentes escuchan a los pacientes de esta sala, abrirían nuevas puertas filosóficas para la comprensión del futuro."

La alocución detiene el incesante ajetreo de los participantes. Las mentes tratan de descifrar la veracidad de esa opinión, hasta que estalla la polémica en la comunidad científica especializada. « ¿Cómo es posible que no reconozcan a un loco y para colmo lo pongan a dirigir las intervenciones? » Grita Doña Anglé, recobrando la fuerza que le conocía en sus accesos turbios, suscitando la desaprobación del pleno. Uno a uno, los enfermeros comienzan a levantar a los pacientes. Los filósofos, visitantes, familiares se suman a la marea que sale al jardín, entre protestas.

Anglé aprovecha su golpe de estado al micrófono y lanza una tesis: « No hay nada en común entre Filosofía que es razón y la locura que es irracional». Apenas pronuncia la frase, protesta un mestizo, quien se levanta cabreado y se auto expulsa de la conferencia, no sin antes recordar a la doctora que Kant no solo estaba afectado de demencia senil, sino que también contaba con delirios para estructurar su filosofía. Leibniz, Heidegger padecieron de extrañamiento frente a una educación que no daba respuestas y ocultaba realidades que debemos enfrentar a lo largo de la existencia. La locura pregunta sobre cosas que rompen los muros de la tradición. Hablarse solo, derivar en la metafísica, adentrarse en la religión, aceptar lo oculto, todo eso nos une. ¿No lo sabe usted, doctora?

El moreno agita las manos, grita. Es arrastrado por los cocineros que tienen orden de sacar inmediatamente de la congregación a los enfermos perturbadores. En su defensa se levantan varios filósofos, quienes reciben en la figura puñetazos, hasta que interviene el organizador y se inicia la fase de disculpas, y sacudidas de los trajes. En signo de protesta sale otra fila al patio, otros parten a merendar o a fumar cigarrillos para calmar la ansiedad provocada por el incidente.

"Hablarse solo, adentrarse en la religión, la metafísica, lo oculto, nos une. ¿No lo sabe usted, doctora?" _ vuelve a gritar el martiniqués, antes de abandonar definitivamente la reunión.

Simona Anglé no responde. Lleva una hora leyendo un panfleto a quince somnolientos. El resto, cerca de sesenta personas ha seguido a los esquizofrénicos, quienes se han desplegado por la avenida y conversan en voz baja con los visitantes. Abandono con mi clase la encerrona que ha tendido la parisina.

El cabecilla de este desbarajuste, tiene nombre: Edmundo Dante, paciente crónico, cama 23, del pabellón C, quien tras una década de hospital, y recaídas, tiene derecho a un cuarto con vistas a la ciudad y conexión a internet, pagada por su madre quien se ocupa de que no falten logiciales, mantenga el antivirus y no piratee al gobierno.

Dante atrae a los ponentes hacia una garita escondida en el follaje de las mimosas, al abrigo de los vientos nórdicos. Poco a poco se agrupan los participantes frente al laptop donde muestra su blog personal llamado «El presidente», el cual cuenta con más de seis mil amigos, sin sumar los cuatro millones de visitantes que alcanza cada video que sube a youtube.

Dante dedica su espacio Web a las conspiraciones y a la locura en el mundo; actualiza a diario con los principales titulares de prensa y mantiene un excelente nivel de gráficas y visuales.

Confieso que desconocía su existencia, pero veo que me ha dedicado un post, estoy sentada al fondo de un pasillo y Edgar dibuja a mi lado. Luego veo al chico que se ahogó en el canal con el dibujo en la mano y su cuerpo extendido en una camilla. La mejilla sobre un cabello muy fino de un trigo quemado por las ventiscas. La mano del muerto se posa en el camastro con delicadeza y el sol proyecta un haz que atraviesa la foto de un extremo a otro en forma de flecha. No me da tiempo a leer el contenido porque la prensa llega con su despliegue de cámaras, y micrófonos.

Dante se prepara a dar una entrevista. El público se aglomera tratando de escuchar, pero el hombre, parapetado con el laptop en la mano mira de un lado a otro, imponiendo el silencio y solo cuando este es perceptible, pronuncia: «Participantes del taller filosófico, sean bienvenidos a las conversaciones sobre la represión y el miedo. Todos tienen miedo, ustedes tienen miedo. Nosotros hemos perdido todo, hemos perdido la plaza entre los cuerdos, escuchadme: todo lo que es ensueño, delirio, placer es expulsado, censurado por la sociedad. Ese vuestro mundo predomina la sinrazón y casi todo está regido por la pérdida de los bienes, del coraje y, sin embargo, ustedes – señala al local de las conferencias- siguen tendiendo la cuerda donde saltan ovejas. De este lado nombramos a los fantasmas, nombramos las múltiples personalidades que nos habitan, aquello que ustedes no pueden realizar, y por lo que están descontentos, inconformes.

«Plantados en la ilusión de que han logrado un buen matrimonio, un puesto de trabajo, una casa, una excelente reputación, han envejecido. Estuvimos a vuestro lado, no queríamos quitarles nada, ni siquiera el tiempo, queríamos que supieran que hay otras realidades.

«Somos Entes que agonizamos en manicomios. Si supieran las imágenes fantásticas que nacen en nuestros cerebros cuando desterramos las apariencias, la mentira, el autoengaño, ah, si supieran. Si supieran que todo eso lo tenéis vosotros en el interior, y lo han negado durante siglos. Sois asesinos apretujados en la oscuridad de la sociedad. Ustedes forcejean con ustedes mismos, buscan el paraíso, cuando lo tienen dentro.

«Un loco es un Hombre que se ha invertido la piel y muestra el interior; estamos de acuerdo, no es bonito mostrar tripas y desperdicios. La máquina humana solo trata desechos, locos como cuerdos nos parecemos a catedrales de basura, a tuberías interminables contaminadas de químicas.

«Ustedes hablan de Shakespeare, de Cervantes, de Nietzsche; habrá que ver si Zarathustra y su instante eterno, es realmente un loco; si los modos infinitos de Espinosa son delirios; si la cosmología católica, judía, o musulmana responden a la cordura. Ustedes aceptan lo que les autorizan, exigen respeto para pertenecer a una comunidad, cuando de este lado no les pedimos esfuerzo, vengan a parafrasear lo abismal. ¿Hasta dónde llega vuestro miedo a la locura? ¿Hasta dónde llega vuestro miedo, simplemente? Soy vuestro estigma, la identidad que recuerda vuestros límites»

Se escuchan aplausos, y algunas intervenciones de aprobación:

_Yo estoy loca, siempre dudando. _ Grita una profesora de filosofía, hasta ese momento con la boca abierta, anotando palabras.

-Es una estupidez quedarse en el pasado de la raza humana, cuando se podría asumir nuestro lado de luz, o de locura. La locura no es perder la cabeza, sino perder el temor. ¿Quién quiere a un loco?

_La vida es un acto de locura, una desgracia porque no hay sanación para la muerte.
_ ¿Qué hay en medio de todo? Vocifera un compañero del bloguero esquizofrénico, quien le responde seco: «Miedo, hay temor».

_Supongo que los demás contertulios tendrán cosas que decir. Agrega Dante, quien se ha sentado, otra vez, como moderador en el jardín, dando con el bolígrafo la palabra.

_ Un loco carece de habilidad social, por mi parte considero que ser un genio no exime de cumplir las mínimas normas de urbanidad. No son superhombres que están «más allá del bien y del mal» y todo les está permitido._ Protesta un doctor.
_Un genio en desorden, amigo, _ responde un hombre a quien solo veo la mano pidiendo la palabra _ deja mucho que desear. El filósofo no siempre se comporta como se espera, a veces tiene actos desconcertantes como los de Sócrates platónico.

Como si estuviese propulsado por un resorte, veo que se levanta un hombre en pijama, extiende los brazos y se presenta: «Soy Sócrates; la filosofía es una actividad amorosa, somos seres obsesionados con lo que amamos. Lo que se ama, no es asunto que pueda verse. No hablo de enamoramiento, hablo de arrebato, de extrañar, de habitar a alguien.»

Justo en ese momento, veo mi cuerpo en forma de baúl, con compartimentos secretos donde están mis muertos, mis penas. Están vacíos mis estantes, recubiertos de un musgo salvaje que me apuro en desprender. Me duele el interior de la putrefacción de palabras no dichas, de perdones que he guardado sin confesar, tengo hasta una farmacia de conservas con fetos en formol, de abortos e intentos, las tapas corroídas por el ácido del silencio, y me doy cuenta que toda esa erosión me oxida. Mi propia cicuta me mata.

Sin darme cuenta he adoptado la pose de la sufrida. Los hombros echados hacia delante y el pecho recogido, apretado sobre la barriga que respira cuando siento una mano desflorarme el pelo y escucho a un muchacho que me murmura: «Soy Jesús, te amo».

Apenas puedo levantarme cuando me veo rodeada del personal del hospital quien retira a los internos. La violencia es evidente, se manifiesta en empujones, jeringuillas, torceduras de mano. Agrupan a los pacientes en el camino, frente a los edificios de internamiento, bajo la protesta de los albañiles quienes anuncian « la pintura está fresca, es una locura esto ».

No me queda otro remedio que alinearme con los cuerdos para escapar al maltrato, pero me siento detestable. La ira me sonroja, me muerdo los labios y encasquillo la lengua junto a mis alumnas que por instinto de conservación se han agrupado en un aparte, detrás de mi presencia, evitando ser tratadas como ganado que va al matadero. Saben que es momentáneo, que llegará el momento de pasar a la camisola química, pero conservan la calma.

Se nos acerca, indignado, el filósofo organizador del evento.

_Mi madre murió en este centro _ me confiesa_ su mal era incurable, pero me dejó los mejores momentos.

_Lo siento _respondo inquieta por la crueldad que observo en las ventanas de los pabellones, desde donde caen objetos diversos.

_Usted es muy bonita- _me dice _ tomando mi codo. ¿Le dice si la visito? ¡Lo haré!

No entiendo la promesa que hace, pero rectifico el tiro; el joven está para revolcaderas, y le respondo zalamera: «cuando quiera, no estoy hospitalizada, soy la profe de dibujo. Me avisa cuando quiera».

_Ah_ pronuncia un ah dubitativo, de desencanto total, mientras se aleja rumbo a la cantina.

Me he quedado perpleja hasta que observo como el llamado Jesús se entrega a los represores, sale del escondite detrás de las chicas de mi clase. Al pasar a mi lado, detiene al enfermero, quien magullado respira con dificultad por el esfuerzo de amansar a la tropa, y me sentencia: «¿No te das cuenta? Como existen mujeres que se enamoran de asesinos y prisioneros a cadena perpetua, los filósofos tienen tendencia a encontrar a sus esposas y amantes en este Hospital psiquiátrico. Son zorros. Zorros _ grita cuando desaparece tras una ambulancia que traslada al hospital general a los heridos de la bronca entre locura y filosofía.

Como es habitual, en ese momento reaparece el director, ajeno a la situación, y me saluda con un movimiento de cabeza.

*1. Fragmentos de la carta de Erasmo a Tomas Moro: "Únicamente al público corresponde juzgarme; no obstante, si el amor propio no me ciega en exceso, me parece que al hacer el elogio de la locura no estaba yo loco por completo."
*2 Textos de « Habla la locura. Diálogos de Moria»

0039

Miro el lienzo como si hubiese sido pintado por una tía loca que conocí en la infancia. Delia se llamaba, fue incapaz de salir de su habitación en cuarenta y ocho años. Imagino que ella lo hubiese pintado igual, las figuras en tinta están a relieve inverso, en medio de una espesa capa de pintura. He rayado por donde me ha venido el deseo y el conjunto posee equilibrio, pero le falta luz, se pierde en un dolor sordo.

Recuerdo los pensamientos que tuve sobre mi cuerpo después del mitin en el psiquiátrico y repaso mis obsesiones picturales. Qué jornada, el cansancio me entumece y solo puedo echar vientre al techo, estirarme y dejar fluir el ruinoso polvillo que me intoxica, la desesperación de mi sangre que no encuentra agua que la bendiga.

Llevo meses trabajando en el psiquiátrico, el único curro que he encontrado en veinte años de exilio, y puedo estremecerme con los cuadros creados por mis pacientes; los poemas y narraciones de las muchachas cortadas a temprana edad que deambulan secas, nostálgicas de la inocencia perdida.

Trabajo para escapar de las ciudades que he perdido, de lo que fui. Si no lo hiciese el Estado me daría ayudas equivalentes al salario. He atravesado el desespero, apoyada en enfermos mentales que me saludan con cariño y me consideran habitante del mismo pequeño pueblo, donde cada uno es mago de su mal.

Me duele el costado izquierdo a la altura del riñón, tengo sueño. Mi psicóloga me anuncia que nos veremos el mes próximo pues sale de vacaciones, pero palidece. Se siente terrible, miente. Debe operarse un cáncer de mama, teme y huele a flores secas. No digo nada, bastante tiene con haber amamantado a miles de pacientes durante su vida.

He perdido el deseo de leer en mi agenda lo qué hice ese 16 de enero del 2010 en que Andrei se casaba. Pero recuerdo perfectamente el momento. Despedía a una pareja que se había colado en casa para leer el destino en un péndulo. La mujer era regordeta y tejía y entretejía en el aire con su cristal colgante. Cada vez que lo sacudía se me ponía la carne de gallina, pero ella insistía en que debía sacarme del cuerpo ese amor horrible.

La señora insistía en consultarme, furibunda encendió una vela y comenzó a pasearse por mi apartamento. Hasta que me llenaron la cachimba con consejos de curanderos del campo, oportunistas y charlatanes que buscan fortuna introduciendo la manipulación en hogares de desesperados. Les pedí de partir, pero fingían estar en el ritual, completamente ajenos a mi presencia. Pases de vela, péndulo sobre cada mueble, y griticos que asustaban a mi gata negra. Tuve que empujarlos al corredor, tirar la cartera donde llevaban esencias de olor repugnante y amuletos de cola y patas de animales atados con cintas. Sin cortesía cerré la puerta: "no les quiero ver por mi barrio".

Me hieren los alaridos que pronunciaron en el corredor, las maldiciones, y las acusaciones de estafadora. Les debía cien euros por el trabajo magnético que habían realizado.

Recuerdo que estuve limpiando la sala, desinfectando el apartamento y el olor indescifrable de su incienso, dulzón y empalagoso, persistía. Me dije: "un año y seis días desde que regresé de Madrid" y me desmayé. Sería la una de la tarde. Sentí la muerte y morí. Me desperté al amanecer en un charco de sangre. Me arrastré al teléfono y llamé a un coleccionista que me había comprado un cuadro y que ejercía como magnetizador. Le pedí de venir urgente. El hombre me sacó de la cama, y me envío al hospital tras pasarme la mano por la espalda.

Los bomberos, quienes realizan las urgencias médicas en Francia, me trasladaron bajo sirenas al Hospital de las afueras; mi caso era grave pues sangraba por todos los orificios, mi interior se llenaba de agujeros sin que pudieran precisar la causa. No podía sentarme pues recomenzaba la hemorragia y en camilla me llevaron a las radiografías. Me cuentan que me sedaron y dormí comatosa muchas horas.

No sé cuánto tiempo estuve inconsciente, sé que estaba en un cuarto esperando el más allá, muy recondenada por no despedirme de mi hija, ni del mocoso de mi ex. Con las horas se fue el sedativo y proseguí en la rabia, no había encontrado un puto editor en cincuenta años escribiendo, no tenía un quilo y nunca había tomado vacaciones por pintar. Me iba en fracasos. Pedí regresar a casa, pero los médicos negaron. La cólera me hizo bajar las escaleras apoyada en el fondillo y pagar un taxi. Cuando llegué al apartamento me arrepentí pero no podía volver atrás, ni pedir ayuda y comencé a realizar rituales de santería que aprendí cuando niña: baños con perfume y cascarilla, invocaciones a San Lázaro, sin dejar de ofrecerle siete centavos. Dormí durante semanas. Poco a poco empecé a caminar, a chocar con los muebles; a arrastrarme hasta la sala del baño. Luego fue que pedí entrevista a Madame Claire, porque vivía en mi barrio; como un trompo mareado me desplazaba al consultorio.

La doctora me ordeno pastillas durante semanas. Yo recapacitaba sobre la importancia de morir dignamente. Pero no sucedía, y no tenía fuerzas. Estaba asqueada del paquete de alimentos que me aportaba la asociación caritativa Restos del corazón. Necesitaba comer, comer carne, lechugas, tamales, alimentos de mi pasado. Poco a poco disminuí las pastillas, y fui tanteando lugares y ocupaciones, sin que ninguna me conviniera, sin que conviniera a nadie. Hasta que Madame Claire me recomendó al Hospital, le debían favores, y me aceptaron.

Heme pues de profesora de seres que me explican que sufro de posesión.

_Este no es un lugar seguro, el demonio tiene un cuarto en el edificio rojo. Doscientas sesenta y ocho personas estamos encerradas a su merced, contigo doscientas sesenta y nueve. Nos pudrimos, siempre hay un órgano que se pudre y aunque no te des cuenta, sigue pudriéndose. Estás castigada como nosotros. _Me repetía un viejito que comenzó a hablar cuando le puse un lápiz de color en la mano y ahora atormenta a las enfermeras con su pasado.

Me he visto en cada historia de mujer traicionada, he terminado por reír cuando les dan el alta y me confiesan que han dejado el horror de descender a la infamia, atadas a una obsesión vaginal.

He aprendido que tal doctor no vale sin los libros, que el otro se desangra si le quitan a la madre; que otro es un don nadie y la mujer una payasa. Me han contado historias escalofriantes, me han dicho que la parisina Salomé Anglé es hija adoptiva de un dictador africano, que me cuide, "esa persona tiene problemas sexuales graves". En África fue asistente en medicina legal y estuvo al frente del departamento de psiquiatría donde practicó lobotomías, trepanaciones, electrochoques, que aún no han sido prohibidos en ese continente."

Todo en el mayor secreto, me adentraron en una conspiración contra el mal, en cosas que no puedo comprobar y que me encerrarían si las cuento. En mis ojos se efectuó una operación de la genética. Aquellas confesiones me permitían observar tras las apariencias, trasladarme espiritualmente al cerebro de otras personas, descifrar los corazones, traducir el rechazo o la aceptación, las dos únicas armas humanas que nada ni nadie puede desarmar. Aprendí, sobre todo aprendí una extraña dualidad, el bien y el mal, la cordura o la locura existen en cada partícula del ser humano, y es el rompimiento del equilibrio que poseen, lo que desata la virulencia, el desorden, el mal.

Durante meses he participado en el cuidado de los más débiles, protegiéndolos de la presencia de esta señora altiva que me trata como una infanta malcriada.

 Cuando recorro las alamedas, seguida de mis alumnos del taller, que se ha extendido a todas las patologías, llevo en mi cabeza una corona de cartón dorado que se empeñan en que porte. Les he dado tanta satisfacción que empiezan a sentir como suyo mi reinado.

Apenas me quejo de que la comunidad de cubanos en exilio omita mi nombre, tengo este islote. Gracia Dediox es la reina de Groenlandia. Recuerdo que a los diez y ocho años, con mi maleta de poemas era la señorita 'promesa literaria' de un pueblo. Con paso infantil me adentraba en bifurcaciones literarias como si estuviese alada y persiguiera bandidos y piratas.

Puedo verme. Una y otra vez me veo, entamo una calle para desembocar algunos metros después en la misma plaza. Todos los caminos anteriores al Hospital conducen a una desesperante planicie junto a una fuente seca, situada al lado de una puerta en caoba con enormes clavos y bisagras donde toco y llamo a mi madre para que me zurza los harapos de piel. Ella no aparece, jamás aparece y me veo llenando hojas, apurada, nerviosilla, hasta que me aburro y de nuevo aliso la saya, y parto tras otra corazonada hacia otro callejón.

Qué deseos tengo de estar en aquella cama, viendo como Andrei respiraba- susurro, pero inmediatamente me reprocho: "los sueños ajenos me han llevado a esta absoluta indigencia"

Me veo adolescente y mi vida es un electrocardiograma de disparates. Regreso a los ovarios de mi madre, sé que no puedo regresar a nada, que quizás, si lo intento, pueda escribir un libro, hacer una pintura, pero se cerca la hora de desaparecer.

La casa está patas arriba, ocupada por tapas de conservas, palillos de fósforos, colillas, envases plásticos de agua o yogurt, cáscaras de frutas, papeles estrujados, ropas de una sola puesta que esperan ensuciarse más para pasar a la lavadora, tazas con restos de café, sartenes grasientos y restos de productos desechables.

Aunque quisiera no puedo limpiar tanta grasa, mancha de pintura, camisola empapada de aguarrás. Abandono el panorama mentalmente. Me dejo caer en el canapé, doy patacitas a la montaña de periódicos que sirve de protección al piso cuando entamo un gran formato y me doy entera a mi arte favorito: imaginar.

Antes de bajar a Madrid tenía mucho cuidado con estos estados de añoranza. Comenzaba una novela y las escenas desfilaban a un ritmo vertiginoso por lo que tenía que olvidar el proyecto; mi mente se asemejaba a la consagración de la disléxica y el resultaba sonaba a francés, español rarito con saltos en los tiempos, como si hubiese utilizado un cincel y desbaratado la construcción de la oración.

Picos, palas, espadas, mandarrias de neurosis me desfallecían en catarsis que me estiraban el estómago, me retorcían las tripas y me ponían en situaciones de muerte inminente.

Si terminaba la novela, sin dudas moriría del éxito rotundo, porque no era capaz de enfrentar las obligaciones sociales de la fama, no quería enfrentarme a nadie, para no hacer pública la decadencia en que poco a poco me había metido, por no tener recursos para adaptarme al exilio. Nada ha cambiado, sigo incapaz de asumir esos deberes.

Por mucho que pensara, no me confesaba la cobardía de estar lejos de mi familia.

Entonces me iba a los cuadros, me relajaba, en definitiva vendía bastante sin secar, y olvidaba la penuria en que me metía cuando, contenta como una niña, gastaba el dinero de la comida en materiales de pintura. Veinte años trabajando mi personaje de incógnita, de innombrable, lo que sin dudas es el gran éxito de mi vida.

Luego fue la normalidad; en Madrid me vi obligada a madrugar y a trabajar en la administración. Créanme, me sentí muy feliz, fue duro, pero recuperé la sociabilidad. Nada me violentaba, aunque el jefe solicitara con urgencia la redacción de la carta más imbécil en la historia de las oficinas del universo. La responsabilidad me tocaba, tenía horarios, me duchaba, maquillaba y me sentía una mujercita con problemas en casa que se dejaba explotar por quinientos euros; regresaba a las tres de la tarde al apartamento a cabecear la hora en que su maridito asomara la nariz. Era como todo el mundo normal.

Sabía que volver a Francia era enterrarme, por eso preferí aguantar carretas de ofensas. En cualquier momento Andrei pasaba de botarme, a realmente meterme de cabeza en un tren, drogada, o envenenada, por lo que me entrenaba a desaparecer sin sustos; tenía un doctorado en ocultarme delante de todos.

Precavida llamaba a mi hija y daba señales de mis pasos en la semana, para que supiera que estaba allá, donde siempre encontraba trabajo. Volver atrás, solo era posible si iba a morir.

Me ajusté tanto a la civilización que fui cambiando. No temía marchar por barrios lejanos, compartir un trago, incursionar en las tiendas y sentir el deseo de comprarme vestidos femeninos, zapatos altos y cremas.

Fui perdiendo lo que no me pertenecía, el muermo de este norte, la ciudad vacía, me fui fundando una espera y llegué a saber que podía ser otra que me gustaba muchísimo, aunque tuviera noches de desaliento buscando pinceles o una pluma para escribir, y me tragara el deseo por aquel chico que peleaba, me humillaba, me largaba. Cuando dormía, me abrazaba la barriga, temiendo la cuchillada del desamor.

Hace dos años que no compro una prenda y hasta las medias agujereadas me ponen en trance. Vuelvo a perder los rituales que me hacían humana. ¿Cómo podré decirle a un hombre "ámame", si dejo de asearme durante semanas, y cuando siento el olor salvaje cortando la blusa, me adentro en la bañera sin desvestirme?

Juro que siento placer al ver en el agua la costra de churre desprendida, como si fuese una piel de más, un atributo artificial que no soportaba. Mi estómago también se resiente de la falta de contactos. A veces debo utilizar el dedo para sacarme del estreñimiento. Untarlo en grasa y ayudarme a destupir el salidero, que me provoca gases que pululan y se mueven al antojo en mi pecho, descentrándome en cualquier labor.

Abro una lata de raviolis, que he calentado en el microondas y atrapo los cucuruchos de pasta con la mano que después me limpio en el pantalón; de paso, mi bufanda se ha enrollado en la salsa y no me queda otro remedio que introducirla en el vaso de agua y frotarla un poco.

El marco del cuadro se ha inclinado y cae sobre mi cabeza, que se impregna de pintura. El golpe me ha dejado sonada, me recuesto. Al abrir los ojos, la casa está iluminada por la obra, y veo detalles hasta ahora desapercibidos.

Soy una indigente. La palabra asusta cuando relame mi encía, pero la acepto. He perdido la tranquilidad en busca de comida, he corrido detrás de pavos y gallinas que no ponían oro, ni daban alivio en despertares.

Mi terrible indigencia se expone al sol; mis zapatos están horadados, llenos del fango de la nieve que funde; los lienzos que he colocado en los muros son cosidos a mano, con pespuntes largos, mis pinceles se ven demacrados, mis acrílicos son baratos, mis vestidos deshilachados, los pantalones están comidos por el dobladillo. Solo queda intacto mi amor, ejerciendo su poderío en el abandono.

Amor que debo expulsar de mi alacena. Me he comprometido: si dejaba Madrid, si él me desestimaba, yo iba directo a morir. Pero han pasado los meses y aquí estoy, completamente en ruinas, mirando el efecto del odio sobre mi piel.

Mi cara dejo de ser cara y se convirtió en careta. Dejé de sonreír y los músculos orbiculares se cayeron. Hasta las cejas se inclinan en un mohín de tristeza. La piel me ha cambiado a un color naranja porque el hígado, cuando falta fe, se desarregla en colores cálidos, tratando de aportar un toque al ánimo.

Mis labios están agrietados, como si los hubiese mordido en pesadillas interminables, donde le he visto dándome la espalda, repitiendo que todo ha sido mentira, que no valgo nada, que mi cuadro y yo somos mierda. Me veo morir, como se debe, escondida de quienes quiero, de mi hija, de aquel ser que tuve reventándome por Madrid. Las personas buenas no pueden regalarle la muerte a sus cercanos, deben partir y desaparecer en los hielos, en el más completo silencio.

Estoy llorando porque no sé como levantarme de la sepultura que ha cavado una piltrafa que me ha indocumentado. Lloro por la fealdad de hacerme conocer el mundo, y precisarme a cada segundo que no lo merecía; por pavonar su cuerpo frente al espejo y anunciar que lo vendía a quien diera más. Lloro por haber escapado a la indignidad de pedir prestado un instante de consuelo y por la bondad de entender que las personas de ese género son muy cuerdas, y utilizan a las locas para sus fines orgásmicos.

No puedo cambiar nada, menos el pasado, pero debo mover un dedo y sanear este apartamento; debo mover

las neuronas, mover el pecho, desatarme el nudo, sacudir la energía y ser la reina, la que gobierna horas y se pone las joyas que necesita según el capricho de su corona.

En esas estoy, dándome patadas por burra, cuando tocan a la puerta y decido abrir ante la insistencia. Con cara de cadáver saludo a las vecinas: una señorita de sesenta años y a su madre, una vieja que se consume en un metro cuarenta. Ambas de un feo solitario que estremece, y un raquitismo que solo puede ser síntoma de pocos amantes y de una vida dedicada al cultivo de la pureza.

Me cuenta con voz de gallina que nunca ha tenido marido y que ella, en lo adelante, se ocupará de una gata fea que deambula en el garaje, porque «cuesta mucho ocuparse de vagabundos y callejeros».

Le digo que me da igual- muy irritada- y obtengo como respuesta: «si se muere tu gato es tu problema». Me da la espalda, pero observo cómo me persigue con el rabillo del ojo para constatar que su mala leche me ha enfermado, o fulminado. Sonrío, y le digo en español; «Adiós»

Estos franceses se creen buenos cuando establecen derecho de ayuda, y ponen una acción bondadosa en la balanza. ¿Cómo decide a qué gato salvar y a cual dejar morir de frío? Estoy convencida que escogen a una gata enfermiza que deambula en el garaje, para prolongar la vileza de la sarna, y que condenan a mi gato, porque a pesar de tres inviernos callejeando se recobra desde que encuentra refugio en un patio. Tanta salud y deseos de mejorar, son impresentables y le desfavorecen a los ojos, de ellas, las comadrillas de la inquisición en el barrio. Ellas no son responsables de esta ciudad, solo representan a sus habitantes toscos, absurdos, egoístas hasta la inmoralidad, cortando las alas a quien desee escapar.

Me pongo una colcha sobre los hombros y bajo al garaje del edificio. Llamo a Wiczy por todos los motes que le daba antes de que me lo perdieran unos amigos. Salgo como una loca por el barrio indagando a los pasantes y finalmente le hallo en el parque de la iglesia de Santa María. Retrocedo, busco una caja para meterlo al calor porque la nieve me llega al tobillo, y el gato se planta en sus trece, nada de prisión, nada de abrigo y cuidado con acercarme a un metro.

Cinco o seis viajes bajo la nevada, del apartamento al gato, y logro que me siga de vuelta. Le doy un plato de comida y leche caliente, preparo una casita improvisada en la que deposito varios trapos de mi guardarropa desastre, y me siento en el piso a verle comer.

Cuando termina se planta frente a mí, me mira serenamente y permanecemos callados. La medianoche se aproxima, no hay otro habitante bajo la blancura de la nevada, y nos protege el techo del garaje común del edificio. Me recuesto y espero el amanecer junto al gato. Nada podrá sucedernos en libertad, ni siquiera la señorita y su madre irritables me sacan de la determinación mental, nadie decide mi muerte, nadie me la dará, soy libre.

0040

Voy por el quinto café aguado y sé que arrastraré el cuerpo a lo largo del viernes. Nunca he sido una artista desvelada, desde que puedo reposo el cerebro y soy funcional en madrugadas, después de haber echado el candado a mis neuronas de maníaca. Aquí me detengo, he decidido no ponerme cartelitos peyorativos, en definitiva el tipo que inventó el feng shui hace fortuna con sus manías y ha convencido a media humanidad de sus tics.

Si pongo la mesa lejos de la ventana, un espejo en la entrada, una mata al este, seré feliz. Y la chorrada tiene adeptos del toc, que se desviven y gastan fortunas con la enfermedad ajena. Como he venido de una isla pobre, pongo el camastro donde pueda dormir y me saca una conspiración bucólica cada vez que me acuesto.

En la tv pasan reportajes sobre la localidad y caigo sobre el famoso café internacional filosófico. Han censurado el evento, reconozco a dos o tres organizadores, y a la doctora parisina quien « agradezco a los mecenas que han financiado este proyecto, a partir de un dibujo _ aquí muestra las tachaduras del suicidado Edgar_ con la que ella ha realizado una tesis premiada en un simposio científico de Inglaterra »

No estoy enterada del asunto, pero «el Hospital ha recibido tres premios por el intenso acercamiento del arte a los enfermos mentales. Al crear este espacio se constata un mejoramiento de la instancia con los familiares y una reacción positiva de los pacientes crónicos."

Ah bueno- me digo- y salgo como Macarena cantando el himno de las floristas «alelí, alelí» por toda la calle Arístides Briand hasta el hospital. En definitiva fui una niña diferente, en casa me decían «escucha a Yaveh» y no lo escuchaba; «mira los santos» y no los veía, pero sanaba a quienes se me acercaban porque tenía tiempo de sobra para unos besos.

Yo solo veía como morían todas sus muertes en la frustración de un pueblo y quería escapar. No tengo culpa de haber nacido en tal año, de tal día, de tal país, y las causas comunes me dan alergia. Después de haber sobrevivido una dictadura y a la fauna que traen los totalitarismos, pocas cosas me arrebatan el reposo. Pero debían haberme informado, es elemental, debían haber hablado de las proezas de un equipo que he formado en el respeto a la creación.

Como me he bañado con tres jabones diferentes, he recuperado una piel reactiva y estoy rosadita de emoción. Ha sido una liberación tirar el viejo abrigo y engancharme otro que termina en las caderas, afinando mi silueta.

Es la hora de la clase y las chicas me dan la sorpresa de enmarcar los retratos y exponerlos en el corredor. "Las pléyades"- me comenta un esquizofrénico- mostrando los cuadros. Sonrío, ocultando los zapatos que se han acabado de romper en el camino.

Las alumnas me proponen que inicie el taller de lectura, han escrito sobre el evento de ayer y me informan que no habrá salida al museo, no podrá ser después del desbarajuste que se formó. Los rumores circulan en el psiquiátrico a velocidad supersónica. Violete se ofrece para escuchar las narraciones. Me falta conocer que muchas habitaciones han perdido la condición de habitables porque, aprovechando la pintura fresca, los pacientes dibujaron con los dedos personajes, nombres y extraños caracteres.

Tengo deseos de fotografiar el trabajo y salgo con el polaroid. Me interno en los corredores y los enfermos se prestan a posar junto a sus muros. De pronto me sorprende la doctora parisina, Salomé Anglé, y tengo unos segundos de miedo, como el que sentí los primeros años del exilio. Un temblorcillo monta de mi ombligo al párpado, pero sonrío. Qué me puede pasar si ya he visto el paraíso en los ojos de Andrei, y he sobrevivido al infierno de no pensarle.

Sonrío, hoy sonrío ante el mal humor. No voy a ser respetuosa con el dolor, voy a espantarlo. Jesús me ha seguido y me susurra poniéndome la mano en el hombro: « te voy a restituir todo lo que te han quitado ».

Estoy por creerme que es un ángel cuando la enfermera del servicio de urgencias me trae el recado, el director me espera. Me presento en la salita, la puerta está abierta; no me invita a entrar porque conversa con la doctora Salomé Anglé y el jefe de personal.

Espero en el corredor, y este último sale con un papel en la mano donde leo: « Despido por abandono de material perteneciente al Hospital psiquiátrico y numerosos daños en los muros de la institución »

Pensaba pedir explicaciones por los premios y el reportaje sobre mi trabajo, pero prefiero aclarar mi situación. La doctora se limita a chasquear la lengua y con tono maternal me dice que están reunidos.

Insisto, no doy un escándalo porque todavía no me he compuesto bien la moral, insisto en que el documento aclare que el material que olvidé son crayolas de colores y en ningún caso pastillas u objetos del servicio médico.

El director toma la palabra y afirma que se hará y en breve. "Por el bien de los pacientes, debes regresar a casa", ya discutiré el asunto contigo cuando pasen unas semanas, el seguro pague las reparaciones y pinten nuevamente las paredes. "Es transitorio".

Siento una liberación florecer en mi vientre. De golpe no me duele nada, me siento ligera, y tiro el papelucho al piso. A mi espalda escucho que me llaman "profe, profe, ¿cuándo empezamos?", y salgo de la clínica sonriendo. Voy a dedicarme a mis cuadros y a escribir cuatro o cinco decretos para mi reinado. Tengo plaza, mi plaza de parada.

Descargo

La reina Grace ha sido muy fiel a sus súbditos, vasallos y descendencia. Llegó al trono tras una rocambolesca relación de odio que le enmarañó el pelo, trenzándole una corona. Traía como tara y predisposición genética las catástrofes de la isla donde nació, las brumas de la ciudad que la acogió en destierro y múltiples traiciones del vulgo que detesta la realeza que confiere vivir en el culo del mundo.

En abril del putísimo año 2010 en que su amor se casó con la primera advenediza, su laptop decidió pasmarse por la –quinientas- ocasión y ella, sintiendo que su cuerpo volvería a desaparecer sin la vigilancia de los peones de Facebook, decidió adentrarse en la melancolía y enmudecer.

Se puso entonces a recortar reproducciones de arte. Para una persona de su estima, encuadrar malas reproducciones corresponde a que Leticia, la princesa española, reciba al presidente de Francia en Barajas, calzando cutaras.

Esa es la reina, el doble que me salva, pero yo, ando tan indignada que busco un marco en caoba egipciana, dorado al oro, y la foto de Margarite de France, conocida por Margarite de Valois o simplemente, como la llamara Alexandre Dumas, Reina Margot,   y lo pegó con delicadeza al soporte.

La princesa poseía una educación esmerada y las cualidades para deslumbrar en la corte, pero algo fallaba, hiciera lo que hiciese su labor caía en el más dramático silencio. En su isla no querían saber nada de ella pues, por ley, cae en eterno pecado quien parta a otras tierras, aunque sea a reinar. Lo terrible es que pasada la frontera, sucedía igual en el dominio del Exilio, los cortesanos rayaban su nombre y hasta rezaban para que desapareciera.

Dicen de Margó era muy bella, y tuvo numerosos amantes, lo cierto es que los cotilleos ocultaban el mal que la secaba: nadie puede vivir sin un alma que sienta piedad por su destino.

Margarita fue recluida en el Louvre y vigilada por guardias; el marido la utilizaba para política y el amante desaparecía en truculentos servicios religiosos, donde nadie encontraba a D. ios fuera de las corazas.

Siempre es   peligroso convertirse en rehén de un esposo, de un hermano, del amante, o de la religión. De un lugar a otro sin paz ni reposo, fundando academias de letras, negociando para que acabaran las guerras, le achacaban amantes aunque no levantara una mano.

Margarita se deterioraba, acogida con frialdad por donde pasara con el bulto de "Dios quiso que ella no tuviera más que una hija y que naciera muerta".

Margó avivaba las burlas, llevaba una vida escandalosa y fue echada de la corte por su propio hermano tras   algunas humillaciones. Ignorada, repudiada fue a prisión "en medio del desierto, rocas y montañas de Auvergne "donde se entretuvo en   seducir al guardián para aliviar la vida.

Margarita no sufre, salvo por la falta de rentas y por el aislamiento _reza en sus Memorias, en las que arruinaba su reputación al contar como iba a la aventura amorosa, con hombres de baja extracción.

En 1593, Margarita se reconcilia con su marido, Enrique de Navarra, convertido en Enrique IV de Francia quien, para consolidar su poder, quería volver a casarse y asegurar una descendencia legítima. Los argumentos para anular el matrimonio eran variados: consanguinidad, matrimonio obligado, esterilidad. Margarita accede, y su situación mejora. Enrique se casa con su amante Gabrielle d'Estrées, madre de su hijo César.

Margarita se muestra poco dispuesta a ceder su lugar a esa "fulana", mujer de mala vida, según Littré. Las negociaciones terminan con la muerte súbita de Gabrielle en 1599, y fuertes compensaciones financieras. Pero la anulación se hace efectiva; Enrique IV se casa con María de Médici. Las buenas relaciones se restablecen entre los antiguos esposos. Margarita regresa a París tras pasar diecinueve años en Usson. No han cambiado sus gustos, pero se ha puesto horriblemente gorda. Se construye en la orilla izquierda del Sena, frente al Louvre, un Palacio en el que organiza fiestas y ballets, mataperrea con poetas y filósofos sin perder de ojo que no le llega el amor de su vida.

Cuando Margarita muere, desaparece la Reina Margó y sus secretos, como sucede a quienes rozan la fama, sin aceptar cualquier cosa o a cualquiera. Es como el desquite, la rabia y a la insumisión de cualquier reina.

El caso es que también Grace Dediox anda de Memorias y va de fuga a tempestad pues comprende que le queda poco y debe desbaratar cualquier traza de ego. La tierra natal ha cambiado demasiado, y no existe ninguna posibilidad de regreso. Donde reside no le pertenece y no tiene recursos para viajar, cualquier sueño se le escapa de los dedos como si fuese arenilla de deseo.

Mirándome, Grace me pide que cambié su perfil social en Facebook, quiere llamarse Margó, hacer honor al reinado de las mujeres solas. En dos clics le hago el favor y se marcha agradecida por la misma pared que entró.

Es evidente, Margarita _ Margó_ es un nombre de reina muerta, una maldición de Boulgakov.*

Me he sentado como suelen hacer los escritores, pidiendo a la mano que se conecte a la divinidad, y sin esfuerzo me pongo a gratar con el bolígrafo negro sobre la reproducción del retrato de la reina Margó, enmarcado en dorado sobre mi mesa. Le dejo caer una aguada de blanco para finalmente rescatar sus ojos, los bucles del peinado y el descote incipiente, donde seguro resguardaba el secreto de su longevidad caótica.

Aún así la presencia de la reina me llama al orden, decretando que me quiero poco; luego me empuja en el basurero de cartones, en la esquina del tapiz donde pinto, donde por alguna razón que ignoro, aparecen a diario guantes de mujeres. Manos perdidas en decir adiós, en recibir a viajeros. Guantes estremecedores del fantasma de Madame Bovary.

El dichoso tapis no vale un céntimo pues lo recogí en una venta popular de graneros y en medio de la sala me sirve de mapa de las azarosas campañas entre mi debilidad física, y la fuerza que me adentra al pintar. Se ha quedado chiquito bajo el enorme lienzo que pinto.

Con un cuchillo de lama afilada voy trazando líneas en ese cuadro inmenso donde destruyó mi obra dedicada exclusivamente a pintar el retrato de Andrei. Dibujo haciendo acrobacias para no herir la superficie en que deposito los secretos de reina, no la de Francia, de Margó la reina indigente, la Grace que huyó de su pueblo y pereció en la tristeza, sin un centavo.

Despellejo las capas de pintura, voy dejando fragmentos que persisten cuando todo ha pasado, y me sirven para hincar el pie y lanzarme a algo nuevo. He formado canalizaciones en las que dejo correr la tinta amarilla y surgen otras rutas, ciudades, callejuelas, rodeando los ojos del mancebo que amé. Redibujo su cráneo roto con paciencia milimétrica, como quien devora a un lobo rabioso.

A unos centímetros de la frente, le chorreo de negro. El óleo corre cual alcantarilla de aguarrás sucio sobre el busto de una mujer que trata de escapar de la maraña onírica que la encierra.

Me recuesto para que corra a gusto el pigmento y se deposite donde le dé la gana. La historia no me pertenece desde que se casó, pero apresándolo en la tela reconstruyo el reinado y tengo la intención de utilizar ocres, y mucho carmín para que la sangre marque el rumbo a jamás tomar cuando se hacen promesas de amor.

En vano trato de beber un café, estoy en desespero de pinceles y corro, taza en la mano, a depositar un vertedero en el cerebro del muchacho y una laguna muerta en el corazón de la reina. De rojo encendido son las aguas que embarran el marco y descienden como una raíz del mal hasta el suelo.

Dejo ese costado de la tela , y pinto a la corte, un estrecho cuartucho madrileñizo donde prospera la hierba, dos ventanas a un patio interior y la tendedera con sus presillas que sobrevuelan al vacío cual pájaros desesperados de no poder posarse en la ventana.

No he terminado, pero debo esperar a que sequen las capas, por lo que volteo el inmenso lienzo. Todo corre en el sentido contrario. Lo deposito con cuidado, no quiero violar las corrientes ocultas, la atracción del amarillo por el azul, relacionada estrechamente con la destrucción humana. El día en que desaparezca el verde, los miles de hombres extraordinarios del planeta no tendrán luz.

*Boulgakov. El maestro y Margarita, novela escrita entre 1928 y 1940.

0042

Debo adentrarme en los detalles. Es madrugada oscura pero no quiero luces, quiero pintar a ciegas como el ganado que cree amanecer en el pasto fresco y solo desciende encandilado en el matadero.

Preparo mucho amarillo, y me concentro en los ojos del chiquillo; bajo la fina capa llora como si fuese un concepto estremecido por dudas. Con fineza le detallo el ojo de sombras, pongo prisionera a la niña y el resultado parece un destino errado.

La reina no ha despertado de la maraña de ilusiones, y le añado dos campesinos con ropas miserables junto a

un viejo de barba dibujado como si fuese un tirano o el demonio. Me sale sombría la escena de su pecho cuando determino perpetuar a los locos, y voy del boceto al trazo apurado, gesto nervioso. Espero que seque, he comenzado con acrílicos y tardará unos veinte minutos.

Me voy a rellenar la panza con un bocata de atún, mayonesa y manzana. Cuando regreso y observo los dibujos me tiro de tristeza, por lo que decido ocultar completamente esa zona con un óleo azul, de esos azules divinos que plantan un cielo hasta en el orificio negro que se traga a millones de estrellas mientras deambula inconsciente sobre un lecho de nubes.

Por hoy será todo, algunas pinceladas sobre la vegetación que rodea a la reina y a su amante, en la que oculto frases, oraciones, y hojas milagrosas.

0043

El despertar es doloroso, la gata ha puesto sus grifas sobre cinco centímetros de la tela. No entiendo cómo se ha formado en las capas de pintura una muchedumbre que emigra arrastrando valijas. Es un lienzo de batalla perdida.

Se me ocurre pasar una capa de acrílico aguado para suavizar la imagen, y lo pago caro. La pintura al agua sobre otra al aceite se fragmenta y forma burbujas de gases tóxicos que revientan sin que pueda detener la hemorragia de los personajes, literalmente derretidos, amedrantados y sin rumbo.

Una esponja me ayuda a componer el fragmento épico, pero no logro borrar a cuatro o cinco personajes que desde el negro ensucian la composición. No tengo deseos de perder tiempo en personajes secundarios y me lavo las manos, me preparo un desayuno copioso de café con leche y salchichas de Viena, a los que poco a poco incorporo pepinillos encurtidos, de todas formas ya estoy obesa y aunque he logrado establecer reino, es tan grande mi pobreza que no puedo conquistar caballero.

Un cuadro es como una historia o una vida, hay que darle tiempo a madurar, no se rellena, se siente, por lo que decido ponerme a comentar en mi blog personal, lanzar decretos para regresar donde me detuve. ¿Qué habrá cambiado en el cuadro a mi regreso y me obligará a recomponer la falta, resaltar el color, olvidar la pretensión, y situarme con humildad donde puedo y llega el talento?

Hoy es mi cumple, me lo recuerda alguien en la red social, y escribo: Ya pasé el susto. Llegué a la media rueda y comencé el descenso imperceptible, pero descenso al fin"; empiezo a poner orden en mis papeles; mi casa es un espacio ideal para conversar conmigo y sigo con el culo al aire, haciendo lo que me da la gana.

0044

Que nada, literatura, pintura, o cocina obligue a sumisión. Que nadie, incluido lo que amas, impida tu palabra, el gesto precioso donde eres. Así comienzo, he dormido con la ropa de pintar, ni siquiera me he lavado los dientes. He llegado a anciana especialista en recaídas y destrozos. Veo como el Zeppelín que tenía sobre mi cabeza y me impedía respirar, sale por una ventana de la habitación.

El Zeppelín desafía la gravedad y yo zozobro, mi corazón se adapta al vuelo y mis pulmones le regalan el aire para que nunca baje. Yo padezco su sombra. Eso pinto cuando desbordo el marco.

No quiero regalar mi vejez a nadie, mi muerte, mi imposibilidad cotidiana de convertir el horizonte en su cuerpo tendido.

Dibujo a Andrei en el medio, a lo largo de todo el lienzo. Me libero de miedos. Lo que sucede es siempre enigmático; es para aprender algo de uno mismo. Zurzo la herida en la mejilla, ocasionada por un rojo Rembrandt que se escapó en la premura, acaricio su fino pelo, le beso los hombros, con astucia de pintora, sin que se dé cuenta, le pasó por la mejilla un pincel de seda antiguo.

A la reina le deshago el cadáver que tenía dentro. Estoy con las piernas abiertas sobre un banco, me sostengo con raro equilibrio sobre la punta de los pies, la pelvis, como base, me alza el pecho y aligera los brazos.

Estoy para aliviar. Mi profesión de sopladora de zeppelines del Mar de la Mancha, llena los pulmones del amante y de la reina, encerrados en un lienzo.

0045

No podía ser de otro modo, he pintado muchas gaviotas en el extremo derecho, vuelan hacia la noche. Tengo que romper definitivamente con Madrid o entraré en el limbo.

Termino el centro del cuadro, minúsculos e imperceptibles aparecen los tejados, la puerta de El Retiro. Las estatuas aladas persiguen a las aves, y todo el nordeste es un cielo preñado de adioses. Es mi regalo a Madrid, donde pude abrir la maleta que arrastraba desde que salí de Cuba.

El pincel se resiente bajo mi furia de haber tenido que abandonar la ciudad, y decide perder las fibras sobre el manto de nieve que extiendo. Yo no puedo pintar París porque me saldría una limosna. Tour Eiffel, Sena, museo, puentes, todo fotografiado bajo un gris de peldaño, es un suplicio. He ido de un extremo al otro de la madrugada, siguiendo la guía de Cortázar, de Fayad Jamis, de Henry Miller, de todo el que paso del vino a escribir sobre las luces de la ciudad. Temo defraudar. Cientos y cientos de kilómetros bajo tierra, viñedos de Montmartre, tabernas y cafés, amantes abrazados, turistas japoneses cámara en mano, barcazas río arriba, río abajo, buen vino, muchachas preciosas en espera de ser encontradas, -en posición fingida del que espera-, claraboya que te mira, gárgola de attrezzo y fina capa de esmalte antiguo. Le haría una misa, quizás dos y vendería un panfleto.

Hay que verla, -debo hablar en femenino, pues es tierra neutra y asexuada, nada de química de muros, ni sobresaltos- hay que pararse en cada esquina de Madrid y filmarse, para el mito. Por ahí he pasado, llegué a París y me di la vuelta. Hay que intentar quedarse en el bullicio, ir a la fuente, recorrer las Tullerías, pararse bajo el arco de triunfo, entrar al Moulin Rouge, sentirse muchacha adormecida, una y otra vez lavada al amanecer. Convertirse en cortesía especulativa, pero no quedarse. Jamás me he sentido tan cuántica entre el gris, el fango y el día. Nunca ha sido mi ciudad.

Me deslumbró en la veintena y desapareció en partículas. Me impuse, "ama a París, ¿cómo no amarla si tiene belleza?"Y nada llegaba. Igual que con los hombres. He escogido el feo, el tierno, el roto, el flaco perdido, el de mirada herida, jamás el perfecto monumento de canto y chimenea humeante. Toda arquitectura posada en medio del horizonte me petrifica.

Aunque lleve una peluca anaranjada de una muchacha del Crazi Horse, París me refleja una extranjería que me obliga a la ebriedad. Emborracharme rápido de oleos, despotricarme en callejuelas de cementerios famosos, drogarme de vistas, y ser cliché de otros que flechan a mi espalda. ¿Cómo puede una campesina decir tantos oprobios? No puedo mentir. Dejé de turistear la inmensa capital, cuando descubrí una callecita de Madrid, esquina de pasos agitados y me quedé enamorada de Malasaña, de mi escalera, parque, pasamano, puerta, pasante, fuente, mediodía.

Dos veces, solo dos veces en mi vida he amado. La primera fue en el Vedado. Pensaba en aquel hombre y traspasaba las paredes de los edificios. Todas las tardes hacía el ejercicio, sentada en la azotea contaba la fuerza del querer, por los muros que desaparecían. Cada ladrillo que caía y yo del otro lado todavía deseando pasar otra pared. Lo más lejos que pude llegar fue de la esquina de O y 27 hasta el Capitolio. Luego fue el exilio, una época reseca, hasta que hallé a Andrei y el fenómeno volvió a apoderarse de mi pecho.

Pecho y cabeza al unísono, pero esta vez no trasgredía casas ajenas, simplemente pintaba tonos amarillos, anaranjados y rojizos, inventaba atardeceres que era la hora en que comenzaba a extrañarle. Me dio por fundar la ciudad, hice parques, bancos, cafés, palacios. A la entrada de los edificios puse quicios donde podía sentarme y ocuparme de los detalles: que los árboles tuvieran las hojas limpias, las motos aparcadas en la esquina incitaran al viaje, el pan estuviera caliente, en los charcos se reflejaran escenas multicolores y por la pequeña ventanita del baño ondulara la ropa que se secaba al sol.

Baldeé cada adoquín, gasté pinceles en el afán de que todo tuviera su justo color; la habité de paseantes vestidos a la usanza de todos los lugares del mundo; no olvidé la música provocadora de fondo, siempre una melodía desde un balcón, o una planta, una enredadera de preferencia, que se quebraba para que naciera otra. Cada día extendí el dominio, siempre preguntándome, ¿llegué al final del querer? "No", me respondía y acto seguido sembraba jardines, ajustaba pasamanos, luces, esculturas, y nuevas fuentes. Todo pulí y puse en plaza.

Me extendí en poblados, moví tierras, bauticé montañas; horadé el subsuelo, abrí metros y bocas de metros para no tardar en regresar a casa y saber que sus pies arqueados sobresalían de la colcha azul. Me esmeré.

Inauguraré un aeropuerto, y una estación de trenes con palmeras en su interior, donde hallarle cada amanecer de regresos. Ahí está la ciudad que hice, llamada Madrid, para que él la recorra sin saber que la hice para asombrarle; fuera de ella el planeta es de una oscuridad que espanta.

Madrid es mi amada, por ponerme frente a mí y respetar el acantilado donde pensaba que el mundo era una tragedia. Porque en ella jamás he sido una extranjera. La ciudad que nombra, da palabra, y te humaniza. No la voy a traicionar, no hay noche en que no llore.

Es rara la nieve sobre Madrid, yo me fui bajo nevada, el sol borró las trazas de mis zapatos, la ilusión que rondaba sobre la Casa de Campo, la cúpula de la iglesia de Santa Bárbara, la Gran vía se hizo río, el agua fluyendo, arrastrando lo que fui a la alcantarilla de una posada barata, donde desapareció. No queda nada, ni siquiera estuve donde me amaran. Cada palabra acompaña el desliz del pincel.

Termino con la mano, reparto blancura, hasta pongo el pie. Los cristales de las gafas están sucios, me impiden ver, he salpicado el alma. Entonces firmo con la pluma inefable, luego escribo el nombre de la obra en el reverso: "La pasión de la Reina Margó era más grande que el cuadro."

Me aseo y me siento silenciosa a fumar un cigarrillo frente a la obra, como si fuese mi amigo imaginario, mi monito monito, a quien confío pecados.

Me he encerrado a pintar durante semanas, no veo la tele, no leo los periódicos, escucho en la radio metal chillón, y tecno que sutura la herida en mi pecho, hasta que caigo en trance. Cuando descanso frente al lienzo, toma cuerpo el amor que sentí, lo veo íntegro y me digo que maravilla de tela, que hermoso rastrojo. Entonces me inclino, me acurruco a los pies del cuadro y me dejo ganar por el sueño. Sé que encontraré dormida la fórmula para ocultar lo que realmente denuncia el trazo.

0045

Lo que me aterra es el tiempo. Este que dispongo sin ordenanzas, el absoluto tiempo sin que tenga que levantarme al amanecer, y me digan de archivar documentos, o enseñar pasiones a desventurados; este donde puedo escribir palabras con el deleite de omitir coma, punto, paréntesis; donde me autorizo a brincar la línea de la cordura, saltar al holograma, sin miedo a quedarme atrapada en la locura.

Voy- vengo en adulta responsable, no hago aspavientos, en ambas partes el suelo quema, de ambas debo escapar para ser.

Todo el mundo tiene su árbol de gandules, cuando crecen adornan la planta, la rodean, la enmarcan, la iluminan y poco a poco se instalan, absorben lo mejor de la tierra y se quedan. Con el tiempo los gandules se secan, se ponen pesados y si no los recogemos a tiempo, inclinen las ramas al suelo. Un gandul es vaina, sexo inerte, colgadera inútil.

Estoy pensando en mi abuelita quien me repetía "cuidado, es un gandul"- Se refería a una idea, un recuerdo, una obsesión que atrapa y deja al arbusto indefenso. Y me digo, es tiempo de remover la tierra y plantar un jardín en el alero. Quizás me dedique a las plantas, a hoja, arbolario, rama, pájaro, florecilla que dará frutos permanentes en el encierro de este cuarto, frente a un lienzo inacabado, ponga lo que ponga, borre, grate, desespere, las aguadas no suavizan las huellas de la espátula en su azote furioso, como el tiempo donde insistí en esperar a Andrei, todo caduca.

Es mi último cuadro, y no acabo de desteñir a Andrei. Le pintaré en la Gare du Nord, fogonero de hierros, bajo vitrales de luz tamizada, resoplidos de vagones chirriantes, imponen al tren sobre mi cuerpo. El tiempo de experimentos, también perece.

El destiempo afiebra, agrieta, no hay nada bien puesto sin él. Este tiempo posado en mi nariz se bifurca en dibujos, que ponen una losa de mármol sobre un torpe jovenzuelo.

Dispongo como una aristócrata de tinta negra. En la mano el frasco y óleo para que quede, más que cuadro, obra. Recomienzo a ennegrecer las zonas claras, vuelvo a blanquear las sombras del lienzo, hasta que habla solo, y me comprende. Que no me contraríe la libertad. Entrechoco dientes. Duele. Este tiempo sin ti.

0046

En la infancia imaginé que el mundo pertenecía a unas cuantas personas: el resto, incluyendo a mi familia, vivía en la periferia, en casuchas con problemas de abastecimiento. Mi casa estaba situada junto a los hornos de carbón, y yo me ocupaba en partir las maderas negras, humeantes, para vender a los vecinos el precioso carburante.

Era la mancha, la hija sucia por el horno de carbón, la tiza que dejaba caer su polvillo en los murales del patio. Los hombres me estaban negados, pues no aceptaba citas porque no tenía ropa. Llegada la vejez, me gusta imaginar la piel tensa de los jóvenes que seguirán oliendo a leche, a talco y a jazmines en esa parte del universo que no me fue permitida.

He estado poco tiempo en la civilización, a lo sumo, mis primeros veinte años en la piel de una niña que testimoniaba la virulencia, el tormento de los adultos. Fui curandera de palabras y puñetazos en los muros, de cuchillos bajo la almohada que nunca fueron desenfundados.

Estuve dos años, con la cuarentena avanzada, entre los humanos, y me abastecí de su luminosidad, su ternura, su soberbia. Serví de maga, reuniendo en un parque a los vecinos hasta el amanecer, hablando de todo que es nada, por el placer de fumar cigarrillos.

Los amaneceres me devolvían al mismo horno, a la monotonía de trabajos mal pagados, metros que ennegrecen los pies. Fue breve la estancia, pero sobreviví. Me ha quedado el encanto por aquellos parajes, y en las noches me duermo recorriendo la multitud, a veces, siento que alguien me detiene, vuelvo a sentarme en las terrazas, a conversar, lejos de este infierno normando.

Desde que regresé al frío, a este lugar en la cima de Europa, cuatro paredes de un edificio barato en ciudad con puerto, donde entran cargueros que se guían por la campana de brumas, y habitantes que desaparecen cuando cae la tarde, decidí apagarme. Dejar la naturaleza, destruirme porque no soy de nadie, no espero nada, ni a nadie y mi cuerpo se añeja. ¿Para qué quiero permanecer encerrada en un cuarto, después de saber que allá afuera se mueven y sueñan? He sido un sueño y no tengo fuerza para despertar en el mismo lugar.

Es madrugada de febrero, amanecer blanco. Nunca he visto una nevada tan cerrada, no distingo las casas de la acera del frente, a cuatro metros. Estoy preparando la supervivencia, informan que habrá corte de electricidad y por supuesto de internet en varias zonas. Me gusta el ajetreo en la colina, las casitas han prendido las chimeneas, expectoran, pero el humo solo se aprecia en segundos, el blanco cierra el horizonte.

Por alguna razón que ignoro, el hombre que amé se acuesta con otra y llama para decir que me quiere. Pero no deseo espectros en este cementerio, hasta ellos serían infelices. Poco a poco me voy olvidando, mi PC ha muerto y nadie recuerda cómo escribir letras en papel, tampoco he dado mi dirección, por si llegaba a este punto, donde hasta la cámara fotográfica se sumó a las cosas rotas. No llamo a persona para no contar esta situación, de tiempo en tiempo a mi hija pero dejaré de hacerlo en cualquier momento, está muy ocupada por París, allá hay mucho que hacer y ver, cuentan, yo no sé, nunca me ha gustado, me parece una ciudad negra, para turistas.

Se me ha caído la cara, pronto no querré mostrarme por la pena. Los contornos se han hinchado y el peso de la mejilla sostiene una lluvia de agravios. Es la desgracia de envejecer.

No he estado tanto entre los Hombres, quizás les idealizo y no existen, o no he existido yo más que en el teclado, dando partes meteorológicos de las nevadas, en el culo del mundo.

Durante décadas escribí desordenado, mi cabeza se partía de dolor, la columna me jugaba malas pasadas. Me quedaba frente a la pantalla del PC hipnotizada. Ni la literatura, ni la pintura me han abastecido, pero me permiten comer, calzar los mismos zapatos durante años, cuidar el abrigo, sin mendigar curros, seguetear a editores, enmarañarme en tropelías de presentación, rastrear críticos y otras debilidades del ego.

Estoy dando las últimas paletadas al lienzo de mi vida, sumergida en el goce: no aspiro a nada, sé que no habrá tiempo para volver a Madrid. De tiempo en tiempo escribo y la palabra rebota, se extiende por alamedas, túneles, laberintos de un Hospital Psiquiátrico, donde mis hologramas desfilan aplaudiendo delirios: la pasión por ser, sin jamás haber estado en plaza alguna.

Si me distraigo puedo respirar la silueta de Andrei. En el lienzo sus piernas forman puentes, su sexo es una colina donde florecen álamos. No soy nada, reino en la nada sin él. Permanezco en la mierda de visiones que abren agujeros como letras itálicas sobre un pentagrama. Es la gangrena cotidiana que asusta, ultraja porque no tengo absolutamente nada, estima, padres, país, ciudad, hombre. Solo mis manos que comen de una jaba prestada que cae del hombro cuando doy traspiés en las calles cagadas por perros, fangosas avenidas que desembocan en un cuartucho donde el tabaco negro apesta sobre el mapa de un piso repleto de colillas y fósforos quemados.

Andrei en el cuadro, en medio de la sala mira la eternidad, diría que soy la muerte en espectáculo cuando me extiendo en la cama y agonizo tragándome el boceto donde he vuelto a dibujarle, para que se quede trabado en mi interior, en cualquier recoveco de las tripas y sea realmente una muerte atragantada, no digerida, la que me llevo a envejecer y desear partir.

Me deslizo sin ruido, no le nombro, pero recreo el óleo, compro a precio de órgano pinceles finos, pigmentos ancianos, aceites de plantas medicinales y los mezclo en mi interior donde le coloreo el rostro, donde transformo su odio.

"Un rato más, me grita monito-monito, no te mates, regresa atrás, a cuando él mentía». Pero nada puedo hacer, construir una plaza es demasiado para un destino, y yo renuncié a la mía.

Las palabras salen fluidas, se imponen, se llamen entre sí. Soy feliz, ahora sé que nunca tuve plaza, y no la tendré ni en un cementerio porque soy una indigente con manuscritos manchados de aceite y cuadros que no podrán salir del cuarto porque no caben en la obertura de la puerta.

Desapareceré en reina, en un descuido bordearé la banquisa, el hielo azulado, siempre distinto, como este cuadro que divide el apartamento en dos fragmentos de un tiempo donde me extenué de amor.

Nieva desde hace un mes, y los obreros riegan sal en la carretera, palean sin cesar las aceras. He caminado demasiado, sin rumbo, he bordeado los acantilados, sin que me llegue la hora. Quizás deba regresar bajo techo, a un sitio cálido, al reinado del cuadro de la reina.

Pero me voy adormeciendo. Las tripas hacen ruido de la hambruna de mundo que me he comido para alimentar mi amor feto, mi amor en el papel estrujado, bien adentro, en mi barriga. No sé cómo he llegado al camposanto de Louveciennes, pero es el único lugar abierto. Los sauces llorones desfilan como manchas de verdes apagados que me depositan junto a la sepultura de Elisabeth Vigée-Lebrun.

Algunos turistas rusos se confunden con chinos y retratan sin cesar en mi dirección. Otra vez he olvidado cambiarme, el pantalón parece cartón con restos de pinturas. Debo tener acrílico en la cara porque el frío no me quema.

Escucho al guía, en cinco idiomas pronuncia a los viajeros: «aquí reposa la pintora de la reina María Antonieta de Francia». Debo estar en otra de mis alucinaciones, confieso a monito- monito, cuando recuesto la cabeza en la lápida, donde Elisabeth ha ordenado que graben "al fin descanso". Con un palito escarbo en el hielo, qué error tan grande, la pasión de la reina era más grande que el cuadro.

Fin, febrero 23 del 2012

Margarita García Alonso (Matanzas, Cuba)

Periodista, poeta, y artista visual. Licenciada en periodismo de la Universidad de la Habana. Máster en Industrias gráficas, Francia.

Ha publicado los poemarios *Sustos de muchacha*, Ediciones Vigía, 1988; *Cuaderno del Moro*, Letras Cubanas, 1991. En las Editions Hoy no he visto el paraíso han visto la luz los poemarios: *Maldicionario, Mar de la Mancha, L'aiguille dans la pomme, La costurera de Malasaña, Cuaderno de la herborista*; así como el primer libro ilustrado sobre la obra de José Lezama Lima: *Lezamillos habitados*; las novelas para niños: *Garganta*, y *Señorita No y señora sí*; las novelas: *Amarar*, (también publicada en Ediciones El barco ebrio) y *La pasión de la reina era más grande que el cuadro*, 2012. El poemario (edición bilingüe español/francés) *La aguja en la manzana*, L' échappée Belle, Paris, 2013; y *El centeno que corta el aire*, editorial Betania, Madrid. Ha obtenido numerosos premios como pintora y otros tantos en concursos literarios. Laureada en la Taberna de poetas franceses, y publicada por "Yvelinesédition", en Marzo 2006. Creadora de Editions Hoy no he visto el paraíso. Reside desde 1992 en Francia. En Cuba fue directora del Semanario cultural *Yurumí* y editora de *Casa de las Américas*.

Made in the USA
San Bernardino, CA
18 December 2013